ダンジョンバスターズ
Dungeon Busters
I am Just Middle-Aged Man, But I Save the World Because of Appeared the Dungeon in My Home Garden.
中年男ですが庭にダンジョンが出現したので世界を救います
Vol.1
Author
篠崎冬馬
Illustration
千里GAN
item
name
名 称：ウフフなローション
rarlity
レア度：Un Common
caption
説 明：大人の男女が使うローション。
癒やし効果がとても高い。
使い捨て。

message
666のダンジョンを攻略せよ。さもなくば――
name 江副和彦
Kazuhiko Ezoe
株式会社ダンジョン・バスターズ 社長
108 Stars of Destiny
name 朱音
Akane
妖艶なるくノ一

108 Stars of Destiny
name エミリ
Emily
小生意気な魔法使い
「魔物大氾濫《モンスタースタンピード》……」
name 石原由紀恵
Yukie Ishihara
防衛省ダンジョン特別対策課 課長

「茉莉って着痩せするタイプなのね？」
「うううっ……恥ずかしいよぉ」
name 木乃内茉莉
Mari Kinouchi
株式会社ダンジョン・バスターズ
アルバイト

ダンジョン・バスターズ

中年男ですが庭にダンジョンが出現したので世界を救います

Vol 1

Dungeon Busters

I am Just Middle-Aged Man,
But I Save the World
Because of Appeared the Dungeon
in My Home Garden.

Author
篠崎冬馬
Illustration
千里GAN

Vol 1

Dungeon Busters

I am Just Middle-Aged Man,
But I Save the World
Because of Appeared the Dungeon
in My Home Garden.

Contents

プロローグ

そこかしこで爆発音が響いている。黒い煙が立ち昇り、肉が焦げたような臭いが充満する。石造りの城壁は崩れ落ち、城下町は火の海となっていた。朱に染まった空には、幾つもの黒い点が浮かんでいる。その一つが急速に降りてきた。地響きを立てて地上に舞い降りると、鋭利な牙が並ぶ口を開けて炎を吐き出した。悲鳴を上げて逃げ惑う者たちが、またたく間に灰となっていく。幼子が泣きながら母親を呼ぶ。大きな手が背後から忍び寄り、その幼子を摑《つか》んだ。家よりも背が高い巨人が、頭から齧《かじ》ろうとする。だが寸前で助かった。何者かが、巨人の手首を切り飛ばしたのだ。

「もう大丈夫だ！　この俺が来たからには、魔物の好き勝手にはさせん！」

「勇者様だ！　勇者タカユキ様だ！」

逃げ惑うばかりであった人々の瞳に希望が宿る。続いて、炎の魔法が巨人の顔面を襲った。巨人は顔面を手で覆い、叫びながら煙と化した。宝石がちりばめられた杖《つえ》を持つ美しい女性が勇者の後に続いた。さらには大ぶりの剣を持つ金髪の女性も続く。

「聖女様に聖騎士様も来たぞ！　もう大丈夫だ！」

人々は立ち止まり、拳を突き上げた。王国が、その国力を尽くして異世界から召喚した「勇者タカユキ」と、彼に付き従う聖女と聖騎士ならば、この国を、そして世界を救ってくれる。誰もがそう信じ、喝采したのである。紅蓮《ぐれん》の炎の中、人々の熱狂が広がった。

グシャッ！

「え？」

だがその熱狂は一瞬で終わった。喝采に応えるべく手を振っていた勇者たちの頭上に、馬車の二倍はあるかという岩が幾つも降り注いできたのだ。反撃の希望であった三人は、簡単に岩に押しつぶされた。

あまりの出来事に、熱狂していた人々は口をあんぐりとさせて、静まり返っている。勇者が死ぬはずがない。岩を除《の》けて無事な姿を現してくれるはず……そう思っていた者も多かった。だが岩の下から赤い液体が滲《にじ》み出てきた。それが現実であった。

「勇者が……勇者様が……」

「も、もうダメだぁぁっ！」

静寂の後は、さらなる惨劇が始まった。生きとし生けるものは、次々と魔物たちの胃袋に収まっていく。男も女も、老人も赤子も関係ない。命あるものすべてが喰《く》い殺されていく。

街から少し離れた丘の上で、女はため息をついた。その眼《め》は、今しがたの冗談のような出来事を捉えていた。もっともこの丘にいる者全員が観《み》ていたので、彼女だけが特別というわけではない。

「今のがそうなの？　召喚大魔法で異世界から招かれたっていう自称大勇者。『異世界転移すれば特別な能力を身に付けられるから平気』とか言って、あまり戦ってなかったそうね」

「バカなのじゃろうのぉ。簡単に強くなれるのなら苦労はせんわい。膨大な時間をかけて、薄皮を一枚ずつ重ねるように功夫を練ったその果てに、僅かな成長があるのがヒトであろうに……」

「しっかし、人間ってアホだよねー。連携したり道具を使ったり作戦立案したりするのが、自分たちだけだと思ってるんだもん。魔物だって思考するし工夫するし、発見も発明もするのにね」

背後で嘲笑《あざわら》っている者たちの言葉を聞き流しながら、女は諦念を抱いていた。記憶はないが、この光景は幾度も観てきたのだろう。愚かな人間が、自分たちの力で解決しようとせず、得体のしれない異邦の者にそれを押し付けようとして失敗する。勇者様と煽《おだ》てられて調子に乗った者が、呆気《あっけ》なく死んでしまう。記憶はないが、幾度も観てきたという感覚だけはある。

「さて……儂《わし》らもそろそろ行こうかのぉ。この会話も、もう数え切れぬほどにしておるのじゃろうが、とは言っても目の前の悲劇を見過ごすわけにもいかぬじゃろ」

屈強な肉体を持つ老人が顎鬚《あごひげ》を撫《な》でながら進み出てきた。百名を超える者たちがそれに続く。ここにいる皆が女と同じ出身であり、同じ立場である。あの魔物たちが地上に出現したのと同時に、彼らもまた、地上に顕現したのだ。彼らがやることは簡単だ。命果てるまで戦い、一人でも多くを一秒でも長く生かすことだ。すべてが死に絶えると解《わか》っていても、それが彼らの役割なのだ。

(この世界も結局は同じ。私たちは再び吸収され、浄化され、そしてまた顕現される。幾度も、幾度も……永遠と思われる回数を繰り返し続けている。一体いつまで、続くのでしょう……)

女は首を振って気持ちを切り替えた。腰に差していた苦無《くない》を抜き取ると、他の者たちと一緒に駆ける。そして駆けながら、幾度となく繰り返したであろう祈りを浮かべる。

(この連鎖を誰かに止めてほしい。これまでも、次こそはと幾度も願ったのでしょう。でも私は祈ります。この悪夢の連鎖を止める真の勇者が、次こそ見つかると……)

第一章　ダンジョン・システム起動

江戸川区は、東京都の中でも足立区と並ぶ「住みたくない街ランキングワースト」「ツッパリ、ヤンキーが未《いま》だに生息する治安が悪い街」というイメージがある。だが実際に住んでみると、非常に暮らしやすい街である。特に都営新宿線沿線の船堀駅から瑞江《みずえ》駅にかけては、スーパーマーケットが幾つも並び、公園や区民スポーツ施設なども充実しており、利便性は極めて高い。それでいて家賃は手頃であるため、江戸川区に生まれ、江戸川区で働き、江戸川区で一生を終える者もいる。かく言う俺自身も、それに近い人間の一人だ。

俺の名は「江副和彦《えぞえかずひこ》」。東京都江戸川区在住の、今年で四〇歳になる中年男だ。職業は一応、経営コンサルタントと名乗っている。一〇年前に中小企業診断士と社労士の資格を取得して会社を辞めた。江戸川区や江東区、あるいは千葉県の中小企業に社保関係の仕事や、たまに研修の講師なんかをやって食い繋《つな》いでいる。とはいっても、年収はせいぜい六〇〇万に届くかどうかだ。

結婚する気のない俺は、江戸川区の中でも「陸の孤島」である鹿骨《ししぼね》地区の、築三〇年の小さな家を買った。二日働き一日休み、また二日働いて二日休む。週休三日の気楽な生活を送っている。

兄弟はおらず、両親も他界している。少し離れた親戚が近場に住んでおり、時折遊びに来る程度だ。地元の知人は何人かいるが、親友と呼べるのは数える程もいない。誰に命令されるでもなく、誰に気遣う訳でもない。豊かではないがストレスのない「アラフォー生活」を楽しんでいた。

「おや、江副さん。こんにちは！　どうですか、今夜は？」

瑞江駅北口から少し歩くとその店がある。中年独身男の特権は、誰を気にすることなく飲みに行けることだ。瑞江駅前の馴染《なじ》みのラウンジ「ＬＯＣＯ」の黒服である望月に声を掛けられた。

「モッチー、今日は誰がいるの？」

「今夜はユズさんが出ています」

「んじゃ、行こうか」

こんな感じで、週に一度くらいはこの店で飲んでいる。自営業の独身一人暮らしなので、翌日が平日だろうと関係ない。飲みたいときに飲み、寝たいときに寝る。会社組織という枠から離れたことで得た圧倒的な自由だ。二時間ほど飲んでタクシーで自宅に帰る。

自宅がある鹿骨町は、都営新宿線の瑞江駅と総武線の小岩駅の間にある広大な「鉄道空洞地帯」だ。俺の家からは、どちらの駅にも徒歩三〇分はかかる。土地面積五〇平米の中古一戸建てなら三千万円程度で十分に買える。小さな庭がついた「終《つい》の棲家《すみか》」で、俺は慎《つつ》ましく暮らしている。

ジャケットを脱いで冷蔵庫からビールを取り出す。小腹が減ったので、買い置きしてあるカップラーメンに湯を注いだ。既に日付が変わっているが、明日はオフを予定しているので気にしない。最近、腹が出てきているし血圧も気になってきたが、まぁ今夜くらいは大丈夫だろう。少し揺れを感じた。酔いが回っているのだろうか。スラックスも脱ぎ捨ててトランクス姿になり、好物のシーフードヌードルに激辛ソースを加えて食べる。結局寝たのは、二時をだいぶ過ぎてからだ。

そんな暮らし方をルーティーンのように繰り返しながら、多少の刺激とそこそこの安定の中で、俺なりに幸福に暮らしていた。

「なんだ、この穴は……」

そう。新元号となって間もない、六月末の、この日までは……

昨夜遅くに感じた軽い揺れなどすっかり忘れていた。朝九時に起きて洗濯機を回しながら簡単な朝食をとる。その後、洗濯物を干すために庭に出ると隅に一メートル四方程度の穴が空いていた。俺は首を傾《かし》げた。なんだろうと思って懐中電灯で中を照らすと、石造りの階段が続いている。

「地下室？　買う時にそんな情報はなかったはずだが」

腕時計は九時五五分を指していた。二日間はオフなので、この後の用事はない。俺は懐中電灯とオイルライターを手に、階段をゆっくり降り始めた。方向からして、隣家の下にまで続いている。ご近所トラブルは避けたい。この穴は木柵かなにかで囲ったほうが良いだろう。そんなことを考えながら、慎重に階段を下りていく。ライターは炎を灯《とも》ったままだ。どうやら酸素はあるらしい。

「……おいおい、ずいぶん深いんだな」

体感で一〇階建てのマンションくらいは下りている。やがて階段が終わり、地面に足がついた。ホッとして、下りてきた階段を振り返る。かなり急な階段だ。戻ることを考えると嫌気がした。

「結構、広い地下室だな。整備すれば、何かに使えるかもしれない」

懐中電灯を四方に向ける。地下室は一五メートル四方程度で、天井も三メートル以上はあった。床は石造りで、組み合わせた石には隙間が全くない。観察しているうちに正面の壁で光を止めた。

「扉、だよな?」

高さ二メートル以上はあると思われる、金属製の頑丈な開き扉があった。黒く塗装されているため、すぐには気づかなかったのだ。

「防空壕《ぼうくうごう》? もしくは大戦中の軍の施設か?」

金属製の取手は、まるで削り出したかのように溶接の跡が見られない。役所に届け出る前に、中を確認しておく必要があると考え、俺は取手を握った。その瞬間、いきなり声が響いた。

〈第一接触者《ファースト・コンタクター》を確認。世界律に基づき『ダンジョン・システム』を起動します。全ダンジョンが起動するまで、残り一公転……〉

「な、なんだ? この声はどこから?」

機械のような、無機質な声が響く。意外に大きかったため、俺は思わず耳を塞いだ。だが声の大きさは変わらない。まるで頭の中に響いているかのようであった。

〈キャラクターカード『妖艶なるくノ一 朱音《あかね》』、カード保有上限枚数の増加、スキル枠の拡大及びスキル選択機能が報酬として提供されます。固有能力『カードガチャ』が設定されました〉

「は? くノ一? カード?」

〈ダンジョン・ルーレット終了、座標固定完了。ダンジョン名称「深淵《アビス》」、難度A、ドロップ報酬A、獲得強化因子量A。それでは、新たな変革に向けての歩みを期待します〉

唐突に、奇妙な声が途切れる。そして俺の目の前には、光り輝く一枚のカードが浮かんでいた。

「……なんなんだ? これは」

突然現れた謎の地下室、奇妙な扉、そして頭が痛くなるような音声と理解不能な内容に、物体が宙に浮いているという異常現象でさえ、今の俺には些細《ささい》なことに感じてしまう。カードは、それ自体が光を発しているため、懐中電灯を向ける必要はなかった。

手を伸ばす前に観察する。そこには、まるでカラー写真のように人物が映っていた。まるで忍者のような黒髪の女性が、苦無《くない》？のようなものを手にポーズを取っている。どこかのカードゲームの1枚かと思った。手を伸ばしてカードを手にする。不思議な手触りである。マット感がありながら、まるで金属でできているように硬い。裏返しにすると、文字が書かれていた。日本語である。

＝＝

【名　前】　朱音
【称　号】　妖艶なるくノ一
【ランク】　F
【レア度】　LegendRare
【スキル】　苦無術Lv1　索敵Lv1　性技Lv1

＝＝

「妖艶なるくノ一……『あかね』と読むのか？　えーと、なになに？　苦無、短剣などを使った近接攻撃から、手裏剣などの遠距離攻撃、忍術による索敵などもできる万能キャラクター。さらには性技も長《た》け、休息中も愉《たの》しく過ごせます。身長一六三センチ、B99W57H87……」

読んでいると、カードの光が強くなった。あまりの眩《まぶ》しさにカードを手放し、顔を背ける。光は数瞬で消え、暗闇になった。

「あら、貴方《あなた》が私の主人かしら？」

「うわぁぁっ！」

暗闇の中から声が響いた。頭の中などではない。本当の声であった。懐中電灯を向けると、妖艶な笑みを浮かべた黒髪の美女が立っていた。


「このようなモノ、無粋ですわね」

一瞬で、目の前の女に懐中電灯を奪われた。電源が落とされ、漆黒の闇に包まれる。

「ご安心を…… 間もなく、第一層の安全地帯《セーフティゾーン》が起動します」

「貴女《あなた》は、いったい……」

暗闇の中にいるであろう美女に、緊張しながら質問する。微《かす》かに花の香りがした。しばらくすると、少しずつ暗闇に目が慣れてくる。暗闇の中に相手の肢体が浮かび上がった。そして気づいた。床、天井、壁が発光しているのだ。やがて青白い光が部屋を照らした。美女が優雅に一礼する。

「はじめまして、我が主人。私は忍びし者『朱音』と申します」

「朱音…… さん。あぁ、俺は江副和彦です。正直、何がなんだか解《わか》らなくて、混乱しています」

そう言いながらも、目の前の女性の肢体に釘付《くぎづ》けになる。上半身は目の細かい鎖帷子《くさりかたびら》のようなものを身に着け、その上に漆黒の服を着ている。下半身は動きやすいようにするためか、チャイナドレスのように左右にスリットが入っており、そこからムッチリと、それでいて細い生足が伸びていた。そして驚くべきは胸だ。鎖帷子は密着しているようで、まるで巨大な肉饅《にくまん》のような、形の良い乳房がクッキリと浮かび上がっている。

「ウフフッ……厭《いや》らしい視線を感じますわ」

「す、すまない」

そう言って俺は顔を背けた。妖艶な美女が放つ、良い薫りが鼻孔をくすぐる。

「お気になさらず……私は主人の下僕。この身体《からだ》は隅々まで、御主人様のモノですわ。殿方を悦《よろこ》ばせる技も存じておりますし、お望みならば如何《いか》ようにでも……」

「いや、そういうわけには……」

顔を背けながらそう言うと、フゥッと耳に息を吹きかけられ、俺は慌てて飛び退《の》いた。朱音が嫋《たお》やかな笑みを浮かべている。

「ウフッ。落ち着かれましたか？」

そこでようやく、誂《からか》われていたことに気づいた。俺は盛大に息を吐いた。確かに、落ち着いた。思考の混乱状態を回復させる方法は、一旦そこから目を逸《そ》らすことだ。冷静になった俺は、これまでの情報整理に取り掛かった。

「悪いが一分間、待っていてくれ」

カツカツと石床を歩く。これまでの僅かな情報を思い出し、なんの情報が不足しているか、この

空間はいったいなんなのかを整理していく。

（いきなり出現した地下空間、未知の声と理解不能な内容、輝くカードと目の前の美女……そこから摑《つか》むべき情報は……）

およそ六〇秒後、俺は足を止めた。

「貴女に……　いや、朱音さんに問いたい。『ダンジョン・システム』とはなんだ?」

美女は、薄紅色の唇を舌で湿らせた。


私の名は「朱音」。ダンジョン・システムに組み込まれた一〇八柱の一柱です。最初に主人を見た時、正直に申し上げれば私の中には失望が広がりました。中年の小太りで、とても強そうには見えません。殿方としても、魅力を感じませんでした。それでいて、最初から私の乳房に厭らしい視線を送ってきます。もしここで私を襲おうものなら、その首を刎《は》ねていたでしょう。一〇八柱は例外的に、主人を選ぶ権利を持っておりますから。

「す、すまない」

そういって主人は顔を背けました。少なくとも、欲望だけで動くような人ではなさそうです。混乱状態のようですので、落ち着くためのお手伝いをしましょうか。手でお慰めしても宜《よろ》しいのですが、そこまでする必要はなさそうですわね。

「一分間の待機」

そう命じられ、私は黙って主人を観察していました。落ち着いた主人は、その瞳に知性の光を放たれています。頭の中では、猛烈に情報を整理されているのでしょう。本能を抑える理性と、状況を判断する知性をお持ちのようです。些《いささ》か覇気はありませんが悪くない主人に出会えたようです。ダンジョン・システムが起動した以上、この世界は破滅に向けて進み続けます。もし、絶望的な未来に立ち向かう気概と姿をお示しになられたら、この身を捧《ささ》げても良いかもしれません。おや、どうやら考え事が終わられたようです。さて、最初の問いはなんでしょうか？

これが夢ではないことは自覚していた。状況は理解不能。ならば情報の整理から始めればいい。こういう時は「なぜ」は考えない。考えても仕方がないからだ。先ほどの機械的音声の内容を思い出しながら、頭の中で情報をマッピングし、優先順位をつける。そして、もっとも重要そうなキーワードを導き出す。

「『ダンジョン・システム』とはなんだ？」

「ダンジョン・システムとは、この宇宙を律している法則〈世界律〉の一つです。それが存在する理由も、その目的も解りません。水が高きから低きに流れるのと同様に、ダンジョン・システムもまた、自然法則の一つとお考えください」

朱音さんの情報を整理すると、ようするに異空間に存在している「ダンジョン」というものが、なんらかの理由でこの世界に出現したらしい。

「今後一年間で、この世界にあと六六五のダンジョンが徐々に出現します。毎回の出現は同時で、一度に六六〜六七箇所に出現し、それが一〇回繰り返されます。その多くは人が集まっている場所になるはずです。ダンジョンは人の数に惹《ひ》かれますから……」

「なるほど、確かに『一公転』と言っていたな。では次の質問だ。これから俺の理解を語る。間違っている点や補足点があれば、都度言ってほしい。俺が想像するダンジョンというのは、巨大な洞窟のようなもので、そこには人間に襲いかかる凶暴な獣が無数に存在している。これはどうだ?」

俺はテレビゲームなどはやらないが、ダンジョンというキーワードくらいは知っている。三〇年前にヒットした「ナントカクエスト」などで、こうしたファンタジー用語が使われていた。

問いかけに朱音さんが首肯する。

「その通りですわ。正確には、洞窟ではなく異空間ですが……」

「なるほど。異空間とやらについては後で聞くとして、ダンジョンについて詳しく教えてほしい。たとえば、出現した獣を倒したりしたら、何かを得られるのか? そうした『ダンジョンの特徴やルール』を知りたい」

「畏《かしこ》まりました。それではダンジョンについて、ご教授致します」

朱音さんはダンジョンについて語り始めた。

「まず、ダンジョンの難度についてです。最低難度がD、最高難度がSとなります。S難度のダンジョンは数が決まっていて、七つとなります。次の難度であるAは一割、六〇から七〇程度です。そして大半がBとCで全体の七割を占めます。そして最後にDが二割弱となります。ダンジョンの難度は、階層数と出現する魔物の強さによって決められますが、Bの中でもAに近いB、Cに近い

Bなどあり、一様ではありません。そして難度は、ダンジョンから得られる報酬にも大きく影響します」

「その報酬とやらを具体的に聞きたいな。やはり、魔石とか素材とかなのか?」

「そうした場合もありますが、文明社会の場合は『お金』が報酬になることが多いですわね」

「は?」

カネ? 魔物を倒したら諭吉さんが出てくるのか? 俺は一瞬、想像してしまった。

「ダンジョンは、出現した世界にとって価値のあるものを報酬とします。ある世界では食料、またある世界では水、あるいは空気という報酬だって考えられます。ですが、ある程度進んだ文明では『金銭』が報酬となる場合が多いのです。もちろん一概にそれだけとは言い切れませんが……」

魔物を倒すとカネが出現する。だから民間人は大金を求めてダンジョンに入るようになる。などというラノベ的な展開など、俺は想像しなかった。もしカネが出現するダンジョンが出たら、間違いなく国が規制する。通貨発行は経済政策である。通貨をどの程度発行するか、この政策が雇用、物価、為替まで動かすのだ。勝手にカネを生み出すダンジョンなど、国が認めるはずがない。

「カネが出現する。だから人々がダンジョンに入ろうとする……などと考えているのなら、ダンジョン・システムとやらは欠陥システムだな。そんなモノを国が認めるはずがない。間違いなく規制され、警察や自衛隊が制圧に乗り出すだろう。魔物に自動小銃が通用するかは知らんが……」

「ダンジョン・システムは自律的にダンジョンを運用します。一つひとつのダンジョンが、まるで一個の生命体のように思考し、魔物の種類やドロップする報酬を決めます。ですから金銭以外の報酬が出てくるかもしれません。ただ、軍隊が入ってダンジョンを潰す、というやり方は通用しないでしょう。なぜなら、ダンジョンには武器は持ち込めませんから」

「ん？　どういうことだ？　武器は持ち込めない？」

「えぇ、ここからがダンジョンの肝の部分です。『カード』についてご説明しますわ」

朱音さんは腰から苦無を一本取り出し、俺に見せた。するといきなり、その苦無が一枚のカードに変わった。まるで手品である。

「これは奇術ではありません。ダンジョン・システムの一つです。ダンジョンは、外部から武器を持ち込むことはできません。ダンジョンが武器と判断した段階で、このようにカード化してしまいます。カード化した武器を戻すには、第一層の入り口にある『安全地帯《セーフティゾーン》』に戻る必要があります」

「武器を持ち込めない？　ではどうやってダンジョン内で戦うんだ？」

「方法は二つです。ダンジョンで得た武器を使って本人が戦うか、あるいは私のような下僕に戦わせるか。この二つしかありません。御本人で戦われる場合は、まずは素手で魔物と戦いつつダンジョン内を捜索し、武器を見つけるのが宜しいでしょう。ダンジョン内に持ち込める武器は『ダンジョン産』だけです」

「なるほど。二つ目の『下僕』というのは？」

「ダンジョン内で魔物を倒すと、その魔物がカード化して地面へと落ちることがあります。これが下僕です。下僕はダンジョン内でのみ召喚が可能で、自分の代わりに戦わせることができます。封印されていた精霊を救出した時や、トレーダーと呼ばれるダンジョンを渡り歩く異界の商人などからも、カードを手に入れることができます」

「なるほど。要するに自分が戦士となるか、あるいは召喚者となるかだな。それで、なぜ貴女がいるのだ？　俺はまだ戦ってもいないが？」

「主人はダンジョン・システムに最初に触れた方です。第一接触者《ファースト・コンタクター》報酬として、幾つかの特典が得られたはずです。『ステータス』と口にしてみてください」

「ん？　ステータス……」

　すると目の前に縦五〇センチ、横三〇センチ程度の黒い画面が表示され、そこに白抜きで文字が浮かび上がった。

＝＝＝＝＝＝＝＝＝＝＝＝＝＝＝＝＝＝＝＝＝＝＝＝＝＝＝＝＝＝＝＝＝＝
【名　前】　江副和彦
【称　号】　第一接触者《ファースト・コンタクター》
【ランク】　F
【保有数】　0／∞
【スキル】　カードガチャ　－－－－－－－－－－
＝＝＝＝＝＝＝＝＝＝＝＝＝＝＝＝＝＝＝＝＝＝＝＝＝＝＝＝＝＝＝＝＝＝

「ウフフッ……さすがは第一接触者《ファースト・コンタクター》ですわ。保有上限が無限で、スキル枠も六つもありますわね」

「ん？　見えるのか？　あと、保有上限というのはカードを保有できる上限枚数だな？　スキル枠が六つで驚くということは……」

「まず、このステータス枠ですが、ダンジョン内でのみ表示されます。ただし他の人にも見えますので、表示するときはお気をつけください。次に保有上限ですが、これはダンジョン内で所持することができるカード枚数です。通常は二〇から三〇枚が上限なのですが、主人は報酬を得たため、無限になっているようです。それとスキル枠ですが、これも通常は二～三枠です。それにしても、この『カードガチャ』というのは寡聞にして存じ上げないのですが……」

「あー……　それはいい。なんとなく想像できる。だが保有数が〇枚になっている。貴女が入っていないようだが？」

「私が顕現しているため、そして最高峰のレジェンド・レアカードだからでしょう。ダンジョンに入れば、魔物カードが手に入ります。どうされます？　実際に入ってみますか？」

「いや、準備も必要だ。あとは俺の家で詳しく聞こう。一旦、戻る」

そう言って階段に戻ろうとしたが、朱音さんはその場から動かない。振り向いた俺に、朱音さんはため息をついて申し訳なさそうに言った。

「先ほど申し上げた通り、下僕はダンジョン内でのみ召喚可能なのです。私が外に出たら、カード化されてしまいます。私と会話するのは、この場でなければなりません」

「なるほど。再び貴女を顕現させるのに、なんらかのペナルティは発生するのか？」

「いいえ、特には……」

「では悪いが、カードに戻ってくれないか？　これまでの状況を紙に整理しておきたいし、なにより、先程から催しているんだ」

「はい。それと最後に、これからは私を『朱音』と呼び捨ててくださいませ。さん付けなどされると戸惑ってしまいます。私は下僕でございますから……」

「わかった。では俺のことも主人ではなく苗字《みようじ》か名前で呼んでくれ。主人と呼ばれると、戸惑う」

「畏まりましたわ。和彦様」

いや、様付も……と言おうとしたときには、朱音はポンッとカードに戻ってしまった。今度は宙に浮かずに、そのまま床に落ちる。俺は慌ててカードを拾い、胸ポケットに収めた。


それに気づいたのは、トイレを出て換気扇の下で一服している時であった。スマートフォンで時刻を確認すると、一〇時過ぎを指している。俺は違和感を覚え、腕時計を確認した。体感だが、あの探索と朱音の話とで二〇分は経過したはずだ。実際、ダンジョン内で身に付けていた腕時計は、一〇時半を指していた。

「これはどういうことだ？　時計が壊れている？　もしくは……」

ある可能性に思い至り、俺は思わず左手で口を覆ってしまった。

「……時の流れが違うのか？」

早速、仮説検証に入る。二本のクオーツ時計を用意し、一方を自分の腕にはめ、もう一方にはタコ糸を括《くく》り付ける。そし、同じ時間からスタートさせる。まずは地下に降りる階段から検証する。

すると秒針が目まぐるしく動き始めた。慌てて引き上げ、再び同じ時間にセットし、今度はより深い場所に時計を下ろす。ちょうど一分が経過したので、引き上げる。すると〇時〇分からスタートさせたのに、二時間近く時間がズレていた。この実験から、俺は確信した。ダンジョン内では、外部より時間が早く動くのだ。

「念のため、朱音に聞く必要があるな」

筋肉痛になることを覚悟しつつ、俺は再び、地下へと下り始めた。

「ダンジョン内、正確には第一層の安全地帯《セーフティゾーン》以降では、地表の一四四倍の速さで時が流れます。つまり、地上での一時間はダンジョンでの六日間になります」

朱音の言葉で、二日間の過ごし方がほぼ決まった。このダンジョンの出入り口は俺の家の庭に出現した。つまり俺のモノである。ダンジョン内で六日間分の仕事をしても、地上ではわずか一時間なのだ。その分、余暇が充実する。安全地帯《セーフティゾーン》を作り変えれば今後のダンジョン探索も捗《はかど》るだろう。

そう考えた俺は、ＤＩＹを決断した。

「まず近隣の目が届かぬよう、庭を柵で囲む。雨水などが浸入しないよう、入り口もしっかりと囲おう。次に、階段と安全地帯《セーフティゾーン》だな。階段は急だから壁に手すりを付けて、滑らないようにゴム板を敷く。荷揚機も用意するか。安全地帯《セーフティゾーン》は板張りにして壁紙を張り、電気を外から取れるかを確認する。無理なら、家庭用蓄電器を用意するしかないな」

俺の計画は、安全地帯《セーフティゾーン》の「仕事部屋化」だ。電力を常時消費するような冷蔵庫などは置けないだろうし、ネット通信も難しいだろう。だがパソコンでの書類作業ならば可能なはずだ。ソファーなども置いて、仮眠できるようにもしたい。俺は早速、車を出した。

ホームセンターには便利なものが置いてある。幅九〇センチ、高さ一八〇センチの目隠しフェンスキットだ。一〇枚もあれば十分だろう。隙間は人工植物の蔦《つた》を使って目隠しする。

続いて、庭の改造に入る。所々に生えていた雑草をすべて抜き取り、ショベルで平らに均《なら》す。その上にタイルを敷き詰めていく。日光を遮るため、雑草が生える心配はない。

ダンジョンへの入り口の周囲はコンクリートレンガで囲った。その上にブルーシートを被《かぶ》せる。これだけの作業で、ほぼ一日になってしまった。

「まさか私の最初の仕事が『足揉《も》み』だなんて思いませんでしたわ」

安全地帯《セーフティゾーン》にビーチチェアを持ち込んで横になった俺は、朱音を顕現し、太腿《ふともも》や脹脛《ふくらはぎ》を揉ませていた。口では文句を言いながらも、朱音はちゃんと命令を守ってくれている。性技にも長けている朱音はマッサージも上手《うま》く、筋肉疲労した俺には実に心地よかった。

「和彦様がお望みなら、もっと気持ちの良いことをして差し上げますわよ？　もっと熱くて硬いモノを解《ほぐ》して差し上げますわ。私の手や胸、お口で……」

朱音は妖艶な笑みを浮かべ、白く細い手を下半身に伸ばした。だが止める声がしない。顔を上げた朱音はため息をついた。マッサージの心地よさで、いつの間にか俺は眠ってしまっていた。

腕時計を見ると二時間が経過していた。だが地上では一分程度である。俺が眠っている間もマッサージを続けてくれたようで、太腿がかなり楽になった。

「今後の方針だがな。まずはしっかりと準備を整えておきたい」

ビーチチェアに横になりながら改装計画を語ると、朱音は呆《あき》れた表情を浮かべた。

「このダンジョンは俺の家の庭に出現した。つまり、俺以外には入れない。この部屋も含めて、俺の好きなように改造させてもらう」

「確かにそれでしたら、問題はないかと存じますが……」

「ん？　何か不満があるのか？」

「いえ、まだダンジョン・システムについて申し上げていないことがありますので、それが気になっております」

朱音の言葉に、俺はある可能性を思いついた。

「まさか、ダンジョン内から魔物が出てくるのか？」

「それはありません。当面ではありますが……　魔物がダンジョン外に出るには、二つの方法があります。一つはカード化されたうえで、その主人が『ダンジョン討伐者』となることです。討伐者は、討伐したダンジョンの難度によって幾つかの報酬を得ますが、いずれの討伐者も『カード顕現化』という能力を得ます。一定時間ではありますが、地上でもカードを顕現化することができます」

「なるほど、つまりこのダンジョンを討伐したら、朱音を地上に連れ出すことができるわけか」

「はい。その時は私をお好きなように……」

「いや、まぁ楽しみにしてるよ。で、二つ目の方法は？」

笑って話を促す。朱音は、グラビアアイドルや「愛人にしたい女優」などが裸足《はだし》で逃げ出すほどに色っぽく美しいのだが、話の合間に「色事」を交えがちなのが欠点だ。もっとも、程度を弁《わきま》えているのかすぐに本題に戻るから気にならないが。

「二つ目は、人類がダンジョンに負けた時です」

聞き捨てならない言葉に、俺の笑みは消えた。

「一公転後、つまり一年後までにダンジョン・システムが全起動し、世界中に六六六のダンジョンが出現します。それから一〇公転の間に人類がダンジョンを討伐できなければ、魔物大氾濫《モンスタースタンピード》が発生します。討伐されていないダンジョンから、魔物が一斉に地上に、無限に溢《あふ》れ出てきます。人間はおろか、動物も植物も……あらゆる生物を食い尽くします」

「おいおい…… つまり今から一一年後までにダンジョンを全部討伐しないと、魔物が溢れ出て世界を滅ぼすってことか？」

「記憶が消されているため、実際に見たわけではありません。ですが、それによって無数の文明が滅んだということは、存じています」

俺は口元を押さえて考えた。これまではこのダンジョンで面白おかしく生きれば良いと思っていたが、僅か一〇年で世界が滅びるとなれば、他人事《ひとごと》ではない。ダンジョン・システムを起動させたのは俺自身だ。原因の一端に関わっている。心拍数が一気に上がった。

（落ち着け。どうする…… 逃げるという選択肢はない。世界中にダンジョンが発生する以上、逃げようがない。なら解決に動くか。どうやって？　警察や国に知らせるか？　だが信じるだろうか。いや、信じたとしてもそれまでに多くの人間がこのダンジョンに入り、世界滅亡の期限を知ることになる。そんな情報が出回ったら、社会が混乱するだろう。ならばこのダンジョンを利用して残りの人生を楽しく生きる……　いや、楽しめないな。起動させた「当事者」という自覚から目を背けて暮らしたところで、ストレスと罪悪感で押しつぶされるだけだ。ならば……）

「取《と》り敢《あ》えず、俺が第一接触者《ファースト・コンタクター》であることはバレないようにしないとな。それと他のダンジョンも探す必要があるだろう。全部は見つけられないだろうが……」

「当面、この『深淵《アビス》』に集中されることをお勧めしますわ。Aランクダンジョンなら強化因子も豊富ですし、和彦様もお強くなられると思います」

「ん？　そういえば『強化因子』というキーワードについて聞いてなかったな。強化因子ってのは、ロールプレイング・ゲームで言うところの『経験値』ってやつか？」

そう言って、俺はステータス画面を表示した。

＝＝＝＝＝＝＝＝＝＝＝＝＝＝＝＝＝＝＝＝＝＝＝＝＝＝＝＝＝＝＝＝＝

【名　前】　江副和彦
【称　号】　第一接触者《ファースト・コンタクター》
【ランク】　F
【保有数】　0／∞

【スキル】カードガチャ　┃┃┃┃┃

＝＝＝＝＝＝＝＝＝＝＝＝＝＝＝＝＝＝＝＝＝＝＝＝＝＝＝＝＝＝＝

「この『ランク』が、レベルみたいなものなんだろ？　強化因子によってランクが上がるのか？」

「ロールプレイング・ゲームというのは存じませんが、ランクは強さの指標を示しています。Ｆは最弱で、一般人と同じです。そこからＥ、Ｄ、Ｃと上がり、最終はＳＳＳとなります」

「魔物を倒して強化因子を手に入れれば、これが上がっていくってわけだな？」

「いいえ、強くなれば上がります」

朱音の言葉に引っかかりを覚えたので、俺はもう少し詳しく聞こうと思った。

「待て。魔物を倒して強化因子が入る。ランクが上がる。強くなる。ではないのか？」

「因果が違いますわね。強くなったからランクが上がるのであって、ランクが上がったから強くなるわけではありませんわ。魔物を倒すと『強化因子』が肉体に取り込まれます。その状態で身体を鍛えれば、通常よりも格段に早く強くなります。具体的には筋力の向上、反射速度の上昇、病気の回復、細胞年齢の若返りなどです。また人によっては魔力回路を発現し、魔法が使えるようになることもあります。ランクは『強くなった結果』を表現したものに過ぎません」

そう説明されて、俺はようやく理解した。つまり現実と同じなのだ。ゲームやラノベでは、レベルアップで強くなる。だが現実世界は違う。レベルが上がって力や体力が一ポイント増えた、などということはなく、努力して少しずつ強くなり、ある一定の水準を超えた結果がランクに反映されるのだ。強化因子とは、筋トレ後に飲むプロテインのようなものだ。

「つまり、強くなるための不断の努力が不可欠ってわけか？」

「私も、そのお手伝いを致します。戦い方などもお教えしますわ」

「わかった。だが取り敢えずは準備だ。この部屋を改装するだけでなく、ダンジョンに入るための備品類も用意しておきたいからな」

朱音をカードに戻し、俺は地上に戻った。


結局、準備に一週間の時間を掛けることにした。階段の壁には瞬間接着剤で手すりを備え付け、床に敷き詰める板材などは電動台車を使って運んだ。家からの電力供給も試したが、これはダメだった。仕方ないので、大容量蓄電池を用意する。ダンジョン内に常備したら、地上の一ヶ月が一〇年分になってしまうので、置く物は慎重に考える必要がある。家具や床材、壁紙などは大丈夫だろうが、精密機器は常設しないほうが良い。

「工業用の瞬間接着剤で手すりを付けたから、まぁ大丈夫だろう。壁紙は白にした。床板はオーク材だ。フローリングはそもそも耐用年数など計算されていないからな。まぁ大丈夫だろ。ソファーや椅子は本革にしてみた。保湿クリームでメンテナンスすれば何十年でも保《も》つ。机もそうだ。まぁパソコンを使うか資料を読む程度だから、あまり豪華じゃなくても良いだろ。照明は卓上灯とフロアライトだ。ここに来るたびに蓄電池を持って入らなければならないのが面倒だが、電動台車を使えば一度で可能だからな」

ようやく、落ち着ける空間となった。ダンジョンに続く扉の前には、泥や血糊《ちのり》があることを考慮して、大型の泥落としマットを敷いた。地上の一週間は、この部屋では二年半になる。一週間ごとに床のワックスがけや椅子やソファーのメンテナンスをすれば問題ないだろう。朱音にも手伝わせれば短時間で終わるはずだ。

「本当に、安全地帯《セーフティゾーン》を改造してしまわれましたわ。このソファーも座り心地が良くて……ウフフッ、和彦様はこの部屋で、私と愛欲の一時をご希望なのですわね？　腰が抜けるほど、蕩《とろ》かせて差し上げますわ」

そう言ってしなだれ掛かってくる。女は大好きだ。そして朱音は最上級の美女だ。その肢体に溺れるのも悪くないが、その前にやるべきことがある。二〇代の若者ならともかく、俺はアラフォーだ。一時の欲望に負けてやるべきことを後回しにするほど、若くはない。

「あー、悪いが仕事をしたいからカードに戻ってくれ。人がいると気が散る」

「まぁっ！」

朱音は怒った表情を浮かべたが、次の瞬間にはカードに戻った。それを拾い上げ、カードケースに入れる。カードゲームで使われている「レアカード用？」のプラスチック製ケースだ。

「このシステムは、おそらく日本人にウケるだろうな。カードコレクターとか出そうだ。それにしても、この『カードガチャ』ってのは、どうやるんだ？　画面を押してもウンともスンとも言わんぞ？　まぁいいか。そのうちわかるだろ」

誰もいなくなった部屋で、俺のスリッパ音だけが響く。椅子に座り、ノートパソコンの電源を入れた。表計算ソフトを立ち上げ、これからの計画を策定する。このままいけば、魔物大氾濫《モンスタースタンピード》で世界は滅びる。残りの寿命を一〇年と思い定めて生きるという選択は、俺にはできない。ならば戦うしかない。魔物大氾濫《モンスタースタンピード》を確実に食い止めるには、全六六六のダンジョンを潰すのが一番だ。

（六六六ヶ所のダンジョンを一人で潰すのは不可能だ。仲間を集め、全員で手分けして潰していくしかない。だが大々的に大氾濫を告知すれば、社会的混乱を招くだろう。今後、一ヶ月ごとに世界中にダンジョンが出現すれば、人類全体が危機感を持つ。混乱も起きるはずだ。そのタイミングで同志を集めるしかないだろうな……）

バッテリーが切れるまで、俺はひたすら、これからのことを考え続けた。

明日からの三日間は完全なオフだ。仕事は終えてある。翌日、再びダンジョンに入った俺は、朱音とともに「探索道具」の最終確認を行った。

「防刃のベストと長袖シャツ、防刃ズボン。ゴーグル、軍手、防塵《ぼうじん》マスク、安全靴にヘルメット。万一のための懐中電灯と耐衝撃性腕時計。防水登山バッグ。水が2リットルペットボトルで二本、カロリー摂取用の固形食が八食分。オイルライター、厚手タオル三枚。消毒液、テーピング、ガーゼと包帯。トイレットペーパーとビニール袋。そしてノートとペン」

「武器になりそうなものはありませんわね。その光りを灯すものは不要かと思いますが……」

「万一のためだ。本当は防毒マスクも欲しかったんだが、ガスの種類がわからないとダメらしい」

「その辺りは私にお任せください。基本的にダンジョン内は無毒です。毒の罠《わな》などもありますが、そうした毒の空気も、しばらくすれば消えます」

すべての準備を整えた俺は、ゴーグルを塡《は》め、防塵マスクを口に当てた。

「では、行こうか」

金属製の扉の前に立ち、取手を摑んだ。すると扉は自動的に開き始めた。


「思った以上に明るいんだな。それに空気も綺麗《きれい》そうだ。これならマスクは不要かな？」

ダンジョン内に入った俺は、朱音を先頭に立たせて少しずつ進んだ。目の前をプリップリッと尻が動く。ハイヒールを履かせてみたいと思った。

「和彦様の厭らしい視線を感じますわ。それだけ余裕があれば、大丈夫ですわね？」

「あー、いや、そうだな。なんだか、イメージ通りすぎて拍子抜けと言うか……」

「第一層で出現するのは、大抵は弱い魔物です。人間が素手で勝てるくらい。ですが、ここはAランクダンジョン。何があるかわかりませんわよ？」

「あぁ、気をつける。マッピングも必要だしな」

そういって、紙に書き付けていくが、振り向いた朱音にペンを取り上げられてしまった。

「私の力を見くびらないでくださいませ？　この程度のダンジョンで方向を失ったりしませんわ。それより、そろそろ魔物の気配がし始めています。紙よりも、周囲にご注意ください」

そして暫《しば》く進むと、朱音は壁に背を付けた。俺も同じようにする。

「この角を曲がると、魔物がいますわ。二体……恐らくは、ゴブリンかと」

小声でそう言う。壁に背を這《は》わせながら静かに進む。分かれ道のところで止まり、指を三本示した。三、二、一……そして飛び出す。俺も後に続いた。

「……あれ？」

そこには首を切られた灰褐色の小汚い小人が二匹と、苦無を手にそれを見下ろしている妖艶な美女がいた。魔物の身体がチリチリと崩れ、やがて煙となっていく。

「この煙が、いわゆる強化因子ですわ。一緒に戦うことで、私と和彦様の肉体に取り込まれます。戦い続ければ、筋肉や骨が強化され、やがてランクが上がります。そして……」

朱音が腰をかがめる。床から何かを拾い上げた。

「これが、魔物が落とす『ドロップアイテム』です。やはりお金でしたわね」

ピンと俺に弾《はじ》き飛ばす。手にした俺は片眉を上げた。それはピカピカの五〇〇円硬貨であった。

「魔物というから、どんな凶暴な奴《やつ》かと思っていたが、まさか噛《か》みつきだけしかできないゴブリンとはな。これでもう二〇体目、朱音なら楽勝だな」

朱音が悠然とゴブリンを屠《ほふ》り、落ちた五〇〇円硬貨を俺が拾う。

「和彦様も戦われたほうが宜しいですわよ？　強化因子は、いくら吸い込んでもそれだけでは強くなれません。ご自身で身体を動かして戦わない限り、ずっとFランクのままですわ」

「んー、そうなんだろうが、どうも戦いというのはな。俺はずっと頭脳で金を稼いできたからな」

朱音は呆れたように首を振った。相変わらずの速さで五〇〇円、いやゴブリンを屠っていく。

「これで三〇枚目……ん？」

ギャギャッという声が後方でしたので振り向くと、目の前にゴブリンが立っていた。

「うわぁぁっ！」

襲いかかってきたので、腕で自分を護《まも》ろうとする。左腕に痛みが走った。ゴブリンが鋭い歯を突き立てている。俺は大声で助けを呼んだ！

「ちょっと！　朱音！　助けてっ！」

「こっちにもゴブリンが来ましたわ。和彦様でなんとかしてくださいませ！」

どうやら朱音も戦っているらしい。その間にも、ガシガシとゴブリンが腕を噛んでくる。鋭いギザギザの歯と白目のないどす黒い瞳、そして耐え難い悪臭であった。恐怖で腰を抜かした俺だが、五秒ほどで冷静になってきた。あれ、コイツ弱くね？

「このっ！」

ゴブリンの腹を蹴り飛ばすと、簡単に引き剝がれていった。確かに痛みはあるが、犬に噛まれた程度の痛みだ。そもそも防刃シャツを着ているので、肉は裂けていない。歯型がついた程度だ。

「なるほど。冷静に考えると相手も素手ってことは、要するに体長一メートルの子供を相手にしているようなものだな。せいぜい五歳児くらいか？」

俺は急に気が大きくなると、再び向かってきたゴブリンの顔面を思いっきり殴った。

「こりゃ気持ちいい。人を殴ったのは初めてだな。いや、ゴブリンだから人じゃないか」

殴ったゴブリンの顔面を蹴り飛ばす。プギャァと声を上げて、ゴブリンは煙になった。

「いかがですか？　初めての魔物討伐は？」

いつの間にか、朱音が側《そば》に来ていた。見るとゴブリンの死体も煙もない。どうやら先程は、俺に戦わせるために嘘《うそ》をついたようだ。

「意外に余裕だな。これなら俺でも戦えそうだ」

「第一層は、侵入者を増やすための撒き餌《まえ》のようなものです。通常は足で踏み潰せる虫やスライムくらいなのですが、第一層からゴブリンというのは、さすがはAランクダンジョンですわ。それにしても、和彦様は意外にお強いのですね。ゴブリンを殴った時など、その威力に驚きましたわ」

「ん？　まぁそうだな」

俺の微妙な答えに、朱音は首を傾げ、そして軍手の上から右手を触って頷《うなず》いた。俺は笑みを浮かべ、茶化すように返答する。

「あくまでも、仕事道具である指を護るためだ。ダンジョンもそう判断したようだしな」

「ズルイですわね。ですが、それでこそ私の主人ですわ」

軍手の下には、鋼鉄製のメリケンサックを握り込んでいた。


それからというもの俺は積極的に「ゴブリン狩り」を始めた。朱音のように首を掻《か》かなくても、一定のダメージを与えればゴブリンは煙になる。この辺はＲＰＧのように思えた。三時間ほど狩り続ける。ゴブリンは幾らでも湧き出るようで、すでに百体を超えた。

「どうされます？　第一層の構造はほぼ見えましたし一旦、戻りますか？」

「そうだな。戻っても良いが、試しに第二層に行ってみるか？　それにしても、まさか碁盤目状だったとは、思ったより楽だったな」

Ａランクダンジョン「深淵《アビス》」の第一層は、８００メートル四方ほどの大きさで、通路が碁盤目状となっていた。迷うことはまずない。俺たちは出現するゴブリンを倒しつつ奥へ進み、一番右奥に第二層へと続く階段を発見した。ダンジョン入り口のような狭い階段ではない。駅のホームへ続く階段のような、かなりしっかりしたものだった。

「第二層に進まれるのは、あまりお勧めしませんわ。先程も申し上げた通り、第一層とはいわば撒き餌。大抵のダンジョンは、侵入者を肥やして食らおうとし、第二層から一気に危険度を上げます。まずはここで戦い続け、Ｅランクを目指すべきでしょう」

「なるほど。では戻るついでにもう少し戦っていこう。安全地帯《セーフティゾーン》で休憩したら、また入るぞ」

「畏まりましたわ」

俺は、いつの間にか先頭に立っていた。

私の主人「江副和彦」様は、少し変わったお方です。数時間、ゴブリンと戦い続けると何かを書き付けています。確認すると倒した数と時間でした。どうやら主人は、几帳《きちょうめん》面なお人のようですわ。

「ふーん。これが『ゴブリンカード』か。いらないんだけどなぁ～」

魔物を倒すと一定の確率で倒した魔物がカードになります。およそ和彦様の記録では、一〇〇体を倒すと二枚程度、カードが出現するようです。そして一〇枚目のカードを拾われた後、和彦様はステータス画面を表示されました。

＝＝＝＝＝＝＝＝＝＝＝＝＝＝＝＝＝＝＝＝＝＝＝＝＝＝＝＝＝＝＝＝＝＝

【名　前】江副 和彦

【称　号】第一接触者《ファースト・コンタクター》

【ランク】F

【保有数】10／∞

【スキル】カードガチャ（1）――――――――――

＝＝＝＝＝＝＝＝＝＝＝＝＝＝＝＝＝＝＝＝＝＝＝＝＝＝＝＝＝＝＝＝＝＝

「ん？　カードガチャのところに「（1）」って表示されたぞ？　つまり、カード一〇枚で一回分のガチャができるってわけか？　仮に朱音をガチャに使ったらどうなるんだ？」

なんてことを仰《おつしや》るのでしょう。ダンジョン・システム全カードの中でも最高峰に位置する一〇八柱の一柱である私を、ゴブリンなどと同じに扱われるなんて！　赦《ゆる》しませんわ。返答次第によっては、不能になるまで搾り取って差し上げますわ！

「和彦様……よもやこの私を、得体の知れないスキルの犠牲になど、なさいませんわよね？」

「あー、スマン。誤解される言い方をした俺が悪かった。安心しろ。朱音は絶対に手放さん。俺が死ぬか、ダンジョンを全て攻略するまでな。それで、一〇枚目のドロップで表示されたということは、つまりカードから召喚中はカウントされないってことか？」

「死が分かつまで一緒……ウフフッ」

和彦様の思いもよらぬお言葉を聞き、私の胸は熱くなりました。殿方の軽薄な言葉だけで心動かされるほど、私は子供ではありませんわ。ですがダンジョン時間で数日間は、寝食を共にして戦ったのです。情が移らないわけがありませんわ。

和彦様の見た目も、少し変わられました。出ていたお腹《なか》も少し引っ込み、タプタプとしていた顎下の肉も減っています。少しお痩せになっただけですが、悪くない見た目になられました。このまま戦い続ければ、大人の渋みを持つ魅力的な殿方になられるでしょう。

あら、いけませんわ。和彦様が何かを出現させました。アレは、なんでしょう？


俺の軽口で朱音が喜んでいる。俺はアラフォーのオッサンだが、男性としては健全だ。いつまでも据え膳を食わないほどには枯れていない。抜群のスタイルを持つ美女から求められているのだ。そろそろ手を出してしまおうか。だがいまは、スキルの確認が先だ。

ステータス画面のスキル枠に変化が出た。カードガチャという名前から、オンラインゲームで言うところのガチャなのだろうという想像はついた。だが何を「課金」すればガチャを回せるのかが解らなかった。当初はゴブリンが落とした五〇〇円硬貨かと思ったが、全く反応しなかった。ドロップカードを初めて手に入れたときもそうだった。だがようやくわかった。ドロップカード一〇枚で、ガチャ一回分なのだろう。

「ドロップ率は体感で二〜三%か？　一〇枚集めるのにゴブリン五〇〇匹かよ。コスパはあまり良くないな。で、どうすれば良いんだ？　この一〇枚を画面に押し当てれば良いのか？」

ゴブリンカード一〇枚を黒い部分に当ててみると、カードが泡のように消えた。そして画面が変化する。昔、駄菓子屋にあったガチャガチャのような機械が四台、表示されていた。それぞれの上部に「キャラクターガチャ」「武器ガチャ」「防具ガチャ」「アイテムガチャ」とある。キャラクターというのは、恐らくはゴブリンなどのような「召喚して戦わせる戦力」のことだろう。武器と防具、アイテムはその名の通りだと思う。

「朱音、これを見てくれ」

朱音が近づき、左腕に胸をムニュッと押し付けてくる。まぁそれは良い。それよりも……

「確認だ。ダンジョンで手に入れた武器や防具、道具類は地上でも使えるのか？」

「使えますわ。ただし地上に持ち出すためには、ダンジョン内でアイテムを具現化しなければなりません。カードに戻す時も同じでございます」

そう言いながらも、ムニュムニュと豊かな胸を主張させる。思わず理性が溶けそうになる。無関心を粧《よそお》っているが、俺だって男だ。それも結構、性欲は強い。唾を飲み込み、俺はアイテムガチャを指で押した。本体の右側に備え付けられたレバーが回り、ウィーンとカードが出てくる。そして画面からカードが浮き上がり、リアルに出現した。

「……無駄に凝ってるな」

呟《つぶや》きながらも、出現したカードを手にする。表面には、赤い液体が入った薬瓶のようなものが描かれている。それだけで、これがなんなのか予想できた。一応、裏面を見てみる。

「ポーション、ですわね。飲めば風邪薬になりますし、切り傷や打撲程度ならすぐに治ります。ですが内臓に至るほどの重傷や骨折には効きません」


＝＝＝＝＝＝＝＝＝＝＝＝＝＝＝＝＝＝＝＝

【名　称】ポーション
【レア度】Ｃｏｍｍｏｎ
【説　明】無味無臭の一般的なポーション。飲めば風邪薬、掛ければ傷薬として有用。

＝＝＝＝＝＝＝＝＝＝＝＝＝＝＝＝＝＝＝＝

「Ｃｏｍｍｏｎってことは『Ｃ』、つまり『一般』って意味だろうな。となるとその上はＵＣ、Ｒ、ＳＲ、ＵＲ、ＬＲって感じになるのか？　本当に、ガチャそのものだな」

「和彦様、気落ちされませぬよう。ポーションなど使わずとも私が傷口を舐《な》めて差し上げますわ」

そう言って、朱音は俺にしなだれ掛かり、両腕を首に回してきた。女の柔らかい匂いがふわりと漂ってくる。ヤバイ。我慢しきれなくなりそうだ。

「先ほどから、和彦様の欲望を感じていますわ。そのように我慢せず、私のカラダを隅々まで貪って、猛々《たけだけ》しい牡《おす》の欲望を思うままに吐き出してくださいませ」

「………」

細く括《くび》れた腰に手を当て、潤んだ瞳で見つめてくる妖艶な美女を引き剝がした。危ない危ない。

「俺のランクはFだ。戦いも素手のままだしな。強くなるまでは、御預《おあず》けにしておくよ」

「では、せめて予約だけ……」

唇に柔らかいものが触れた。


地上時間で丸一日をダンジョンで戦うといっても、食事も必要だし風呂や睡眠のために地上に戻る必要がある。結果的にダンジョンでは数日となる。その間に、ゴブリンを五〇〇匹以上倒した。

「五〇〇円硬貨が五五三枚か。二七万六五〇〇円。問題はこれを所得とした場合、税金をどうするかってことなんだよなぁ。銀行で両替したうえで、タンス預金にするか？」

しばらくは今の仕事を続けなければならない。オフィスワークはダンジョン内でやれば良いが、訪問してのコンサルティングなどはどうしても時間が取られる。

「まぁ仕事量をこれ以上は増やさず、ダンジョン攻略を優先させよう。それにしても痩せたな。ベルトやシャツの首周りが緩いぞ？」

体重計に載ると、五キロ近く落ちていた。強化因子によって筋力などもついているだろうから、体脂肪はもっと落ちているはずだ。

「参ったな。あんまり痩せるとコンサルタントとしての貫禄《かんろく》が出ないぞ」

自分を卑下する冗談を口にしつつ、俺は上機嫌でネクタイを締めた。

「和ちゃん、痩せたんじゃないか？」

「まぁね。ちょっと運動を始めたんだよ」

幼馴染《おさなじみ》の岩本は、千葉県にパチンコ店やビジネスホテルなどをチェーン展開する中堅企業の社長だ。元々はウリィ共和国（内国）国籍で二〇歳のときに日本に帰化した元在日内国人だが、そのことを気にしたことはない。年に一度くらいは酒を飲む関係を続けていたが、俺が独立したときに、最初にクライアントになってくれた、親友にして大事なお得意様だ。

「研修計画とキャリア助成金の申請書一式だ。これでほぼ間違いなく助成は下りる。それと、採用一ヶ月後のアルバイト店員たちのインタビューもまとめてある。岩ちゃんの言っていた通り、タバコの煙が気になるという意見が多いな。やはりそろそろ、店内分煙を考えたほうが良いだろう」

資料を捲《めく》った岩本は、顔色を変えた。およそ一週間でできる仕事量ではない。

「凄《すご》いな。これなら次の店長会議で議論できる。なぁ和ちゃん。やっぱ、ウチの役員にならないか？　和ちゃんなら安心して経営を任せられるよ」

「そう言ってくれるのは嬉《うれ》しいが、俺はフリーランスが良いんだ。クライアントからの依頼は受けるが、上司からの命令は受けない。一匹狼《いっぴきおおかみ》でいたいのさ」

その後は、完全分煙化に向けての計画策定や、不動産関連の事業についてなどを話し合った。

クライアント周りを終えて家に戻った俺は、まずはシャワーを浴びてリラックスできる服装に着替えた。ノートパソコンや書籍をカバンに入れ、ダンジョンへと向かう。面談内容をまとめたり、依頼された分析業務などを終えるためだ。それが終わると、ダンジョン探索の記録を付ける。ゴブリン一〇〇匹を倒すのに費やした時間を計測していたので、それを記録していく。経験値がない現実世界では、こうした記録によってランクアップの仕組みを解いていくしかない。

「やはりベッドも置くべきか？　フレームベッドならそれなりに保つだろう。だが布団をどうするかが問題だな。いちいち運び入れるのも面倒だし、ラノベに出てくるアイテムボックスや魔法の収容袋とかがあれば良いんだがなぁ」

「ありますわよ？」

「うわぁっ！」

背後から声を掛けられ、飛び上がってしまった。いつの間にか、朱音が顕現していたのだ。

「そうやって驚く和彦様も素敵ですわ」

革張りの椅子に腰掛ける俺の前に立つと、両腿を跨《また》ぐように俺の足に座ってくる。よく発達した白い太腿が付け根近くまで見えてしまっている。

「あのなぁ……そんなに誘うなら、本当にヤッちまうぞ？」

「あら、嬉しいですわ。和彦様のお情けが欲しくて、ずっと疼《うず》いてますの……」

グリグリと下半身を押し付けてくる。呆れたようにため息を吐き、ポンッと太腿を叩《たた》いた。

「降りろ。仕事も一段落したし、今日はここまでだ」

朱音は俺に跨《また》がったまま、カードに戻った。

「ネット小説とかによると、ガチャってのは一〇回分で一一回引けるらしい。このスキルではどうかは知らないが、取り敢えず一〇回分までゴブカードを貯《た》めるぞ」

「カード一〇〇枚ということは、五〇〇〇匹のゴブリンを殺さなければなりませんが？」

「ここのところ、ゴブ一〇〇匹を殺した最短時間は二時間だ。つまり五〇〇〇匹だと一〇〇時間になる。四時間ごとに三〇分の休憩をし、それを四回、一八時間ごとに八時間の睡眠を入れる。戦っている時間は一六時間だから、それを六回やる。二六時間×五回プラス一八時間、つまりダンジョン時間で一四八時間だ。途中でシャワーを浴びたりバッテリー交換をしたりしても、地上時間で四時間もあればいけるはずだ」

「ずっとゴブリンを殺し続けると？」

朱音が不安そうな、あるいは呆れたような表情を浮かべていたがそれは無視する。どの程度でランクアップするかも含めて、自分自身を実験台にする必要がある。安全地帯《セーフティゾーン》を拭くためのタオルなど必要なものは全部運び入れた。空気で膨らむエアーマットも用意してある。

「では、行くか……」

朱音を連れて、俺はダンジョン内へと入った。


私は内心で呆れながら、目の前の主人を見つめています。和彦様はよく「効率」や「生産性」という言葉をお使いになられます。決められた時間の中で、もっとも楽に、もっとも多く魔物を倒すにはどうしたら良いか。和彦様の関心はそこにあります。碁盤目状の第一層を駆けながら、出現したゴブリンに攻撃を加えていく。持久力の強化を兼ねた鍛錬とお考えなのかもしれません。

「走りながら蹴りを加え、そして殴る。これが最短の倒し方か？　取り敢えずこれで四セットやってみて、検証しよう」

和彦様は「俺のやり方はＰＤＣＡだ」とおっしゃいます。目指す目標《ゴール》を設定し、それを実現するための具体的な計画を立て、実行と検証、そして改善を行う。ここまで理論的、計画的にダンジョンにアプローチした人は、和彦様が初めてだと思います。

「一〇〇匹殺すのにおよそ一一〇分……若干、改善されたな。ドロップは二枚、ランクは変わらずか。ランクアップするには、あとどれくらい殺せば良いんだ？」

懐に入れている紙に時間を記録し、再び走り始めます。ゴブリンは二撃を加えれば倒せることが判明しております。そのため和彦様が先頭を走り、私は五〇〇円硬貨を拾いつつ背後を護るというのが、今回の「カード集め兼鍛錬」と基本です。ただ時には後ろからもゴブリンが襲ってきます。苦無の一撃で済みますので私は楽なのですが、和彦様はお辛《つら》いはずです。強化因子で身体に変化が生じるはずですので、後でマッサージをして差し上げましょう。

天災国家の日本は、サバイバル・フーズが充実している。前回のゴブリン狩りで得た五〇〇円硬貨たちは、全てサバイバル・フーズに消えた。ネットで注文した「非常食カレー」だの「パンの缶詰」だのが二週間分積んである。水は一人あたり、一日四リットルを用意した。大小便は、ダンジョン内ですれば勝手に吸収してくれるらしい。

「これは良いですわね。まさかダンジョン内でこんな豪華な食事ができるなんて……」

ハヤシライスを食べた朱音が相好を崩している。発熱剤入りなので、火を使わずに温かい食事ができる。日本メーカーの開発力は偉大だ。四時間ごとに第一層の安全地帯《セーフティゾーン》に戻る。拾った硬貨やゴブリンカードも荷物になるため部屋に保管する。こうした部屋があるのは実に助かる。

だが不満もなくはない。プラスチックやビニールなどのゴミは、ダンジョン外に出さなければならない。またこの部屋にはシャワールームがない。電気もバッテリーを使うしかない。結局のところ、ずっとこの部屋に居続けるわけにはいかないのだ。

「和彦様がダンジョンを討伐されれば、問題は解決するかもしれません」

「ん？　どういうことだ？」

肩を揉んでいた朱音が、一つの解決策を提示してきた。

「ダンジョンを討伐した際、討伐者は二つの選択肢を得ます。一つはダンジョンを完全に潰してしまうという選択肢、もう一つはダンジョンマスターとして自分の所有物にする選択肢ですわ」

「所有物？　このダンジョンが俺のモノになるってことか？」

「一般的な場合、潰す選択が多いですわ。その理由は、ダンジョン討伐には多くの人間が参加しているからです。誰か一人の所有物にするなど、他の参加者が認めないのです。ですが、このダンジョンに入るのは和彦様お一人……　ならばダンジョンを所有することも可能かと存じます」

「所有物にしたら、好きなだけドロップアイテムを増やせるのか？」

それができれば素晴らしいことである。諭吉氏を大量に出そう。あとポーションなどの異世界物品も手に入れられるだろう。

「残念ですが、好きなだけというわけにはいかないでしょう。私も詳しくは存じませんが、ダンジョンは異空間から力を得て、その力で魔物を出現させているそうです。ですので、無限というわけではないと思います。ただ、ダンジョンマスターはダンジョン内を好きなように作り変えることができるそうです。和彦様がご希望の風呂や手洗いなども、作ることができるはずですわ」

「そうか。なら早く攻略しないとな。じゃぁ行くか。これが終わったら八時間の休憩だ。一旦地上に戻って、風呂に入ってくる」

「畏まりました。では……」

軍手を交換した俺は、朱音と共に再び走り始めた。


「あれ?」

ゴブリンを殴り飛ばした時、違和感を覚えた。強化因子の煙の中、俺は自分の拳を眺めていた。

「和彦様、いかがされましたか?」

「今のゴブリン、パンチ一発で消えたんだよな。これまで二発だったのに……ひょっとしたら」

ステータス画面を呼び出す。


====================================

【名　前】江副 和彦

【称　号】第一接触者《ファースト・コンタクター》
【ランク】Ｅ
【保有数】24／∞
【スキル】カードガチャ（2）（空き）――――

＝＝＝＝＝＝＝＝＝＝＝＝＝＝＝＝＝＝＝＝＝＝＝＝＝＝＝＝＝＝

「お、ランクが上がってるぞ。それにスキルも変化している。この『空き』ってのはなんだ？」

朱音に顔を向けるが、首を振った。どうやら知らないらしい。

「そもそもスキルは、ダンジョンで得られる『スキル宝珠』や、長年の経験などで獲得します。稀《まれ》にランクアップ時に発現する人もいるそうですが『空き』というのは初めてです。私はてっきり、打撃などをご修得されると思っていましたが……」

「ふーん…… まぁ検証は後だ。まずはＥランクになったことで、もう一度計算をやり直そう。次から、一〇〇匹を殺す時間を測るぞ」

左腕に付けた耐衝撃時計のスイッチを押した。


食事をして風呂に入った後は、再びダンジョンに戻る。ついでに水や食料、衣類、バッテリーなども補充する。トレーナーに着替えた俺は、安全地帯《セーフティゾーン》に置かれた革張りソファーに横になっていた。

朱音も、普段の忍び装束ではなく絹製のオールインワンを着ている。

「ウフフッ……今宵《こよい》は初めて、和彦様と褥《しとね》を共にできるのですわね？　思う存分、私を御賞味くださいませ。腰が抜けるほどに蕩かせて差し上げますわ」

「いや、それも良いがその前にステータスだろ。この『空き』ってのはなんだ？」

頭が持ち上げられる。スルリと朱音が入ってきた。膝枕されながら、黒い画面を見る。だがドドンッと突き出た胸に邪魔されてしまう。仕方なく横向きになると、顔に胸が載ってきた。感触が心地よいので、そのままにさせておく。

「『空き』……ん？」

スキル枠の『空き』と表示された部分を指で触れると、画面が切り替わった。まるで表計算ソフトで作られたようなマス目が画面に広がり、それぞれに何か書かれている。

「『剣術』『槍術《そうじゅつ》』『体術』……これはどうやら、スキルの名前だな。なるほど、この中から選択できるわけか。〈?・?・?〉という部分は、なんらかの条件を満たしていないからだろう。ランクか、称号か……指を当てると簡単な説明まで出る。まるでゲームだな」

「でしたら、体術などはいかがでしょう？　和彦様のこれまでの攻撃方法は、打撃中心でした。体術であれば、その経験も活《い》かせると思いますが？」

「一理ある。だが却下だ」

「その理由はなんでしょう？」

俺はムクリと起き上がった。口頭でどう説明するか考える。ホワイトボードが欲しいと思った。

「ダンジョンがここ一つであるならば、朱音の意見に俺も賛成する。だが、一年後には六六六のダンジョンが出現している。俺一人では、とても潰しきれない。つまり『集団』の力が必要になる。

俺が欲しいスキルは、集団を形成し、束ねるスキルだ」

「さすがは和彦様。目先のことではなく、遥《はる》か先を読んでのことなのですわね？」

俺は立ち上がり、ノートを手にした。朱音にスキルを読み上げさせ、ノートに書き込んでいく。

「後で表計算ソフトで整理しよう。それぞれに特徴があるはずだ。ふーん。使えそうなのは……」


〈隷属支配〉

相手を支配し、自分の下僕とすることができる。支配された者は絶対服従する。支配するには相手の了承が必要だが、スキルを習熟すると了承なく支配することも可能になる。

〈鑑定〉

ステータスやアイテムなどを鑑定することができる。スキルを習熟することで、より詳細な鑑定が可能となる。

〈誘導〉

会話を通じて相手の意思をこちらが希望する方向に導くことができる。スキルを習熟することで、自然な形で相手に無理難題を押し付けることも可能になる。

〈回復魔法〉

神聖魔法とは異なり、回復に特化した魔法スキル。体力や負傷、状態異常を回復できる。習熟することで集団を一気に回復させることや、欠損部分の再生も可能になる。

「この四つくらいか？　『？？？』が多いため、いま取得すべきかも含めて、検討の余地があるな」

現時点で取るとするならば「回復魔法」の一択だろう。隷属支配は仲間を集める時に使えるかもしれないが、それは今のタイミングではない。鑑定は、そもそも鑑定したいモノがない。誘導は仕事で使えそうだが隷属支配と同じく、仲間集めに使うほうが良いだろう。この中では「回復魔法」だけが即効性がある。ダンジョン攻略は命懸けだ。第二層で致命傷を負わないとも限らない。

「やはり『回復魔法』だな。これは取っておこう」

ステータス画面を押した。


地上に戻ってシャワーを浴びて、そしてダンジョンで寝る。こんな生活をしていると、時間の感覚が狂ってしまう。ダンジョン内では何日も過ごしているのに、地上では数時間しか経過していないからだ。そのため、曜日と時間の確認を常に心がけている。

「この辺の時間管理は、慣れる必要があるな。あと太陽光を浴びないから栄養面も考えないと」

着替えなどを用意して再びダンジョンに戻ろうとすると、インターホンが鳴った。この家に来るのは宅配便か近くに来る親戚くらいである。モニターを見てみると案の定、親戚だった。

「えぇ？　あの、和さん？」

「それ以外に見えるか？」

親戚の「木《き》乃《の》内《うち》茉莉《まり》」は、俺の外見の変化に目を丸くしていた。地上ではそれほど時間は経過していないが、ダンジョンで結構な運動をしている。別人というわけではないが、アゴや腹は少しずつ変化していた。要するに痩せた。

「急なダイエットは、カラダに良くないんだよー」

そう言いながら、家に上がりこんでくる。木乃内茉莉の母親は、俺にとっては再従兄弟《はとこ》になる。茉莉の母親である「木乃内詩織《しおり》」は、三年前に離婚して生家のある江戸川区に戻ってきた。経済的に苦しい様子であったので週に一度程度、アルバイトとしてこうして俺の家に来て掃除などをしてもらっている。アルバイト代は日給八〇〇〇円だ。茉莉の通う高校はアルバイトが禁止されているため、親戚の手伝いという名目でこうして生活費を稼いでいる。

「あれ？　ちょっとゴミが多くない？　それに、レトルトがこんなにたくさん……」

エプロン姿の茉莉が首を傾げている。庭にダンジョンが出現していることを茉莉は知らない。だがいずれ、話さなければならないだろう。

「少し事情があってな。詳しいことは聞かないでくれ。いずれ話す。それと、新しい仕事ができたんだ。俺の家計も楽になるから、バイト代を上げよう」

口止め料ではないが、日給を一万円に上げることを伝えると、それ以上はなにも聞かずに、大量のゴミ処分や洗濯をしてくれた。その後姿を見ていると、結婚して子供がいたらと思ってしまう。茉莉の外見は母親譲りで、再従兄弟の俺から見ても相当に可愛《かわい》い。今年で一六歳になる高校一年生だが、早くも学年のアイドルになっているらしい。数年後はさぞ、美人に成長するだろう。

（しかし、しまったな。茉莉がいるのにダンジョンに入るわけにもいかないだろう。今日のところは、ダンジョンは休みにするか……）

「十月に修学旅行があるの。お金掛かるから、バイト代を上げてくれるのは嬉しいな」

「お祖母《ばあ》ちゃんの体調はどうだ？」

洗濯物は量が多いため、庭に干すのではなく乾燥機を回している。その間にひと休憩を入れる。茉莉は、庭の改装には気づいているが、さすがにダンジョンまでは気づいていないようだ。

飲み物はコーヒーではなく紅茶だ。紅茶党の俺は、茶葉にはこだわっている。西葛西にあるインド直輸入の紅茶葉専門店で買い付けている。マサラチャイを飲みながら、最近の様子を聞いた。

「うん…… あまり良くないみたい。入院が必要なんだろうけど、お金が掛かるからって、お祖母ちゃん、拒否してるの。お母さんも大変そうで、私も高校やめて働こうかなって……」

「ダメだ。ちゃんと高校に通い、大学にも行け。カネの方は、俺がなんとでもしてやる」

「お母さんは、それも苦痛みたい。助けてもらってばかりで、申し訳ないって言ってた」

「……詩織さんとは、話さなきゃダメだな。まだ言えないが、新しい仕事は茉莉にも手伝ってもらおうかと思っている。短時間で済むし、いい収入にもなる。それでお母さんを安心させてやれ」

「それ、変な仕事じゃないよね？　エッチなのとか……」

「バカ。お前は俺をなんだと思ってるんだ？」

若い娘が上目遣いで聞いてくる。中年オヤジとしては苦笑するしかない。だが仕事内容は言えない。少なくとも「健全」ではないからだ。一通りの家事が終わる頃には、日も傾いていた。一万円が入った封筒を渡す。この家はいずれ、改築する必要があるかもしれない。茉莉に話すとしたらそ

の時だろう。娘のような女子高生の後ろ姿を見送りながら、そう思った。

茉莉が帰ると、俺は再びダンジョンへと入った。ゴブリンカードを一〇〇枚集めるためには、推定五〇〇〇匹のゴブリンを倒さなければならない。戦い方はかなり効率化されている。当初は一〇〇匹狩るのに二時間を要したが、今では一時間半を切るほどだ。それに、ランクが上がったことで微妙な変化も感じていた。ドロップ率が若干、上がっているように思えるのだ。

「これまでは一〇〇匹で、ゴブカード二〜三枚だったが、今回は四枚出たぞ。偶然か？　それともドロップ率が上がってるのか？　検証が必要だな」

それからゴブリン二〇〇〇匹を狩る。一〇〇匹ごとにドロップカード数を数える。Fランクだった時のデータと比較し、俺は確信した。

「ランクアップ前は平均で二枚強だったが、ランクアップ後は三枚強になっている。サンプル数二〇〇〇での検証だ。まず間違いない。ランクアップによって、ドロップ率は変化する」

「ランクアップにおけるそのような効果など、聞いたことがありませんが？」

朱音は首を傾げた。だが俺には確信があった。ゲームとは違い現実では、ランクアップで強くなるのではなく、強くなった結果としてランクアップする。だがそれならば、なぜランクという項目が存在するのか？　企業内における人事等級制度などは「年功」と「評価」で上がる。その結果として給与も上がる。ならばダンジョン・システムにおけるランク制度とは、ドロップ率に反映されるのではないだろうか。

「Dランクに上がったら、同じように検証する。それでハッキリするはずだ」

ゴブリンカードは既に八〇枚を超えている。カードゲーム用のケースにそれを収め、付せんに枚数を書いて貼っておく。独立して一〇年、こうした細かい管理がクセになってしまった。

「和彦様は几帳面ですわね。殿方の戦士は、細かいことを気にしない方が多いのですが……」

「俺は戦士じゃないし、それを目指してもいない。そうだな。俺が目指すのは『クラン長』ってところかな？　仲間を集め、ダンジョン討伐チームが複数所属するような組織を作るぞ」

朧気《おぼろげ》ながらではあるが、脳裏に今後の構想が浮かびつつあった。


ダンジョンで一二〇時間が経過した頃、ついにゴブリンカードの累計枚数が一〇〇枚を超えた。

「もうゴブリンはお腹いっぱいですわ。暫く、見たくもありません」

安全地帯《セーフティゾーン》に戻った朱音は、初めて愚痴をこぼした。単調な戦いに、精神的なストレスがあったのだろう。俺は素直に謝罪した。

「無理をさせて、済まなかったな。だがどうしても検証が必要だった。次からは第二層に行くぞ」

俺自身、ゴブリンとは暫く戦いたくない。途中からドロップ率が上がったにしても、四〇〇〇以上のゴブリンを倒したのだ。それに、ランクがEのままである。肉体への負荷がワンパターンなので、強化因子を吸収してもあまり強くならないのだろう。

「ゴブカードが全部で一〇二枚か。よし、ステータス・オープン！」

＝＝＝＝＝＝＝＝＝＝＝＝＝＝＝＝＝＝＝＝＝＝＝＝＝＝＝＝＝＝＝＝＝＝＝

【名　前】江副和彦
【称　号】第一接触者《ファースト・コンタクター》
【ランク】Ｅ
【保有数】１０２／∞
【スキル】カードガチャ（11）　回復魔法Lv1

＝＝＝＝＝＝＝＝＝＝＝＝＝＝＝＝＝＝＝＝＝＝＝＝＝＝＝＝＝＝＝＝＝＝＝

「マジで一一連ガチャじゃねーかよっ！　このシステム設計した奴、絶対ネトゲやってるだろ！」

思わずツッコミを入れる。システム設計者は恐らく、知的生命体などという枠に囚《とら》われない、超越的な存在だろう。だが一方で、こうした俗人的な部分が見え隠れする。

「お目出度《めでと》うございます、和彦様。ですが、不思議ですわね。私はともかく、以前に入手された『ポーション』も、カウントされていないようですが……」

「あぁ。恐らくこのカードガチャってやつは、こうやって身につけておかないとカウントされないのだろう。前回、カードを置いてダンジョンに入ったらカウントされていなかったからな。このガチャを使って、魔物カードや不要なアイテムカードを変えていくぞ」

「なるほど。魔物カードは、召喚して戦わせるか、あるいはダンジョン内を徘徊《はいかい》する行商人とカードを交換するだけのものでした。和彦様のスキルは、これから益々《ますます》、重要になるでしょう」

「『ペドラー』だったな。システム完全起動後に出現するそうだから、今は考えるのは止《や》めよう」

俺は、ガチャスキルを発動させた。「キャラクターガチャ」「武器ガチャ」「防具ガチャ」「アイテムガチャ」が並んでいる。まずはアイテムだと思い、画面を押そうとしたところで指を止めた。

「待てよ。一一連ってことは、アイテムガチャで一一回引くってことか？　それなら要らないな。防具はともかく、武器は欲しいぞ」

「第二層に入るのならば、武器は必須と存じます。第一層は楽でしたが、ここはAランクダンジョンです。危険度は飛躍的に増すでしょう」

俺は顎を撫《な》でた。キャラクターガチャにも興味あるが、いま欲しいのは武器だ。だが第二層を考えると、アイテムも欲しい。迷った末、優先順位を付けることにした。

「まずは武器ガチャを五回引こう。それで有用な武器が出たら、残りはアイテムガチャに使う」

俺はガチャ画面を押した。

＝＝＝＝＝＝＝＝＝＝＝＝＝＝＝＝＝＝＝＝＝＝＝＝＝＝＝＝＝＝＝＝
【名　称】　棍棒《こんぼう》
【レア度】　Ｃｏｍｍｏｎ
【説　明】　樫《かし》の木でできた棍棒。
＝＝＝＝＝＝＝＝＝＝＝＝＝＝＝＝＝＝＝＝＝＝＝＝＝＝＝＝＝＝＝＝
【名　称】　短剣（二枚）

【レア度】Ｃｏｍｍｏｎ
【説　明】ごく普通のナイフ。研ぎ忘れに注意。
＝＝
【名　称】苦無
【レア度】Ｃｏｍｍｏｎ
【説　明】接近戦でも使えるし、投げても良し。
＝＝
【名　称】鋼鉄槍《やり》
【レア度】Ｕｎ Ｃｏｍｍｏｎ
【説　明】鋼鉄でできた長さ三メートルの槍。頑丈だが少々重い。
＝＝

「……………」

五枚のカードを並べた俺は、ため息をつくしかなかった。五回、すなわちゴブリンカード五〇枚を消費して、出てきたのはＣが四枚、ＵＣが一枚だ。しかも短剣はダブっている。

「ゴブカード五〇枚ということは、ドロップ率三％としてもゴブリン一六六六体分だ。一〇〇体討伐するのに必要な時間を一時間半としたら、ゴブカード五〇枚はおよそ二四時間分の成果だ。食費や衣類代、光熱費、安全地帯《セーフティゾーン》改造の減価償却費も掛かっている。それで得たのがコレか？」

「和彦様、そのように細かい計算をされずとも……」

朱音が窘《たしな》めてくるが、無視する。俺は経営コンサルタントだ。費用対効果は常に考える。いずれにしても、ガチャのためにカードを集めることは非効率的に思えた。あまりにも割に合わない。画面を閉じようとしたときに、俺は手を止めた。

「いや、待てよ……」

ダンジョンの攻略を進めれば、より高ランクの魔物のカードも入るだろう。ゴブリンカードの価値をFとし、例えばドラゴンのカードをSとするならば、Fランク一〇枚とSランク一〇枚が、同じ価値であるはずがない。このシステムを設計した奴はネトゲーマーだ。プレイヤーが夢中になるような、いわゆる「やりこみ要素」があるに違いない。

「最低ランクのゴブカードだからリターンも少ない。そう考えれば、理屈としては合うな。いや、俺ならそう設計する。だが一一回程度では偶然の可能性もあるか」

仮説検証のためには、もう少しサンプル数が必要だ。俺は次に、アイテムガチャを押した。どうやら一一連はガチャの種類が違っても問題ないようで、六回引くことができた。


＝＝＝＝＝＝＝＝＝＝＝＝＝＝＝＝＝＝＝＝＝＝＝＝＝＝＝＝＝＝＝＝＝＝＝＝＝＝

【名　称】ポーション
【レア度】Ｃｏｍｍｏｎ
【説　明】無味無臭の一般的なポーション。飲めば風邪薬、掛ければ傷薬として有用。

＝＝＝＝＝＝＝＝＝＝＝＝＝＝＝＝＝＝＝＝＝＝＝＝＝＝＝＝＝＝

【名　称】マギ・ポーション

【レア度】Ｃｏｍｍｏｎ

【説　明】無味無臭の一般的な魔力回復薬。飲めば魔法力を少しだけ回復させる。

＝＝＝＝＝＝＝＝＝＝＝＝＝＝＝＝＝＝＝＝＝＝＝＝＝＝＝＝＝＝

【名　称】魔法の水筒

【レア度】Ｕｎ Ｃｏｍｍｏｎ

【説　明】水筒の見た目以上に、水を大量に入れることができる。ただしその分、重くなる。

＝＝＝＝＝＝＝＝＝＝＝＝＝＝＝＝＝＝＝＝＝＝＝＝＝＝＝＝＝＝

【名　称】おしゃれな指輪

【レア度】Ｃｏｍｍｏｎ

【説　明】宝石職人が片手間で作った指輪。見た目は良いが、付与効果は何もない。

＝＝＝＝＝＝＝＝＝＝＝＝＝＝＝＝＝＝＝＝＝＝＝＝＝＝＝＝＝＝

【名　称】解毒薬

【レア度】Ｃｏｍｍｏｎ

【説　明】毒蛇に噛まれたりしたときに有効。全ての毒に効くわけではない。

＝＝＝＝＝＝＝＝＝＝＝＝＝＝＝＝＝＝＝＝＝＝＝＝＝＝＝＝＝＝

【名　称】時間停止結界

【レア度】　ＵｎＣｏｍｍｏｎ
【説　明】　部屋の八隅および出口に呪符を貼ることで、安全地帯《セーフティゾーン》の時間を止めることができる。
　　　　　　誰かが入ってきたら解除される。
＝＝＝

「六回やって、Ｃが四つ、ＵＣが二つか。概算だが、Ｃが八割、ＵＣが二割ってところだな。次のガチャでは、第二層の魔物カードで一回やろう。結果が同じならば、ガチャの費用対効果は低いということだ。違うのであれば、俺の仮説が立証される。それにしても、最後のコレはなんだ？」

アイテムガチャの最後に出現した『時間停止結界』を顕現させる。朱音に聞いたところ、どうやら見たことがあるようだ。

「これは、騎士団や軍などがダンジョン攻略のときに使用するアイテムですわね。安全地帯《セーフティゾーン》に小さな呪符を貼り、部屋から出たところにこの起動陣を貼ります。起動させると、安全地帯《セーフティゾーン》内の時間が停止します。水や食料を腐らせずに保存できるのです」

「凄いな！　これは使える。だがこんな有益なアイテムが、なんでＵＣなんだ？」

「和彦様、これを使えるのは誰でしょうか？」

朱音の言葉で、俺は思い至った。安全地帯《セーフティゾーン》内を時間停止するということは、ダンジョンを独占することを意味する。一方、一般的にダンジョンには不特定多数の人間が入ってくる。つまりそのダンジョンの所有者でなければ、このアイテムは使えないのだ。

「皇帝からダンジョン攻略の勅命を受け、対象ダンジョンを独占できる軍や騎士団以外、この結界陣は使い所がありません。だから希少度が低いのでしょう」

だがこのダンジョンは違う。このダンジョンは俺の家の庭に入り口があるため、俺が独占することが可能だ。早速、このアイテムを使うことにしよう。

「まず部屋の隅にこの小さな羊皮紙を貼り……そして地上に戻る階段の出口に、この陣を貼る。地上と比べて時の流れが早いから、強力な接着剤を使う必要があるな」

貼り終えて早速、テストする。出る直前、朱音は五〇〇円硬貨を指で弾いた。そして出た瞬間に起動させる。階段から安全地帯《セーフティゾーン》の様子を見ると、朱音はもちろん、弾いた五〇〇円硬貨も床から弾んだところで止まっていた。

「成功だな。戻るか」

そのまま安全地帯《セーフティゾーン》に入る。すると何事もなかったかのように五〇〇円硬貨は床に落ち、いかがでしたかと朱音が聞いてきた。

「成功だ。これで安全地帯《セーフティゾーン》のＤＩＹがさらに捗《はかど》る。まずはベッドだな。スポーツ選手とかが利用している高級マットレスを用意しよう。どうせならこれを機に、大容量バッテリーの導入も検討するか。五〇〇〇ワット級のポータブル式バッテリーがあったはずだ」

「いよいよ、寝具を入れられるのですね？　和彦様との初夜……あのような簡易なものではなく、ちゃんとした布団の上でなければ、私は嫌ですわ」

頬を染めた朱音がにじり寄ってくる。「まぁいずれな」と曖昧に返答し、俺は机上に並んでいるカードたちを眺めた。

「第二層で使う武器が必要だ。まぁ槍だろうな。朱音は使いたい武器はあるか？」

「苦無と短剣をいただきとうございます。第一層は手持ちのモノで対応できましたが、今後は予備武器も必要になると存じます」

「だよなぁ…… よし、俺は槍を使う。そして予備に短剣だ。余った棍棒は、まぁ残しておくか」

朱音に短剣と苦無のカードを渡すと、ポポンッと顕現した。それらを確かめ、満足そうに頷いている。俺は鋼鉄槍を実体化して手にしてみた。確かに少し重い。五キロ程度だろうか。

「柄の部分は鉄パイプのようになっているな。完全な鉄棒だったら、重すぎて使えないか」

「Dランクの実力になられれば、より重い槍でも楽に振れるでしょう。それよりも、槍術について学ばれる必要があるのではありませんか？」

「あー、そうだな。動画サイトで見ておくか。ただ、技を軽く見るつもりはないが、まずは身体能力強化だろうな。だいぶ痩せたが……」

「素敵になられましたわ。和彦様」

半月前まではタプタプだったアゴがシャープになり、頬や背中、腹回りの肉もだいぶ落ちた。二の腕には力瘤《ちからこぶ》ができ、腹も微かに割れ始めている。

「鏡を見ると、まるで別人なんだよなぁ。シャツやスーツも買い替えないといけないし……」

「そちらの仕事をまだ続けられるのですか？　金銭であればダンジョンから得られるのでは？」

朱音の言葉はもっともだった。だが俺はそれほど楽観視していない。

「朱音。この世界は良くも悪くも情報化社会でな。多額の金銭を持っていたら『どこから手に入れたのか』と国からチェックが入るんだ。その日暮らしであれば問題ないが、大金は使《つか》い途《みち》に困るんだ。ダンジョンで得たカネを使うためにも、昼の仕事は続けたほうがいいんだ」

このダンジョンでは現金がドロップする。小額ならば使っても問題はないだろう。五〇〇円硬貨が四〇〇〇枚あるが、銀行に持っていけば両替もしてくれる。問題は額がさらに増えた場合だ。数千万、数億円になれば、出所不明のカネは使い方に困るようになる。

「岩ちゃんに相談してみるか？　たとえば不動産購入とかでも、現金一括払いで売買する場合は、収入証明は必要なかったはずだ。弁護士、税理士、不動産会社を紹介してもらうか。パチンコ店を出すにあたって、それらは必須なはずだからな」

ノートを取り出し、考えたことを書き付けていく。今後の活動方針が見えてきた。

「まずは槍に慣れるため、第一層で一〇〇匹ほど狩るぞ。第二層に行くのはそれからだ」

ガチャで手に入れたUC武器「鋼鉄槍」を手に、俺は第一層を歩いた。ゴブリンたちは出現した途端、眉間や胸を刺され、煙になっていく。両手、片手のどちらでも扱えるよう、練習を繰り返す。程なくして一〇〇匹を狩り終えた。

「では第二層に向かう。朱音、先頭に立ってくれ」

「畏まりましたわ。和彦様」

妖艶なくノ一を先頭に立たせ、第一層の最奥から下へと降りる。体感で二〇メートルほどは下がっただろうか。第二層らしき空間へと入った。

「安全地帯《セーフティゾーン》のような部屋はないんだな」

「恐らく第二層のどこかにあると思います。第一層の安全地帯《セーフティゾーン》に戻る『転移陣』もあるでしょう」

「……本当にラノベだな」

話しながら第二層を歩く。一見すると第一層と同じように思えたが、碁盤目状ではないようだ。

「第二層から迷路構造とは、さすがはAランクダンジョンですわね。もっとも、私の前では無意味ですけど……魔物の気配が近づいてきましたわ」

艶《あで》やかな笑みを浮かべる朱音だが、やがて出現した魔物に眉間を険しくした。灰褐色の筋骨隆々とした肉体を持つ、体長二メートル近くの二足歩行の魔物、オークである。

「オーク？　まさか、第二層でDランクの魔物が出るなんて……」

「グモオォォォォッ！」

朱音の姿を見つけるや否や、オークは両手を前に出して襲いかかってきた。どうやら武器は持っていないようだが、下半身の膨らみが、別の凶器を示していた。

「穢《けが》らわしいっ！」

朱音は床を蹴ると壁を駆け、瞬く間にオークの頭上に飛び出した。苦無を脳天に打ち込む。オークはグルンッと白目を剝《む》いて、煙となって消えた。だが戦闘後も、朱音の表情が冴《さ》えない。

「和彦様、予想外でございます。Fランクのゴブリンの後は、Eランクの魔物が出ると予想していました。まさか、それを飛ばしてDランクのオークが出てくるとは……」

「丁度いい。Dランクカードなら、ガチャ結果を比較した時に、ハッキリと違いが出るはずだ。次は俺がオークと戦うぞ」

「お待ちください、危険でございます。オークは膂力《りょりょく》に優れ、人間など簡単に撲殺できます。それでいて、決して知恵なしではありません。奴らが武器を持たないのは、持つ必要がないからです」

朱音が止めてくるが、俺はその忠告を聞くつもりはなかった。煙となったオークが落としたドロップアイテムが目に入っているからだ。石造りの床には、一〇〇〇円札がフワリと落ちていた。

「オークは一〇〇〇円を落とすようだ。一〇〇匹狩れば一〇万円だ。戦い続ければ、それだけ俺も強くなる。ガチャも期待できるしな。進むぞ。次は俺がやる」

朱音は仕方なさそうに頷いた。やがてオークが現れる。俺は三メートル近くある槍を構え、オークに立ち向かった。まずは腹を刺し、次に額を貫いてやる。そう思い、槍を繰り出す。だが……

「ゴォォォッ」

オークは掌《てのひら》で簡単に槍を弾いた。そして凄《すさ》まじい勢いで拳を叩きつけてきた。辛うじてガードしたが、簡単に吹き飛ばされた。壁に打ち付けられた俺は、脳震盪《のうしんとう》を起こしてしまった。

「和彦様っ！」

意識を失う前に、朱音の声が聞こえた。


何かを飲まされた気がする。やがて俺を呼ぶ声が聞こえてきた。うっすらと目を開けると、朱音が心配そうな表情で覗《のぞ》き込んでいる。どうやらまだダンジョン内のようだ。

「和彦様っ！　大丈夫ですか？」

「あ……あぁ、ポーションを飲ませてくれたのか？」

壁に打ち付けられた時の痛みが消えている。どうやら怪我《けが》は治っているようだ。

「お許しください。二瓶も使ってしまいました」

「いや、助かった。良い判断だ」

膝をついて謝罪する朱音の頭を撫で、頬に手を当てた。美女はポゥと頬を染めたが、そんなロマンスをいつまでも続けるわけにはいかない。いつオークが来るかわからないからだ。立ち上がった俺は、鋼鉄槍をカードに戻した。

「武器の選択を間違えたな。こんなヒョロい長物など役に立たん。オークにはコッチだ」

Cカード「棍棒」を取り出した。


「グモォォォォッ！」

オークの拳をかい潜《くぐ》り、膝に棍棒を叩きつける。ガクンッと崩れたところで、頭部を叩き潰す。一発や二発では煙にならない。夢中になって棍棒を振った。やがてオークが消え、カネに変わる。

「やはりこの戦い方だな。武器を持たないオークは、その膂力にまかせて殴りかかってくる。相手を殴るときに最も重要になるのが足、特に親指の踏ん張りだ。膝の力さえ抜いてしまえば、オークの拳は怖くない。もっとも、第一撃が蹴りである可能性もあるから、もう少し検証が必要だ」

棍棒を使い始めてから数日、オークを倒すごとに検証を重ねる。体験し、それを咀嚼《そしゃく》して経験に変え、そこから法則や教訓を導き出す。ビジネスにおける学習方法は、ダンジョンでも有効だった。時間を掛けてオークを倒していく。いまは数よりも「戦い方の質」に拘《こだわ》りたい。

「この分ならば、思った以上に早く第三層へと進めますわね」

カレーを食べながら、今日の戦いぶりを振り返る。これはゲームではない。「経験値を稼いでレベルアップで強くなる」などという甘ったれた世界ではないのだ。明確な方針と実現可能な計画を立て、実行段階では効率と品質に拘り、そしてちゃんと検証する。一定以上に昇進するビジネスマンは、ほぼ全員が必ずやっていることだ。

「もうしばらくは、この第二層で戦い続けたい。少なくともDランクに上がるまでここで戦うぞ」

「いよいよ、人間の限界に手を掛けられるのですね？　私もお助け致します」

ランクのうちF、E、Dは人間の領域だそうだ。Fは一般人、Eはアスリート、そしてDは稀代《きたい》の格闘家や伝説級の戦士らしい。つまり呂布《りよふ》奉先《ほうせん》や塚原卜伝《つかはらぼくでん》などが、きっとDランクなのだろう。

三杯目のカレーを食べ終え、サプリメントのボトルを手にした。強化因子は身体強化を誘引するが、それだけでは強くはなれない。タンパク質、カルシウム、ビタミンなどの栄養素を取り入れなければならない。ダンジョン内では十分な食事ができないため、サプリメントを使っている。

「朱音は既にDに達しているな」

＝＝＝＝＝＝＝＝＝＝＝＝＝＝＝＝＝＝＝＝＝＝＝＝＝＝＝＝＝＝＝＝＝＝＝

【名　前】朱音

【称　号】　妖艶なるくノ一
【ランク】　D
【レア度】　Legend Rare
【スキル】　苦無術Lv4　索敵Lv4　性技Lv4

＝＝＝＝＝＝＝＝＝＝＝＝＝＝＝＝＝＝＝＝＝＝＝＝＝＝＝＝＝＝＝＝＝＝＝

性技のレベルが上がっているのは、「大人の事情」によるものだ。美しくも妖艶な女性から毎回のように誘われているのに、それを全て拒むほどには俺は老いてはいない。オークとの命がけの戦いで、生存本能が働いたということもある。その感想は「素晴らしかった」とだけ言っておく。

「私はダンジョン・システムに組み込まれたキャラクターカードです。強化因子を吸収するだけで自然と強くなっていきますわ。和彦様と共にあれば、いずれSSSにも達するやもしれません」

朱音は全カードの中でも最高価値である「レジェンド・レア」のカードだ。LRカードは全部で一〇八枚存在し、全てがキャラクターカードらしい。どこで手に入るかは一切が不明だ。完全起動後に出現する「行商人」と交換したり、あるいは未踏のダンジョンで偶然見つけたりするらしい。

「ランクDのオークでは、カード出現率は一％程度だ。察するに、カード出現率は魔物のランクと自分のランクによって変動する。俺よりもランクが上だから、出現率が低いのだろう」

「ですが和彦様は加速度的に強くなっていらっしゃいます。近いうちに、Dランクへと上がられるでしょう。肉体年齢も若返っていらっしゃいます。いまの和彦様は、どう見ても三〇過ぎですわ」

ボディービルダーのようにムキムキになっているわけではない。だが筋肉が凝縮しているような感覚がある。肉体そのものが生まれ変わったようだ。

「さて、ではもう一回りするか。いつもどおり、ゴブリンを一〇〇匹倒してから第二層に行くぞ」

「はい」

棍棒を肩に載せ、俺たちはつかの間の休息を終えた。


地上の一時間が、ダンジョンでは一四四時間、六日分になる。途中でシャワーを浴びたりするので、俺のサイクルとしては、地上の三時間がダンジョンで六日分といったところだ。経営コンサルタントである以上、クライアント先への訪問などもあるため、仕事日は地上時間で三時間～四時間のダンジョン探索をして後は家で過ごす。ダンジョン内で仕事をするため、自由な時間は多い。

「ダンジョン時間六日間で得られるドロップ報酬が一六〇万円～一七〇万円。エネルギー代や食費などが一〇万円として、一日で一五〇万円の利益。休みを挟んだとしても、一ヶ月で五〇〇〇万円はいくな。だがそれをどう使うかだな。銀行で毎週、何十万円も両替していたら不審に思われるだろう。事業収入にするにしても、どこから売り上げたのかが問題になる」

およそ一一年後に世界は滅びる。そう考えると納税などバカバカしく思えてしまう。だが、なんとかしてこのカネを使えるようにしなければならない。滅亡を回避するためには、仲間を集めるしかない。俺一人で全世界六六六のダンジョンをすべて潰すなど不可能だ。仲間集めの活動にも、集まった後の拠点づくりのためにも資金が必要だ。

「Dランクになったら、スキル『誘導』を獲得するか。それで隣近所の家々を買う。この家を含めて建て直し、パーティーメンバーたちが居住できるようにする。そしてダンジョン攻略の専門会社を設立し、世界中のダンジョンを討伐していく……」

現金は当面、銀行の両替機で済ませれば良い。あるいは親友が経営しているパチンコ会社で両替をお願いするというのも手だ。パチンコは一〇〇〇円札と五〇〇円硬貨をもっとも使う。手間が省ける分、向こうにとってもメリットになるだろう。必要なら手数料を払ってもいい。

「取り敢えずはダンジョンからの収入を『クール・マネー』にすることだな。そしてダンジョン攻略専門会社を設立しよう。ランクが上がれば、稼ぎも増えるだろう」

目の前にある三〇〇万円分の千円札の札束を金庫に入れ、寝室へと向かった。

「両替は問題ないよ。ウチとしても両替の手間が省けるから助かるしね。それと不動産会社か……ウチと付き合いのある会社は、土地買収の交渉もやったりするけど、その分、カネがかかるよ？」

「構わない。土地はすべて、現金で一括購入する」

「一応、確認しておくけど、そのカネって問題あるカネじゃないよね？」

「犯罪行為によって得たカネではないよ。そうだな……現金がザクザクと湧き出る、打ち出の小《こ》槌《づち》のような洞窟を見つけたとしたら、岩ちゃんならどうする？」

「和ちゃんらしくない設定だね。まるでアニメだ。そうだな……僕ならまず、その現金が本物かを確認するね。そして偽物でも本物でも、警察に報《しら》せるね」

俺は半笑いで肩を竦《すく》めた。友人の岩本は真面目で誠実な男だ。そうした解答は予想していた。だが岩本はそれで言葉を止めなかった。

「なんらかの事情で、警察などに報せて公にするわけにはいかないとするなら、その場所を無視する。でも無視もできず、得た現金を捨てるわけにもいかない。その現金をなんとかして使わなければならない。そういう条件なら、方法は限られるね。拙《まず》い手としては、そのカネを所得として報告することだね。額によるけれど、まず露見すると考えていい。湧き出た現金なら遺失物ではないよね。ならそのまま自分の所得として使ってしまうのがいいかな。けれど数万なんて額じゃなく、億という金額を使うのは簡単なことじゃない」

そう聞いて、俺は首を振った。やはり難しいようだ。現金は細々と使うしかないと諦めかけたとき、岩本は他所《よそ》を向きながらボソリと呟いた。

「だからそういう場合は、マネーロンダリングの専門家に頼むんだよ。プライベートバンクや仮想通貨市場を何千回と往復させて、追跡不可能な形にして、最終的にはコンサルティング契約料という形にして銀行口座に振り込む。その手のプロが、知り合いの在日内国人にいることはいるよ」

あくまでも独り言ということで、その専門家を紹介してもらった。名前とメールアドレス、そしてマネーロンダリング依頼だということを示す「キーワード」である。パチンコチェーンの経営者となれば、嫌でもそうした「アンダーグラウンド」と繋がりができてしまう。岩本自身はその手のことが嫌いで、会社を継いでからはホテル業への業態脱却を目指している。今回のことも、三〇年来の幼馴染でなければ、こんな危険は冒さないだろう。俺はただ黙って頭を下げた。

指定された場所は、岩本が経営しているパチンコ店とは別の店の駐車場であった。予《あらかじ》め指示された方法で駐車場に入る。丁度一台分だけ、監視カメラの死角がある。そこに停《と》められた車の後部座席に座る。運転席から声が聞こえた。ボイスチェンジャーを使っているらしく、少し甲高い声だ。

「一億円以上の場合は、預かったホット・マネーの一〇%を手数料として貰《もら》う。残りを洗浄して、複数の会社からコンサルティング料という名目で指定口座に振り込む。使い勝手がいいのはジャパンウェブ銀行などのネット銀行だ。用意しておいてくれ」

「所得となる以上は、確定申告しなきゃいけないな。ペーパーカンパニーの場合は露見する可能性もあると思うが、そのへんは大丈夫なのか?」

「問題ない。それぞれ健全な事業を行っている民間企業だ。どのような関係かまでは、アンタは知らなくていい。手数料がなにに使われるかもな」

恐らく、某国のミサイル発射実験などに使われるのだろう。かなり迷ったが、契約することにした。このままでは一〇年後に人類は滅びるのだ。「最悪」を回避するために「悪」に加担する。無理やり自分をそう納得させた。銀行口座が用意できたら連絡すると伝え、その場は別れた。

最初にダンジョンに入ってから、一ヶ月が経過しようとしていた。屠ったオークはもうすぐ二万に届く。オークカードも一〇〇枚を超えた。そろそろ、ガチャの検証を始めるべきだろう。

「では、ガチャを始めるぞ。ステータスオープン」

【名　前】江副和彦
【称　号】第一接触者《ファースト・コンタクター》
【ランク】E
【保有数】200／∞
【スキル】カードガチャ(22)　回復魔法Lv2

まずゴブリンカード一〇〇枚で、次にオークカード一〇〇枚でそれぞれ一回ずつ回す。この実験の目的は、カードのレアリティによりガチャの結果が変わるかを検証することだ。

「よし。ゴブカードから始めるぞ」

「回すのは、アイテムですか？」

当然、アイテムガチャである。現時点で武器や防具を変える必要はないし、キャラを増やす必要もない。この一ヶ月間でもっとも消費したカードはポーションなどのアイテム類なのだ。特にポーションは、回復魔法の効果を測るために多用した。ステータス画面からカードガチャを選択して回す。予想通りＣｏｍｍｏｎが多いが、ＵＣも出た。ダブったやつを除いてＵＣだけ紹介する。

＝＝＝＝＝＝＝＝＝＝＝＝＝＝＝＝＝＝＝＝＝＝＝＝＝＝＝＝

【名　称】ハイ・ポーション
【レア度】Ｕｎ Ｃｏｍｍｏｎ
【説　明】内臓に届く重度の切傷や脳の損傷などの重傷にも効く、効果の高いポーション。

＝＝＝＝＝＝＝＝＝＝＝＝＝＝＝＝＝＝＝＝＝＝＝＝＝＝＝＝

「一一回やって、ＵＣが三枚、Ｃが八枚……確率的には前回と同じか。では次に、オークカードで一一回やってみよう。ランクＦとランクＤだ。差が出るに違いない」

　俺の中に、密《ひそ》かな期待がある。オンラインゲームでガチャに夢中になる人がいるそうだが、彼らの中にもそうした「期待」があるのだろうか。まるで宝くじを買うような気分だった。そして結果は、自分の想像通りであった。ここではＵＣカード以上で新しいカードを紹介しておく。

＝＝＝＝＝＝＝＝＝＝＝＝＝＝＝＝＝＝＝＝＝＝＝＝＝＝＝＝

【名　称】ハイ・マギ・ポーション
【レア度】Ｕｎ Ｃｏｍｍｏｎ
【説　明】マギ・ポーションと比べて魔力回復量が高いポーション。無味無臭。

＝＝＝＝＝＝＝＝＝＝＝＝＝＝＝＝＝＝＝＝＝＝＝＝＝＝＝＝

【名　称】使い捨て結界

【レア度】Ｕｎ Ｃｏｍｍｏｎ
【説　明】ダンジョン内で結界を張ることができる。結界内には魔物は入れない。使い捨て。
＝＝＝＝＝＝＝＝＝＝＝＝＝＝＝＝＝＝＝＝＝＝＝＝＝＝＝＝＝＝＝＝＝＝＝＝
【名　称】誓約の連判状
【レア度】Ｕｎ Ｃｏｍｍｏｎ
【説　明】どんな約束事でも一つだけ絶対遵守させることができる連判状。サインした人間に効力が及ぶため、偽名を使用しても無意味。
＝＝＝＝＝＝＝＝＝＝＝＝＝＝＝＝＝＝＝＝＝＝＝＝＝＝＝＝＝＝＝＝＝＝＝＝
【名　称】魔法の革袋
【レア度】Ｕｎ Ｃｏｍｍｏｎ
【説　明】およそ10立方メートルの収容力がある革袋。袋内は外部と同じ時間が経過する。
＝＝＝＝＝＝＝＝＝＝＝＝＝＝＝＝＝＝＝＝＝＝＝＝＝＝＝＝＝＝＝＝＝＝＝＝
【名　称】ラッキー・リング
【レア度】Ｕｎ Ｃｏｍｍｏｎ
【説　明】ほんの少しだけ運気が向上するかもしれない。ドロップ率に効果あり？
＝＝＝＝＝＝＝＝＝＝＝＝＝＝＝＝＝＝＝＝＝＝＝＝＝＝＝＝＝＝＝＝＝＝＝＝
【名　称】ウフフなローション
【レア度】Ｕｎ Ｃｏｍｍｏｎ

【説　明】大人の男女が使うローション。癒やし効果がとても高い。使い捨て。

＝＝＝＝＝＝＝＝＝＝＝＝＝＝＝＝＝＝＝＝＝＝＝＝＝＝＝＝＝＝＝＝＝＝＝＝

【名　称】ドロップ・アップ・バンド

【レア度】Rare

【説　明】魔物がカード化する確率が10％向上する。持っているだけで効果あり。

＝＝＝＝＝＝＝＝＝＝＝＝＝＝＝＝＝＝＝＝＝＝＝＝＝＝＝＝＝＝＝＝＝＝＝＝

「やはりな！　朱音、見てみろ。ゴブカードとオークカードでは、結果に明らかな違いがある！」

予想通りの結果と、期待以上の成果に、俺は興奮してしまった。

「Fランクカードでは、Cが八割、UCが二割だった。だがDランクは、Cが二割、UCが七割、Rが一割ってところか？　となると中間のEランクは、CとUCが半々くらいなのだろう。Cランクカードなら、UCとRが半々になるかもしれん」

俺は喜々として、結果を表計算ソフトに入力していった。だが朱音はある一枚を手にし、スッとそこから離れた。俺は見て見ぬ振りをした。久々に、エアベッドを用意したほうが良いだろう。

私が召喚されてから地上時間で一ヶ月が経過しました。主人である和彦様は、精力的にダンジョンに潜っておられます。そのお陰で、程なくしてランクもEランクへと上がられました。一つの区切りを迎えられた和彦様は、それ以降は私のことも求めてくださいます。

和彦様は計画と計算を重視されます。まずはゴブリンを一〇〇匹倒し、それからオークを狩り始めるのですが、四時間という時間を区切って倒した数を計算されます。ゴブリン一〇〇匹程度なら、一時間もあれば狩れるようになりました。オークについては、最初こそ慎重に戦っておられましたが、やがて慣れ始めると速度も重視されるようになりました。およそ一三時間の狩りを終えられるとまずはシャワーを浴び、その後はダンジョン一階の安全地帯《セーフティゾーン》で私と一緒にお休みになられます。

ダンジョン時間でおよそ一四四時間後、和彦様は地上での仕事に戻られます。時間感覚を狂わせないためとのことで、地上でも必ずお休みになられています。表計算ソフトなるもので、常に時間と成果を管理し、私でさえ知らないダンジョン・システムを解き明かそうとされています。そう、スキル「ガチャ」についてです。

記憶が浄化されているとはいえ、レジェンド・レアのキャラクターとして、ダンジョン・システムの一部については知識を持っています。ですが「ガチャ」というスキルは存じませんでした。モンスターカードを交換するというスキルは一見すると有効ですが、苦労して集めたカードと引き換えに出てきたのは「ポーション」などの一般的なアイテムでした。和彦様も失望されていました。

『カードのレアリティによってガチャの出現率が変化する』

和彦様が唱えられた仮説は、確かにありえます。私も詳しくは存じませんが、ダンジョン・システムは、自律的に学習しています。和彦様と私の会話も、ダンジョンに聞かれているのです。出現した世界を理解し、その世界に合わせた機能やスキルを創造するのがダンジョンです。そのダンジョンが生み出した未知のスキルが、そんな陳腐なはずがありません。

オークを倒されること一万以上、和彦様は再びガチャを回されました。その結果は私も驚きました。「ハイ・ポーション」は効果の高い回復薬です。また見たことがないアイテムも複数ありました。特に私の目を惹いた一枚は、和彦様を悦ばせるのに役立ちそうです。

私はそっと手を忍ばせ、その一枚を懐に入れました。和彦様もお気づきのようでしたが、何もおっしゃいません。お許しくださったということでしょう。あぁ、私は手癖の悪いくノ一でございます。お詫《わ》びに今宵は、このUCカードで骨抜きにして差し上げますわ〜。


東京都江戸川区鹿骨町に最初にダンジョンが出現してから一ヶ月と少し。正確には、Aランクダンジョン「深淵《アビス》」が起動してから「三二五万五七六〇秒」が経過したこの日、ロンドン、パリ、ニューヨーク、シカゴ、大阪、シドニー、ソウル、北京など全世界の主要都市六七箇所に、人が入れるほどの洞窟が一斉に出現した。後に「ダンジョン群発現象」と呼ばれる怪現象の始まりである。

出現場所は様々で、ビルの地下駐車場の場合もあれば、交差点の中央という場合もあった。混乱を恐れた各国政府が情報統制を行ったが、高度情報化の現代社会で、街中にいきなりダンジョンが出現したら、隠し通せるものではない。一週間もせず、それが「いわゆるダンジョン」であることが世界中に広まった。科学文明の世界に「幻想世界《ファンタジー》」が入ってきたと、熱狂した者も一部にはいたが、大半の人々が最初に感じたのは不安であった。

この先、世界はどうなるのか。この時点で見通していた者は、全世界に僅か一人だけであった。

「ガメリカ・ファーストッ！」

世界最強の軍事力と経済力を持つ大国「ガメリカ合衆国」の大統領は、自国第一主義を掲げて当選したロナルド・ハワードである。外交姿勢は常にタカ派で、自分の意を押し通す「暴君」と思われているが、決して非常識な人間ではない。言うべきは言い、聞くべきは聞くという人物である。

「それで、我が愛する合衆国《ステーツ》に攻撃してきた愚か者は誰だ？」

大統領の問いに、一同が顔を見合わせた。咳払《せきばら》いして返答したのは、国防総省のトップである。

「大統領、正確には我が国は攻撃を受けておりません。時の流れが異なる未知の洞窟が二つ、出現したというだけです。そこから敵兵が出てきたわけでもありませんし、誰かが被害を受けたわけでもありません。まだ調査段階ですが、攻撃的な未知の生物が出現するとの報告が上がっています」

「時の流れが異なるというが、どのくらい違うのだ？」

「幾度かの検証で、およそ一四〇倍から一五〇倍の間と推定されています。洞窟に入る階段で徐々に時間が加速するため、正確にはまだ測れていません」

副大統領が問いに答える。トップであるハワード大統領は腕組みをして指示を出した。

「とにかく、そのような非現実的な洞窟が出現したのは、何か理由があるはずだ。徹底的に調査しろ。それと国民に知らせるのはもう少し後にすべきだろう。その洞窟がなんなのか、各国とも連絡を取り合って、早急に明らかにしろ」

知らせるべきではないと言いつつ、自分のＳＮＳアカウントでポロッと漏らしてしまうのがこの大統領である。周囲の人間は命令を受けつつも、広まるのも時間の問題と一様に思った。


東京都千代田区永田町二丁目三ノ一には、日本国内閣総理大臣公邸がある。この日、第九八代内閣総理大臣の浦部誠一郎は、手渡された写真を見て渋面を浮かべた。臨時招集された閣僚たちが、一様に首を傾《かし》げる。マンガ好きでべらんめえ口調の財務大臣が、小さくこぼした。

「二足歩行の犬。まるでマンガのコボルトじゃねぇか。こりゃラノベが現実化したのか？」

しかし六〇歳を過ぎた者が多いこの場では、財務大臣がなにを言っているのか理解できたのはごく少数であった。官房長官が咳払いして話を進めた。

「えー問題の洞窟が出現したのは、大阪市梅田の地下駐車場です。一週間前、知らせを受けた警察官二名が洞窟に潜ったところ、お配りした写真のような未知の生物に襲われ、曽根崎警察署の佐藤恒治巡査部長が殉職、もう一名も重傷を負いました。なお、重傷を負った巡査の証言では、襲われた際に下げていた拳銃を取り出したところ、カードのようなものになったとのことです。その時は訝《いぶか》られた証言でしたが、少なくとも洞窟から逃げ出したときには、拳銃は失われていました。そして一昨日、機動隊による突入が行われましたが、証言通り銃や警棒といった武器類がカードのようなものになったそうです。写真の生物は小型のナイフを携行しているようで、突入した機動隊も襲われました。幸い死者は出ませんでしたが、重傷者が複数人出ています」

「なんらかのテロ、という可能性はありますか？」

浦部総理の問い掛けに、国家公安委員長が立ち上がる。

「今のところ、各宗教団体や左翼組織に動きはありません。それにテロと言いましても、このような大掛かりな仕掛けをして、どのような意味があるのか……」

「実は同様の洞窟が、海外でも発見されています」

防衛大臣のその発言に一同が緊張する。この数日間、動画サイトには「ダンジョン出現」というタイトルで数多くの動画が投稿されている。いずれも海外のものだ。もしこれが、世界的に同時多発したとしたら、テロ組織の仕業とは思えない。もっと深刻な「未知の天災」の可能性もあった。

「在日米軍司令官を通じて、ガメリカから問い合わせがありました。奇妙な洞窟が出現していないか、とのことです。米国政府内の知人に問い合わせたところ、大阪の洞窟と同様のものが、ニューヨークとシカゴに出現していることを確認しました」

「外務省の方には何か入っていますか？」

「いえ、いまのところは何も……ＡＳＥＡＮ諸国にも確認してみましょう」

外務大臣の言葉に、浦部総理が頷《うなず》き全員に対して呼びかける。

「確認は慎重にお願いします。もしこれがテロならば、我々が摑《つか》んでいない全世界的な巨大テロ組織の仕業でしょう。ですがそれであれば、相手が人間であるだけまだ対処できます。問題は、これが人智《じんち》の及ばない『未知の自然災害』だったとしたら……」

「大混乱は避けられねぇわな。俺ももういっぺん、ラノベ読み返すかな。『なろう小説』のロー・

ファンタジーの中に、今回みてぇのがあった気がする」

財務大臣の言葉がただの冗談では済まなくなるのは、さらに数日後のことであった。

「ついに始まったな。世界中がパニック状態だ」

タブレット端末に落としておいた動画を朱音《あかね》に観《み》せる。この一週間、国連では各国が集まって激論が繰り広げられていた。そして今日、国連本部からダンジョン出現が正式に発表された。各国に出現したダンジョンは、その国が責任を持って管理すること、ダンジョンについての情報は逐次共有することなどが決められたらしい。人口の多い隣国などは、今回だけで一〇個以上のダンジョンが出現したらしく、ダンジョン未出現国からのＯＤＡを強請《ねだ》ったりしたそうだ。だがそんなことより、俺にとってもっと重大なニュースがあった。

大阪にダンジョンが出現し、そこに入った警察官が殉職した。そのニュースを聞いたとき、俺は顔をしかめた。怪我《けが》であればポーションで治せる。だが死者を生き返らせることはできない。庭に出現した地下室に安易に入ったせいでこの現象が始まり、そして死者が出た。たとえ不可抗力だったとしても、自責の念から逃れられるものではない。それを隠すかのように、タブレットに映っているニュースを笑った。

「ダンジョン出現に不安の声が広がっているが、一部ではやはりお調子者もいるようだな。早くも『一般人にダンジョンを開放せよ』なんて声が出ているそうだ。武器を持ち込めないことだって公表されているのに、なんで入りたがるかな？　武器を持たずに、素手でオークと戦うつもりか？」

「そういう愚か者は死ねば良いのですわ。生きていても、和彦《かずひこ》様のお役に立つとは思えません。和彦様がお求めになる人材は、こうした輩《やから》ではないのでしょう？」

「そうだな。私欲以外の理由で、ダンジョン討伐に強い意志がある仲間がほしい。ランクアップはストレスが大きく、しかも命がけだ。戦い続ける動機が『自分のためだけ』なら、とても長続きはしないだろう。誰かのために戦うから、強い精神力を持てるんだ」

朱音がしなだれかかってくる。机の上に置かれた一枚の名刺を指でなぞった。

「和彦様は、本当に変わってますわ。まさかこんな組織を立ち上げるなんて……」

名刺には「株式会社ダンジョン・バスターズ」と表記されていた。


この数週間、ランクアップと金稼ぎを兼ねてダンジョンに潜るのと並行して、一年後を見据えた準備を行っていた。それが「ダンジョン攻略専門企業」の設立である。「株式会社ダンジョン・バスターズ」という社名で登記し、商標権やホームページのドメイン取得、メールアドレスやＳＮＳのアカウントなどを登録した。特に商標権に関しては「国際登録出願」をしなければならない。いずれ世界中のダンジョンを攻略する以上、こうした商標権はクリアしておく必要がある。

「一応、イラストレーターにお願いしてロゴマークも作ったんだよな」

デフォルメされたゴブリンが、駐車禁止のような赤いバツマークの中にいる。非常にシンプルなマークだが、逆にそれが「らしさ」を感じたので採用した。

「早速、仲間を集めますか？」

「いや、各国がダンジョンをどう扱うか、もう少し様子を見たい。今はとにかくランクアップが目標だ。まだ取得はできないが、ランクアップしたことで隠れていたスキルが見えるようになった。恐らくCランクで手に入れられるだろう。絶対にほしいスキルがある」
「Cランクは人を超えた存在です。時間が掛かると思いますが……」

＝＝＝＝＝＝＝＝＝＝＝＝＝＝＝＝＝＝＝＝

【名　前】江副《えぞえ》和彦
【称　号】第一接触者《ファースト・コンタクター》
【ランク】D
【保有数】1／∞
【スキル】カードガチャ（0）　回復魔法Lv3　誘導Lv1　－－－　－－－　－－－

＝＝＝＝＝＝＝＝＝＝＝＝＝＝＝＝＝＝＝＝

一週間前、ようやくランクがDになった。スーツの上からではわかり難《にく》いが、俺の肉体は一ヶ月前とは別人になっていた。握力も背筋力も世界記録レベルに達している。もっとも、だから強いのかと問われれば、首を傾げざるを得ない。肉体の基礎能力がそのまま戦闘力とは限らない。この四〇年、暴力とは無縁で生きてきた中年男だ。格闘技なんて知らないし、剣も槍《やり》も使いこなせない。

＝＝
【名　前】朱音
【称　号】妖艶なるくノ一
【ランク】C
【レア度】Legend Rare
【スキル】苦無《くない》術Lv5　索敵Lv4　性技Lv4
＝＝

朱音もランクが上がっているが、臆病な俺としては安全を優先させたい。今は棍棒《こんぼう》を使っているが、もしオークを素手で屠《ほふ》れるようになれば、人間を超えたという自信が持てるだろう。

「もう少し第二層で鍛える。これからは、リストウエイトやアンクルウエイト、ウエイトベストを着て第二層で戦う。筋力、持久力、速度の全てを鍛え上げるぞ」

「畏《かしこ》まりました。ですがその前に……」

朱音が潤んだ瞳でオネダリをしてくる。肉体年齢が若返ったせいか、それともダンジョンが世界に認知されたことで興奮しているのか、俺もその気になった。抱え上げ、ベッドへと向かった。

「ダラァッ！」

棍棒の一振りでオークの頭が弾《はじ》け飛ぶ。オーク狩りもかなり楽になった。最初は数撃が必要だっ

たのに、今では二撃で倒せる。またDランクになったことで、予想通りカードドロップ率が上がった。第一層のゴブリンでは五％、第二層のオークで三％程度となっている。ドロップ率を高めるアイテム「ドロップ・アップ・バンド」によって、確率はさらに上がる。オークカードを一〇〇枚集めるのも、それほど苦労しなくなってきた。

「それにしても、強化因子というのは面白いな。普通、人間の肉体は鍛えれば筋肉が増える。つまりゴツイ体になる。だが強化因子を吸収して鍛えると、筋肉や骨そのものが変質していくようだ。ひょっとしたらダンジョンというのは、人間の進化を促すシステムなのかもしれないな」

実際、俺の肉体は体脂肪率こそ下がっているが、決してムキムキの体になったわけではない。喩えて言えば水泳選手のような肉体になっている。胸筋は盛り上がり腹筋も割れているが、太くなってはいない。理想的な「逆三角形」の体になっていた。

「和彦様の体は、女の私から見ればウットリするほどに素敵ですわ。そのうえ、夜伽《よとぎ》では野獣のように激しくて……地上ではさぞ、オモテになられるのでしょう？」

そう言って朱音が微笑《ほほえ》む。決して嫉妬しているわけではない。純粋に、自分の主人が誇らしいのだ。ここが第一層の安全地帯《セーフティゾーン》だったら、その場で押し倒したかもしれない。

「まぁ、モテるのかもしれないが、今はこのダンジョンと朱音に夢中だからな。外に女を作る時間があるのなら、ダンジョンに潜る。抱くのはお前だけでいい」

オークが拳を振り下ろしてきた。それを鼻先数センチで躱《かわ》し、頭部に棍棒を打ち込む。その時、パキッという音がした。もう一撃を打ち込むと、棍棒が割れてしまった。

「和彦様、戻られますか？　槍もお持ちだと思いますが……」

「いや、丁度いい機会だ。次は素手でオークと戦う」

指をガードするためのメリケンサックとテーピングを取り出す。剝《む》き出しにしたので武器と認識されるかと思ったが、カード化しなかった。一度防具として認めた以上、持ち込めるようである。

「行くぞ。オーク相手に素手の打撃がどこまで通じるか、試してやる」

背中がゾクゾクとし、視野が広がったような気がする。アドレナリンが出ているのを感じた。


ゴブリンカード一〇〇枚、オークカード一〇〇枚が再び貯《た》まる。ゴブリンはアイテムガチャに使い、オークは武器ガチャに使うつもりだ。Ｒランク武器が手に入れば、第三層も楽になるだろう。

Ｒランクのカードとして次の二枚が出た。


＝＝＝＝＝＝＝＝＝＝＝＝＝＝＝＝＝＝＝＝＝＝＝＝＝＝＝＝＝＝＝＝＝＝

【名　称】忍刀
【レア度】Ｒａｒｅ
【説　明】玉鋼によって作られた「忍びし者」専用の刀。短刀に近いが切れ味は抜群。
　　　　　加速の付与効果がついている。

＝＝＝＝＝＝＝＝＝＝＝＝＝＝＝＝＝＝＝＝＝＝＝＝＝＝＝＝＝＝＝＝＝＝

【名　称】総鋼の円匙《えんし》

【レア度】 Rare
【説　明】 全てが鋼で作られた頑丈なスコップ。武器にも防具にもなる。増力の付与効果がついている。

＝＝＝＝＝＝＝＝＝＝＝＝＝＝＝＝＝＝＝＝＝＝＝＝＝＝＝＝＝＝＝＝＝＝＝

「おぉーレアカードが二枚出たぞ。ラッキー・リングを着けていたお陰かな？　この忍刀はどう見ても朱音専用だな。俺はスコップを使わせてもらおう。いまでも軍隊では使われていると聞く。白兵戦では相当な武器になるそうだ。まずはオークで試し、使えるようになったら第三層へ向かうぞ。ランクも大事だが、金も必要だからな」

「そろそろ、ゴブリン狩りをお止《や》めになられてはいかがでしょう？　もうゴブリンを倒したところで、得られるものはないと思いますが……」

「いや、強化因子ではなく、ゴブリンカードが必要だ。アイテム数は多いに越したことはない」

俺はそう言って、机の後ろに置いた棚を見た。端から端まで壁全体を覆う大きな棚は、トレーディングカードを販売する店向けのディスプレイだ。これまで得たカードは全て、プラスチックケースに入れているが、種類を見た目で判断するために一枚ずつディスプレイしている。付せんで保有枚数を貼り、表計算ソフトでも記録し二重管理している。もっとも、ローションカードだけはない。アレは出たらすぐに朱音が使ってしまうからだ。

「現在、一時間でゴブリン一〇〇匹、三時間でオーク一〇〇匹を倒している。ちょうど四時間だ。

これを四サイクル、一六時間で地上でのシャワーとダンジョンでの睡眠休憩を入れる。四サイクルで六〇万円が得られるから、ダンジョン時間の一四四時間では三六〇万円になる。地上時間ではシャワーや着替えの準備などで四時間といったところだ。ダンジョン時間の一四四時間が、地上時間の四時間。これを一単元とする。一日三単元を一〇日間続けると一億円に達するな。だがバスターズの資金としてはまだ足りない。半分は税金で持っていかれるからな」

「あと二週間と少しで、第二の波が来ます。ダンジョンが再び出現すれば、為政者の方々も、もう民衆を止められないでしょう。食料などの価格が上がるかもしれませんわね」

「既に目端の利くやつは保存食を買い始めているからな。第二波が来れば、国としてもダンジョンを放置できないだろう。一ヶ月少しで、俺はFランクからDランクへと上がった。だが資金稼ぎの時間が足りない。いっそのこと、潜る時間を倍に増やすか……」

「まずは第三層を試されるのが良いと思います。Dランク、もしくはCランクの魔物と推測できますが、第二層よりもドロップ金額は高いはずですわ」

準備を終えた俺たちは、それぞれ新しい武器を手にし、第三層を目指した。


私は「木乃内《きのうち》詩織《しおり》」と申します。江戸川区の大杉という街で生まれ育ちました。私の実家は決して裕福ではありませんでしたが、子供の頃はそれなりに幸福でした。ですが高校生のときに、私は人生を誤りました。クラスメイトの男子生徒から告白を受け、付き合い始めたのです。暴力的な人ではありませんでしたが、少し自己中心的で「黙って俺についてこい」というタイプの人です。当時はそれが頼もしくも思えたのですが、今から考えると私が子供だったのです。高校生になれば、異性に興味を持つ時期です。私は彼に求められるまま行為に及び妊娠、茉莉《まり》ができました。

両親は猛反対しましたが、彼とは高校を卒業してすぐに入籍しました。彼は建設現場で働きはじめ、ほどなく正社員にもなりました。朝は早いですが夕方には帰ってきて一緒に食事をする。決して豊かではありませんでしたが幸せでした。

ですが、その幸福も長くは続きませんでした。茉莉が生まれてから二年もせずに、彼は浮気をするようになったのです。子育てを私に放り投げて建設現場の友人たちと夜な夜な飲み歩き、自分より年下の「ギャル」たちとカラオケに行く。その間私は、茉莉を抱えて夫の帰りをジッと待つだけでした。二〇歳の男性ならそういうこともあるでしょう。一度や二度なら、私も我慢します。でもそれが当たり前になり、家にお金も入れなくなりました。さすがに耐えかねて夫に不満を告げると、私は殴られました。離婚を決意したのはその時です。離婚裁判はすぐに決着し、私は茉莉と一緒に江戸川区の実家に戻りました。

当時、茉莉は小学校六年生、私は三〇歳でした。まだ三〇歳なら再婚できると母は励ましてくれましたが、茉莉を育てなければなりません。児童扶養手当もありますが、教科書代、給食代などもかかります。パートで働き始めた私に、再婚の出会いなどあるはずもありませんでした。そんなときです。再従兄弟《はとこ》の江副和彦さんが、自分のところで茉莉をアルバイトさせないかと相談に来ました。

「覚えていませんか？　木乃内さんが小学生の頃、親戚が集まって正月を祝ったときに、挨拶しています。私の祖父の妹が、木乃内さんの祖母になるんです」

江副さんは、私より六歳年上の少し恰幅《かっぷく》の良い男性で、経営コンサルタントの仕事をしていると言っていました。仕事の内容は、週一程度で家事の手伝いです。中学生の茉莉でもできる仕事です。それで月三万円でももらえるのなら、ありがたい話ではあります。ですが正直、信じて良いのかどうか迷いました。再従兄弟なんて、ほとんど他人も同然です。二〇年前の正月に会った人なんて、覚えているはずありません。江副さんの視線が、私の胸に向いたことが幾度かあります。これから思春期を迎える茉莉が、独り暮らしの中年男性の家で働く。不安になるのも仕方がないと思います。

あれから丸三年が経《た》ちました。今では、江副さんのことも信用しています。茉莉に変なことをすることもなく、私と話をするときも、あくまでも親戚づきあいとして距離を取っています。

「お母さん！　和さんがね。バイト代増やしてくれたの！　これからは一万円だって！　あと、さらにお金になるバイトもあるけど、手伝ってくれるかって聞かれたの。どうしようかな」

「それは、変なお仕事じゃないの？　その、変な撮影をするとか……」

「和さんは違うって言ってるよ。そのうち仕事現場を見せるから、そこで決めてくれ、だって」

茉莉は今年で高校生になりました。お金はさらに掛かるようになりますし、友人づきあいなどで惨めな思いをさせたくありません。アルバイト代を増やしてくれたのは、本当にありがたいと思います。ですがもし、娘にいかがわしいことをさせるようなら、親として黙っているわけにはいきません。母親の目から見ても、茉莉は綺麗《きれい》な顔立ちをしています。学校でも男子生徒から人気があるそうです。若い男性にとって、茉莉は魅力的なのでしょう。ですが娘には、私のような人生を送ってほしくありません。もし江副さんが娘を誑《たぶら》かそうとしているのならば、絶対に許しません。

Aランクダンジョン「深淵《アビス》」の第三層に進む。出現した魔物は「スケルトンナイト」だ。人体骸骨模型のような白骨が剣を手にして、カタカタと音を立てながら近づいてくる。一見すると弱そうに見えるが、それが四体同時に出現するとなれば話は別だ。囲まれれば危ういだろう。俺と朱音は相手を分断するように二体ずつを引き受けて戦った。スコップの一振りでバラバラになる。

「これは助かるな。剣を持っているし、常に四体で動いているから囲まれないように気をつける必要があるが、一体の戦闘力はオーク以下だ。それで四〇〇〇円が落ちる」

「武器の相性が大きいですわ。スケルトンナイトは決して弱くはありません。一体のランクはDランクです。ですが身体能力ではオークに劣ります。和彦様の武器は、剣を相手に戦う上で、極めて有効です。第三層で、和彦様のお悩みも解消されると良いですわね」

朱音に背中を揉《も》んでもらいながら、俺は漫然と今後について考えていた。あと二、三日で「第二の波」が来る。この二週間、中小企業診断協会からの「調査業務」などはすべて断り、俺は殆《ほとん》どをダンジョンで過ごしていた。もう診断士業務そのものを止めはじめている。

「スケルトン二〇〇体を三時間で倒したとして一五時間で一〇〇万円、一四四時間で六〇〇〇万か。この二週間、地上時間で三単元ずつ潜ったからな。概算で三億円以上になったはずだ。これで土地買収資金ができた。いよいよ、ダンジョン・バスターズの準備に取り掛かるぞ」

（幼馴染《おさななじみ》の岩本は、本当に有り難い友人だ。もっとも、スキル「誘導」を使っていることもあるだろうが……　明日は横浜のホテルで「例の男」と接触だな。将来のことを考えて、ダンジョンアイテムの契約書にサインさせよう。拷問されようとも秘密を守ってもらわないとな）

仰向《あおむ》けになった足のマッサージを受ける。最初の頃よりは筋肉痛もだいぶ楽になったが、それでも疲れは溜《た》まるらしい。ポーションを使えばすぐに回復できるが、こうして美女からマッサージを受けると筋肉痛以上に精神的に癒やされる。俺は足裏マッサージを受けながら、思考を続けた。

（有り難いと言えば、スケルトンは一体ごとにカードを落としてくれるのも有り難い。この一週間で手に入れたスケルトンカードは六〇〇枚以上だ。武器は手に入れたから、次は防具か？　防刃シャツを着ている俺はともかく、朱音の柔肌が傷つくのは我慢できない。それにこれまで試していないキャラクターガチャをやってみるのも良いだろう。端数はキャラクターガチャに回すか……）

不意に下半身が心地よくなった。朱音に任せたまま、俺は目を閉じた。

『確かに、契約書は確認しました。これで一安心です』

『こちらも現金で三億を確認した。一〇％を差し引いた二億七〇〇〇万円を指定口座に振り込む』

横浜のホテルの一室で、俺は使い捨て携帯電話を片手にノートパソコンを開いていた。ネットバンクの口座に二億七〇〇〇万円が入金される。それをすぐに、別口座へと移し替える。このホテルの別室に、アンダーグラウンドの連中がいる。最初に契約書を渡し、それと交換という形で三億円が入ったカバンを渡した。連中は渋っていたが、架空の名で構わないと伝えると書いてくれた。使ったのはダンジョンアイテム「誓約の連判状」だ。名前ではなく、サイン者に対して効力を発揮する。文面は「この取引に関わる一切を誰にも漏らさず、取引以外に情報を利用しない」という一文しかない。当然、俺のサインも入っている。これで将来の不安も少しは解消されるだろう。

すべての仕事を終えた俺は、意気揚々と地下駐車場に停《と》めた車に乗り込んだ。

「二億七〇〇〇万か……だがこれは所得だから税金を収めることを考えると、この半分といったところだな。もう少し、資金がほしい。もう一回、これと同じくらいの取引が必要だな」

車を発進させる。横浜市内から江戸川区へと向かうため、横浜新道を走っていると不意に目の前の車が止まった。安全運転を心がけているため、慌てることなくブレーキを踏む。何かのトラブルかと思ったが、どうも様子が奇怪《おか》しい。五分経っても、車が動こうとしない。

「なんだ？　人身事故でも起きたのか？」

俺は車から降りて、先の様子を見ようと目を細めた。一〇〇メートルほど先に、人々が集まっている。皆が一斉に何かを覗《のぞ》き込んでいるようだ。俺は腕時計を確認した。あの日から七三日が経過している。そして時間は午前一一時八分を指していた。何が起きたのか、俺には理解できた。

「第二の波が来たか……」

まさか目の前にダンジョンが出現するとは思わなかった。朱音をはじめとするカード類は、自宅のダンジョンに置きっぱなしにしている。いま手元にあるのは、メリケンサックとテーピングだけだ。車はとても動きそうにない。少なくとも警察が来て交通整理するまでは、今のままだろう。

「潜って……みるか」

メリケンサックを塡《は》め、テーピングを巻き始めた。目立ってしまうことは理解している。だが他のダンジョンに興味があった。なにより、誰かが先に入って死者が出るという可能性を潰したかった。すべては対処できないが、せめて目の前のダンジョンくらいは、最悪の事故を防ぎたい。

「お、おいアンタッ。止めとけって！　これ、きっと例のダンジョンって奴《やつ》だろ？」

人混みを掻《か》き分けて、ダンジョンの入り口前に出る。潜ろうと踏み出した時、タクシー運転手が止めてきた。振り返ると老若男女数十人が一斉に俺を見つめている。視線を躱すため、時計を見た。

「現在、一一時一六分。これが大阪のダンジョンと同じなら、時の流れが違うはず……ご心配は無用です。ちょっと潜ったら、すぐに戻りますよ」

腕時計を外し、「預かっておいてくれ」と近くにいた若い女性に渡す。俺はゆっくりと、階段を下り始めた。自宅のＤＩＹしたダンジョンとは違い、階段も石造りで滑りやすい。階段の途中で見上げると、何人かがこちらを見つめている。だがまるで人形のように止まっている。彼らはゆっくりと時間が流れるため、止まって見えるのだ。

「逆を言えば、彼らから見れば俺は一瞬で降りたように見えるわけか。面白いな」

再び下り始める。階段の長さは「深淵《アビス》」と変わらない。やがて下層についた。「安全地帯《セーフティゾーン》」だ。壁面が発光しているため、懐中電灯は必要ない。だがカードは浮かんでいなかった。目の前には取っ手のついた扉があるだけである。俺は「深淵《アビス》」と同じように、その扉の前に立った。

「さて……鬼が出るか、蛇が出るか」

取手を摑むと自動的に扉が開いていった。そして扉の先には……体長五〇センチくらいの可愛《かわい》らしいウサギがいた。

「ミュ？　ミュミュッ？」

目の前のウサギが、可愛らしい鳴き声でピョンピョンと近づいてくる。だが頭を撫《な》でてやろうかと近づいた瞬間、いきなり牙をむき出しにして飛びかかってきた。

「だと思ったよ！」

メリケンサックを嵌めた拳を一振りする。ウサギの頭部に当たり、そのまま首ごと切断した。そして「深淵《アビス》」に出現する魔物と同じように、ウサギは煙となって消えた。

「……弱い。Fランクのゴブリン以下だぞ。だが現金がドロップしないな。どういうことだ？」

地上の一分は、このダンジョンでは二時間以上になる。迷わないように左回りで進む。どうやら構造は同じ碁盤目のようだ。第一層の構造は共通しているのかもしれない。歩いていると再びウサギが飛びかかってくる。それらをパンチ一発で屠っていく。

「このダンジョンはBランクもしくはCランクくらいか？　最弱のダンジョンでは、踏み潰せる程度の虫が出てくると朱音が言っていたな。それを考えると、暫定でCランクとしておくか」

十羽目を倒した時に、魔物カードがドロップする。それを拾い上げようとしたときに、大豆よりも小さな、豆粒ほどの黒い石を見つけた。

「なんだ、コレは？　こんなの、ドロップしてたか？」

黒い石を拾い上げ、もう一度ウサギを倒してみる。するとやはり、黒い石粒が落ちていた。

「カネの代わりに出現した黒い石粒…… これはいったいなんだ？ もう少し集めてみるか。しまったな。こんなのがドロップするのなら、ビニール袋を持ってくれば良かった」

やむなく、ハンカチでそれを包む。もう数羽倒し、二枚目のカードを手に入れたところで、地上に戻ることにした。扉を閉め、念のためにスマートフォンで安全地帯《セーフティゾーン》を撮影する。ダンジョンに入ったことはともかく、魔物を簡単に倒せることは知られたくはない。たとえFランクの魔物であっても、一般人には十分に危険だからだ。取手の指紋を丁寧に拭き取り、俺は階段へと向かった。

スマホの時計では三〇分は経過している。だが地上では一分も経っていないだろう。地上に出ると、俺の周囲には驚愕《きょうがく》の表情を浮かべた人たちがいた。

「あ、アンタ…… いつの間に」

「あぁ、そうか。時間が速く流れているから、地上の人は一瞬で戻ったと感じるわけか」

俺は頷き、女性から腕時計を受け取った。スマホの時間と比較する。予想通り、時間が違っている。このダンジョンの確認はできた。あとは戻って、朱音に黒い石を確認すれば終わりだ。

「恐らくこれは、魔石の一種と思われます」

朱音は黒い石粒を摘《つま》みながら、自分の推測を語った。

「魔石とは、魔力が結晶化したものです。魔法は適性のある者しか使えませんが、魔石を利用した魔導技術を使えば、誰でも魔法を使えるようになります。そうした魔道具には、魔力供給源として魔石が必要不可欠です」

「なるほど。詳細は解《わか》らんが、魔導技術なるモノを発展させた文明には、魔石は必要不可欠なのだろう。だが問題は、それがなんで『科学技術』を発展させた地球文明に出現したかだ。ダンジョンは、その文明やそこに生きる人々が欲するものを餌に、人を誘《おび》き寄せるんじゃないのか？」

「和彦様のおっしゃる通りです。現にこのダンジョンでは、そこに入られる唯一の人間である和彦様が欲するもの、つまりお金をドロップします。他のダンジョンでは違うということは、お金よりも魔石のほうが人類には価値があると、ダンジョン・システムが判断したからでしょう」

「解らんな。いや、カネをドロップしないというのはわかる。国としては、カネを出現させるダンジョンなど認められないだろう。だが、そこでなんで魔石なんだ？」

「和彦様から見て、この国、そしてこの世界の人類に最も必要なモノは、なんでしょうか？　それが答えのような気がしますわ」

朱音に問い掛けられ、俺は顎を擦《さす》った。人類全体と考えるならば、最も必要なものはエネルギーだろう。化石燃料に頼る現代社会は、いずれ限界に達する。もし環境破壊を伴わない、クリーンなエネルギーがあるのなら、全世界の国々が欲するだろう。

「……魔石には発電能力か何かがあるのか？　いずれにしても、恐らくコレはエネルギーに関係しているのだろう。暫《しばら》くは様子見だな。この魔石によって、対ダンジョン政策も変わるかもしれん」

俺は立ち上がって第三層に向かう準備を始めた。あの日から七三日目、第二の波が押し寄せてきた。残り時間は多くない。こちらも動くべきだろう。そのためには、より多くの金が必要だ。

「世界同時多発的ダンジョン群発現象（Worldwide Synchronized Dungeon Outbreak Phenomena）」——この一連の現象に対して、学者たちはそう命名した。各国政府はこの現象の対策に追われ、国連では幾度も総会が開かれたが、議論は平行線のまま、激しさを増していった。

「我が国は、既に国土内に二五ものダンジョンを抱えている。それに対してガメリカは四つ、日本は二つ、ライヒに至っては一つではないか！　それに未《いま》だダンジョンが発生していない国も多くある。各国で資金を出し合い、ダンジョンの数に比例して支援を行う基金を立ち上げてほしい」

「それは貴国の領土が大きく、人口も多数抱えているからでしょう。この同時多発的な現象は、言ってみれば自然災害と同じです。もしそのような基金を求めるのならば、地震発生の数に比例して支援を行う基金も立ち上げるべきでしょう」

アジアを代表する二つの大国の大使が睨《にら》み合う。取りなすように、ガメリカ大使が手を挙げた。

「我が国は現在、世界中に出現したダンジョンなる異空間を調べていますが、それ以前に出現場所に偏りがあるのが気になります。ガメリカは広い国土がありますが、ダンジョンは四つです。それに対して大東亜人民共産国は多くのダンジョンを抱えている。このことから、ダンジョンは国土面積ではなく、人口に比例して発生すると考えるべきではありませんか？　つまり、人口大国はそれだけ多くのリスクを抱えるということです」

ガメリカ大使の意見に、ざわつきが広がる。人口数百万人の北欧諸国はホッとした表情を浮かべ、人口一億人を超える東南アジア諸国は苦々しい表情となった。フィリピノ国の大使が発言する。

「我が国は日本よりも小さい国ですが、マニラ首都圏に二箇所、ダンジョンが発生しました。米国大使が言われることは正しいと思います。我が国としては、治安維持のためにもこれ以上、安全保障のリスクを負いたくない。対ダンジョン対策のためにも、全国連加盟国が一斉に、国境や海に展開する軍を引き上げることを求めたいのです。無論、我が国も喜んでそうします」

賛同の声が複数から出るが、東アジアの人口大国が反対した。

「冗談ではない。南シナ海は我が国固有の領海であり、核心的利益だ。そのような虫の良い話など、認められん。軍を引くのであれば、領有権を認めてもらいたい」

「我が国も同様ですな。国境の軍を引けば、北からの侵略を受けかねない。休戦中であり、停戦中ではないのですから。安全保障のためにも、最低限の軍は残さざるを得ません」

南北に分断された、半島国家も反対意見を述べる。だが槍玉《やりだま》に挙げられた北の国が激昂《げきこう》する。

「ふざけるな！　ダンジョンは我が国にも発生しているのだぞ！　今こそ、民族共助の精神が必要ではないか！　我が国に対する制裁を解除すべきだ！」

ダンジョンという全世界的な危機を目の前にしながらも、各国それぞれが自分の立場や利益を主張する。その場の誰もが思っていた。これが「国際連合」の限界なのだと。

「大統領、ダンジョンについての情報開示を要求する声が、日増しに強まっています。シカゴではデモが発生し、ダウ平均株価も暴落しています。このままでは議会を抑えられません」

大統領補佐官の言葉に、ロナルド・ハワード大統領は面白くなさそうな表情となった。ダンジョンについての情報は、徐々に集まってきている。だがその大半が荒唐無稽なものばかりだ。

「武器がカードになる？　ステータス表示？　おまけに『カードスロット』とかいう理解不能な機能まである。こんなものを誰が信じる。いっそ、核爆弾で吹き飛ばしてやりたいくらいだ！」

「テストとしてC－4プラスチック爆薬を持ち込んだところ、カード化してしまったとのことです。どうやら階段下の空間までは持ち込めるのですが、扉の先には武器を持ち込むことはできないようです。爆薬、アサルトライフル、拳銃、アーミーナイフまで、全てカードになってしまいます。扉から戻ると自動的に元に戻るので、カード化機能を悪用して武器を持ち運ぶなど、テロ利用の懸念がないのが幸いですが……」

「だが実際にはわからん。我々が知らないだけで、武器をカード化して運ぶ手段があるかもしれん。タイマーを起動した核爆弾をカード化して合衆国に持ち込まれてみろ。その可能性が一％でもある限り、情報開示は慎重にならねばならん！」

「下院議長には説明をしていますので理解は得られているのですが、やはり民主党議員からの突き上げが激しいようです。たとえ荒唐無稽と言われても、情報開示すべきではないでしょうか」

「だが我が国だけが単独で情報公開しても、民衆がそれを信じるか？　いや、他国民も自国に『本当なのか』と問い合わせるだろう。外交問題にもなりかねん」

補佐官たちもそれぞれに意見が違う。ダンジョンの情報は集まりつつある。ニューヨーク、シカゴ、シアトル、ロスアンジェルスに出現したダンジョンは、米国陸軍によって厳重に管理され、慎重に探索が進められている。幸いなことに出現するのは「小さなスライム」「体長三〇センチほどのゲジゲジ」など、出現する生命体は足で踏み潰せるモノが大半だ。ステータス表示やスライムが出なければ、ただの地下施設と思っていたかもしれない。

「それでは、G7会議で各国首脳と合同で発表してはどうでしょうか」

一人の意見に、全員の視線が集まった。

「今月末に予定しているG7会議は、元々は大阪で開催される予定でしたが、ダンジョンが出現したため名古屋に変更になりました。名古屋G7では間違いなく、ダンジョン対策が話し合われるでしょう。各国もそれぞれ、情報統制と公開の狭間《はざま》で悩んでいるはずです。そこで先進七ヶ国共同声明として、ダンジョンの情報を開示するのです」

「グッド・アイデアだ！　早速、セーチローに連絡しよう！」

ハワード大統領の喜色の顔に、補佐官たちはホッと息をついた。


Dランクモンスターカードが六〇〇枚以上ある。そして現在も増え続けている。自分のランクは未だにCに上がらないが、武器と防具は揃《そろ》えておきたい。そこで俺は、いままで回していなかった「防具ガチャ」を回すことにした。被《かぶ》っているモノも多いため、主だったモノだけ、取り上げる。

＝＝＝＝＝＝＝＝＝＝＝＝＝＝＝＝＝＝＝＝＝＝＝＝＝＝＝＝＝＝＝＝＝＝＝
【名　称】　鋼の胴鎧《どうよろい》
【レア度】　Ｒａｒｅ
【説　明】　腹部から胸までを護《まも》る胴鎧。重いが、物理攻撃に強い耐性がある。

＝＝＝＝＝＝＝＝＝＝＝＝＝＝＝＝＝＝＝＝＝＝＝＝＝＝＝＝＝＝＝＝＝＝＝＝＝

【名　称】黒鋼の鎖帷子《くさりかたびら》

【レア度】Rare

【説　明】鍛え抜かれた鋼を丁寧に編み込んだ鎖帷子。女性でも着用可。

＝＝＝＝＝＝＝＝＝＝＝＝＝＝＝＝＝＝＝＝＝＝＝＝＝＝＝＝＝＝＝＝＝＝＝＝＝

【名　称】防刃忍び服

【レア度】Rare

【説　明】鋼蜘蛛《ぐも》の糸から生まれた防刃布を使った忍び服。強い防刃性がある。

＝＝＝＝＝＝＝＝＝＝＝＝＝＝＝＝＝＝＝＝＝＝＝＝＝＝＝＝＝＝＝＝＝＝＝＝＝

【名　称】魔導士の外套《がいとう》

【レア度】Rare

【説　明】消費魔力を軽減させる付与効果がついた魔法使い用の外套。

＝＝＝＝＝＝＝＝＝＝＝＝＝＝＝＝＝＝＝＝＝＝＝＝＝＝＝＝＝＝＝＝＝＝＝＝＝

三三回でレア装備が四つ出た。確率的には悪くはない。ＵＣの装備は盾や籠手《こて》などが出たが、朱音は不要だと言う。俺もいらん。防刃シャツは、第三層でも十分に通用している。

続いて、アイテムガチャを三三回やる。これもレアが四つ出た。

＝＝＝＝＝＝＝＝＝＝＝＝＝＝＝＝＝＝＝＝＝＝＝＝＝＝＝＝＝＝＝＝＝＝

【名　称】異空間の革袋（小）
【レア度】Ｒａｒｅ
【説　明】魔法の革袋の上位版。袋の中は時間が停止している。ただし入れられる容量は、九立方メートルまで。

＝＝＝＝＝＝＝＝＝＝＝＝＝＝＝＝＝＝＝＝＝＝＝＝＝＝＝＝＝＝＝＝＝＝

【名　称】怠け者の荷物入れ
【レア度】Ｒａｒｅ
【説　明】魔物のドロップアイテムを自動的に入れてくれる。パーティーで使用可。

＝＝＝＝＝＝＝＝＝＝＝＝＝＝＝＝＝＝＝＝＝＝＝＝＝＝＝＝＝＝＝＝＝＝

【名　称】エクストラ・ポーション
【レア度】Ｒａｒｅ
【説　明】不治の病や欠損部位なども完全回復させる最上級のポーション。無味無臭。

＝＝＝＝＝＝＝＝＝＝＝＝＝＝＝＝＝＝＝＝＝＝＝＝＝＝＝＝＝＝＝＝＝＝

【名　称】ガード・リング
【レア度】Ｒａｒｅ
【説　明】指に填めるだけでアラ不思議。物理耐性が向上する指輪。ただし魔法には効かない。

＝＝＝＝＝＝＝＝＝＝＝＝＝＝＝＝＝＝＝＝＝＝＝＝＝＝＝＝＝＝＝＝＝＝

「六六回で、レアが八個か。Dランク魔物でも、第三層だと若干、確率が高くなるようだな」

余りでキャラクターガチャを回してみる。出たのはなんと、ただのオーク（UC）だったよ。

「朱音には、鎖帷子と忍び服、そしてガード・リングだな」

「和彦様、ガード・リングは和彦様が身につけるべきでは？　私は大丈夫でございます」

「いや、俺こそ大丈夫だ。ポーションは山ほどあるし、回復魔法を使えばいい。それよりお前の肌に傷がつくほうが、俺には我慢できん」

「まぁ、嬉《うれ》しいですわ」

嬉しそうに抱きついてくる。横浜で出会った女性から食事をと連絡があったが、やはり朱音のほうが魅力的だ。もっとも朱音は人間ではないのだが。

「この『怠け者の荷物入れ』は便利だな。肩から掛けるタイプで少し邪魔になるかもしれないが、カードもカネも十分に入る。拾う時間が短縮される分、さらに稼げるだろう。早速検証するぞ」

現在、第三層では三時間で二〇〇体のスケルトンナイトを狩っている。もしこれが三〇〇体にでもなれば、稼ぎはさらに増える。隣近所の土地を札束で買い占めるという計画も早まるだろう。銀行口座には三億円近く入っているが、それは個人事業主としての「コンサルティング料」だ。事業収益として税金も支払わなければならない。

「できるだけ、現金決済でいきたいな。近隣の土地を取得しつつ、衣類や保存食をさらに買い進めるか。魔法の革袋に入れておけば、まずバレないだろうしな」

現金というのは何気に嵩張《かさば》るものである。一億円は約一〇キロになってしまう。経営は信用第一だ。税務調査が入ってもバレないようにしなければならない。

「行くか。目標は三時間でスケルトン三〇〇体だ」

朱音と共に、ダンジョンへと入った。


東京都江戸川区鹿骨町《ししぼねちょう》は狭小住宅が多い。特に俺の自宅周辺は、土地面積四〇平米から七〇平米くらいの家が密集している。いずれも築三〇年前後の家だ。資産価値は土地だけになる。俺は近隣一〇軒の土地を買い占めることに決めた。調べたところ、俺の家も含めれば六〇〇平米になる。少し上乗せして、一平米あたり四〇万円とすれば、二億四〇〇〇万円だ。

「いかがでしょう。本来であれば建物は資産に入りませんが、五〇〇万円を上乗せするとのことです。土地価格も、本来の相場より一割ほど高めです。この額での買い手はまず見つかりません」

幼馴染の岩ちゃんに紹介してもらった不動産屋は、ホテル建設などの大口を扱っているが、今回の話を快く引き受けてくれた。無論、この不動産屋にもしっかりと報酬を支払う。

「お隣の山田さんは、既に了承してくださいました。私としては広い土地にして開発することで、大きな経済効果を得たいと考えています。いかがでしょう。ご賛同、いただけないでしょうか？」

不動産屋の仲介とスキル「誘導」によって、トントン拍子で話は進んだ。僅か二日で、隣近所合計一〇戸から合意を得ることができた。五〇平米の古い家の相場は、せいぜい一五〇〇万円だ。それを二〇〇〇万円で売ることができれば、もっと駅の近くにマンションを買うことだってできる。

彼らも満足だろう。数百万円を上乗せする代わりにお願いした「二週間以内の引越し」「買い手の秘密厳守」も契約書に明記したうえで、「誓約の連判状」にサインをもらう。

「皆さんが引越された段階で、工事に入ってください」

「設計は既に始めています。中庭を広めにして『地下室』はそのままで、とのことでしたね。大丈夫です。ウチの設計担当は優秀です」

「鉄骨鉄筋コンクリートで、しっかりとした造りでお願いします。お金に糸目はつけません」

さて、俺も引越しまで二週間。しっかり稼ぎますか！


ダンジョン時間三時間で三〇〇体以上のスケルトンナイトを狩る。それを五回、一五時間ごとに八時間の休憩を取る。これを一サイクルとカウントする。途中でシャワーなども浴びるので、地上時間で四時間ほどが、六サイクルとなる。

「一サイクルで一五〇万円、六サイクルで九〇〇万円、地上時間の一日で、これを四回やる。すると一日三六〇〇万円の収入になる。地上時間の六日間で二億円を超える」

「気が狂いそうですわ。和彦様は、よく普通にしてられますわね？」

朱音が愚痴るのも仕方がない。六日間で倒すスケルトンの数は、二一万体に達する。三％がカードになったとしても、カード枚数は六〇〇〇枚以上になる。

「一種の作業だと思えばいい。それにそこまで気張らなくても良い。嫌になったら、途中でやめても良いんだ。だが恐らく、この六日間で、俺はCランクになるだろう。途中からウェイトもつけていく。人間の限界を突破するには、これくらいの無茶が必要だと思うんだ」

こうした単純作業は、目標を定めてやるのが良い。俺は二一万体のスケルトンを倒すことを目標とした。そして三時間で三〇〇体をプロセス指標とする。するとどうだろうか。三〇〇体を倒す速度が徐々に上がっていく。最初は三時間を超えることもしばしばあったのに、やがて三時間を切り、いまでは二時間四五分で三〇〇体を狩ることができる。

「工場の作業と同じだ。習熟すれば速度が上がる。スケルトン狩りの作業に体が慣れ、作業効率が上がっているんだ。この分なら、早めに終わりそうだな」

朱音の白くて細い背中を押す。いつもマッサージをしてもらっているので、偶《たま》には俺がやろうと言うと、朱音は喜んで裸になった。

「効率化されるのは結構ですが、その分、ランクが上がり難くなると思われます。ランクアップのためには、肉体への負荷が欠かせませんから……」

「そうだな。だから明日からは久々に、ウェイトをつけて狩りをやるぞ。それで三〇〇体を二時間四五分で狩れるようにする。そうなれば、ランクも上がるはずだ」

「本当に……常軌を逸していますわ」

朱音が眠そうな声を漏らす。黙って背中を押し続ける。やがて静かな寝息が聞こえてきた。

片足七キロ、片腕三キロ、胴体二〇キロ、合計四〇キロのウェイトをつけてスケルトンナイトと戦い続ける。自分でもバカバカしく思えてくる。参考程度に読んだ、自宅にダンジョンができたというローファンタジー・ラノベでは、単調に魔物を殺しただけですぐにレベルが上がっている。

だがそれは所詮、物語の中の話なのだ。リアルは違う。魔物をプチプチ殺しているだけで強くなどなれない。己に負荷を掛け、悩み、工夫し、汗を流し続けたその先に僅かな成長がある。膨大な時間を掛けて、薄皮を一枚ずつ重ねていくように強くなる。そして振り返ったら「レベルが上がっていた」という過去形で、成長が表現されるのだ。だから俺は、ラノベを参考にするのを止めた。

「和彦様っ！」

朱音が叫んだ。目の前のスケルトンを屠り終えて振り返る。朱音の眼《め》が潤んでいる。

「お目出度《めでと》うございます。ついに、限界を超えられましたね」

ステータス画面を呼び出す。

＝＝＝＝＝＝＝＝＝＝＝＝＝＝＝＝＝＝＝＝＝＝＝＝＝＝＝＝＝＝＝＝＝＝＝＝
【名　前】江副 和彦
【称　号】第一接触者《ファースト・コンタクター》
【ランク】C
【保有数】819／∞
【スキル】カードガチャ（89）　回復魔法Lv4　誘導Lv4　（空き）　――――　――――
＝＝＝＝＝＝＝＝＝＝＝＝＝＝＝＝＝＝＝＝＝＝＝＝＝＝＝＝＝＝＝＝＝＝＝＝

ようやく、ようやく辿《たど》り着いた。俺は深く息を吐いた。すると久々に、頭の中に音声が響いた。

〈『種族限界突破《スピーシズ・リミットブレイク》』を確認しました。種族限界突破者用のスキルが解放されます。またファーストブレイク特典として、レジェンド・レアカード『小生意気な魔法使いエミリ』が贈呈されます。次は『存在限界突破《ビーイング・リミットブレイク》』を目指してください〉

「……『存在限界突破《ビーイング・リミットブレイク》』?」

疑問形でつぶやいたが、まずは目の前に浮かんでいるカードからである。朱音と同じように、光り輝いていた。レジェンド・レアカードに間違いない。

＝＝＝＝＝＝＝＝＝＝＝＝＝＝＝＝＝＝＝＝＝＝＝＝＝＝＝＝＝＝＝

【名　前】エミリ
【称　号】小生意気な魔法使い
【ランク】F
【レア度】Legend Rare
【スキル】秘印術Lv1　招聘《しょうへい》術Lv1　錬金術Lv1

＝＝＝＝＝＝＝＝＝＝＝＝＝＝＝＝＝＝＝＝＝＝＝＝＝＝＝＝＝＝＝

「『小生意気な魔法使い　エミリ』……秘印術に長《た》け、六大元素を操る強力な魔法使い。また召喚石を使って一時的に強力な魔人を召喚でき、薬草調合などの錬金術の知識も持つ万能型魔法使い。

身長一五七センチ、Ｂ85Ｗ56Ｈ82」

するとカードがポンッと音を立てて消えた。

「ちょっとアンタッ！　なに勝手に人のプライバシー覗いてるのよっ！」

ツインテールの髪型の、明るめの茶髪をした女子高生くらいの年齢の女の子が、眉間を険しくして立っていた。見るからにツンツンとした「生意気な小娘」である。


「このエミリ様は偉大なる一〇八柱の一柱、天才魔術師よ！　本当なら様付で呼ばせるんだけど、一応、アンタは『主人《マスター》』だから、特別に『エミリさん』で許してあげるわ。感謝なさい！」

気が強くて生意気な小娘である。俺はこの手の女が嫌いだ。かつて会社員だった頃に、この手の女が職場にいた。常に「私」が主語で、日常でも会議でもやたらと喋《しゃべ》る女だった。承認欲求が強いくせに、他者への敬意がなく、職場の空気を悪くする。そしてそれに気づいてもいないという救いがたい女だった。結局その女は、組織の中に居場所がなくなり辞めていった。

今後、ダンジョン・バスターズが組織となっていくうえで、この手の存在は害にしかならない。能力的には惜しいが、カードに戻して封印してしまうか。そう思っていたら、朱音が冷たい笑みを浮かべてエミリの前に出た。どうやら、俺と同意見らしい。

「はじめまして、エミリさん。私はくノ一の朱音と申します。どうぞ宜《よろ》しくお願いしますわね」

「へぇ……　エミリ以外に一〇八柱を召喚していたなんて、ちょっと生意気じゃない。朱音って言ったわね。いいこと？　これからは、このエミリ様が仕切るわ。アンタたちはエミリに従って……」

我慢の限界が来たので、エミリの背後に回り込み、胴に腕を回した。一〇八柱は仕える主人を選べると聞いている。ならば俺以外の奴を主人にすればいい。俺の命令を聞けない奴などいらん。

「キャァアッ！　ちょ、ちょっとアンタッ！　何を……」

「朱音、魔物が来ないか見張っておいてくれ。俺はちょっとコイツを躾《しつ》ける」

一〇八柱といっても、ランクは初期のFである。Cランクの力なら、動きを封じることくらい容易《たやす》い。腕を捻《ひね》りながら抱え上げ、膝まであるスカートを捲《まく》り上げる。白い下着を穿《は》いた尻が剝き出しになる。

「イヤァアッ！　ちょっと朱音、見てないで助けなさいよっ！」

「和彦様。心ゆくまで、徹底的に折檻《せっかん》してやってくださいませ」

朱音は冷酷な光を瞳に浮かべて、くるりと背を向けてしまった。俺は頷き、抱えている小生意気な娘を見下ろす。十代半ば、本来はモラトリアム期間であり、その中で人格を醸成していく。だが完全起動まで一年を切っている以上、人格形成を待つ時間などない。

「あぁ、頼む。さて、勘違いしている生意気なガキを躾ける一番良い方法を知っているか？」

「ヒッ……嫌、嫌ァアァ！」

俺はきっと、冷酷な笑みを浮かべていたに違いない。エミリが嫌々と首を振る。俺は右手を尻に当て、振り上げた。壊さない程度の手加減はするつもりだ。

「……それは、痛みだ！」

バチィイン！

肉を叩《たた》く音がダンジョン内に響く。人間の限界を突破した俺の（割と）本気の「お尻ペンペン」だ。エミリが泣き叫ぶ。

「痛ァアィイッ！　イヤァアアッ！　や、やめなさ……」

「やめてくださいだ！　言い直せ！」

バチィィンッ！

再び叩く。白い尻が赤くなる。暴力？　パワハラ？　知ったことか。ここは会社ではない。命がけで戦うダンジョンにおいて、勝手気ままな奴を放っておけば、それこそ危険だ。

「実力もないくせに口だけは回り、鼻っ柱が強い。お前のような奴はいらん。選択肢は三つ。今すぐ態度を改めるか、それともここで死ぬか、俺以外の持ち主を探しに消えるか、選べ」

「ふ、ふざけないで。エミリは……」

バチィィンッ！

「そうか、死を選ぶか。一〇八柱が死んだらどうなるか、試しておく必要があるからな。死ね」

もちろん殺すつもりはない。だがお尻ペンペンでも、着実にダメージは与えている。服従するなら、ポーションを使って治せばいい。服従しないのならカードに戻して永遠に封じるつもりだ。

「朱音は俺のことを和彦様と呼ぶ。お前もそれに合わせるか、もしくは主人《マスター》と呼べ。それ以外の呼び方は許さん。さぁ、呼んでみろ」

そう言って手を振り上げる。エミリは慌てて叫んだ。

「主人《マスター》ッ！　主人って呼ぶからぁぁ！」

バチィイン！

「ヒィイイッ！」

「『主人《マスター》と呼ばせていただきます』だ！　言い直せっ！」

再び手を振り上げる。だが下ろす前に、エミリが震えた。やがて大声で泣き始める。

「ぶぇぇぇぇっん！　主人《まずだー》と呼ばぜでいだだぎまずぅぅぅっ。許じでぐだざぃぃぃっ！」

俺は腰に下げたカードケースから、ハイ・ポーションを取り出した。赤く腫れ上がった尻に掛けてやる。尻はみるみる、白色に戻った。

「ヒグッ……　ヒグッ……」

ダンジョン第一層の安全地帯《セーフティゾーン》に戻ると、エミリはようやく落ち着いたようだ。女の涙に惑わされるほど若くはない。そして、ただ叱ってそのままにしておくほど愚かでもない。「異空間の革袋（小）」から、程よく冷えたチーズケーキを取り出した。皿に載せ、フォークと共に出してやる。

「食べろ。チーズケーキという菓子だ。美味《うま》いぞ」

匂いに釣られたのか、エミリは瞼を腫らしながら皿を受け取った。斜め前に座り言い聞かせる。

「生意気であることは構わない。自己主張するのもいい。だが、俺と朱音を蔑《ないがし》ろにすることは許さん。本来なら長期育成で人格成長を促したいところだが、そんな時間はない。『第三の波』が来るまで、もう二週間もない。一〇年後には世界が滅びる。俺はなんとしても、それを食い止めたい。そのために、お前の力を借りたい」

エミリは黙ったまま、ケーキを一口食べた。暫く黙り、また食べ始める。

「どうしても俺を主人とするのが嫌だというのなら、ケーキを食べ終えたらカードに戻れ。一〇八柱は主人を選べるはずだ。俺以外の主人を探せばいいし、探すのを手伝ってもやる。どうする？」

「……わよ」

「ん？」

「戦うわよっ。主人《マスター》と一緒に戦う。エミリは、最高峰のレジェンド・レアなんだから！」

「そうか」

そう言って俺は、エミリの頭を撫でた。もう一つチーズケーキを用意し、ついでに紅茶も淹《い》れてやる。そして装備のカードを取り出した。


＝＝＝＝＝＝＝＝＝＝＝＝＝＝＝＝＝＝＝＝＝＝＝＝＝＝＝＝＝＝＝

【名　称】魔法師の杖《つえ》

【レア度】Ｕｎ Ｃｏｍｍｏｎ

【説　明】魔法師が使う杖。魔導球が塡められており、魔法発動媒体となる。

＝＝＝＝＝＝＝＝＝＝＝＝＝＝＝＝＝＝＝＝＝＝＝＝＝＝＝＝＝＝＝

【名　称】魔導士の外套

【レア度】Ｒａｒｅ

【説　明】消費魔力を軽減させる付与効果がついた魔法使い用の外套。

＝＝＝＝＝＝＝＝＝＝＝＝＝＝＝＝＝＝＝＝＝＝＝＝＝＝＝＝＝＝＝

「この二つを使え。いずれ、より上位の装備も手に入るだろう。さて、改めて紹介しよう。エミリの先輩になる朱音だ。強さは…… まだCランクのままか」

「はい。申し訳ありません。ここまでかなりの成長速度でしたが。Dランクのスケルトンナイトでは、二段階上には行けないようです。朱音と申します。宜しくお願いしますわね。エミリさん」

「エミリでいいわ。エミリのほうが後輩だし、ランクもFだもの」

「では、私のことも朱音と呼んでくださいね。エミリ」

どうやら馴染《なじ》めたようだ。卓上コンロで湯を沸かし、紅茶を淹れる。俺はダンジョン内に持ち込んだ「ホワイトボード（一八〇〇×九〇〇）」の前に立ち、今後の方針を発表した。

「さて、エミリは召喚されたばかりなので、これまでの流れを簡単に説明しよう。ここは、この世界に最初に出現したAランクダンジョン『深淵《アビス》』だ。現在、ダンジョン・システムが起動してから地上時間で九八日が経過している。ダンジョンは一公転の間、三六日から三七日ごとにおよそ六六ずつ出現している。すでに第二波が過ぎ、一三〇以上のダンジョンが出現しているはずだ」

「待って。『はず』というのはどういうこと？ 確認されてないの？」

「残念ながら、この世界には七七億の人間が住み、二〇〇を超える国々がある。その中には、人口は多いが発展していない国もある。各国の代表が集まる『国連』と呼ばれる組織が、ダンジョンについての情報を集めているが、発表されているダンジョン数は一二六しかない。あと六から七くらい、未発見もしくは未発表のダンジョンが存在するはずだ。そしてそのうちの一つが、ココだ」

自分の家の庭に出現したこと。そのため自分以外の人間はこの存在を知らず、自分以外はダンジョンに入ってこないことを伝える。エミリは呆《あき》れた表情を浮かべた。

「だから安全地帯《セーフティゾーン》でこんなに優雅にしていられるのね？　普通だったら、部屋一つを独占するなんて許されないもの。でもこれは強みね。ダンジョン一つ、それもAランクダンジョンを自由にできるなんて、ランクアップには最高の環境だわ」

「話を続けるぞ。俺たちはAランクダンジョンを専有しているが、出現するダンジョンは全部で六六六ある。これから一〇年間でそれら全てを討伐するには、俺一人では無理だ。そこでダンジョン討伐を専門とする組織を立ち上げ、仲間を集めるつもりだ」

ホワイトボードに「仲間集め」と書く。その横に、必須スキル、アイテムを並べる。

「このダンジョンの存在や、俺が第一接触者《ファースト・コンタクター》であることは秘密にしたい。それを仲間にも徹底するため、隷属のスキルが必要だと思っていた。だがコレが出現したお陰で、その必要はなくなった」

UCアイテム「誓約の連判状」のカードを出した。雇用契約書で秘密保持を徹底し、あとはこの連判状に契約書を厳守するとの条文を書いてサインさせれば、秘密保持は可能だろう。貴重なスキル枠を無駄にせずに済む。その分、これから絶対に必要となるスキルを手に入れる。種族限界を突破したことで、Dランクでは取れなかったスキルがアクティブ化された。

〈転移〉

一度訪ねたことがある場所に転移することができる。地上からダンジョンへの転移も可能。ただし、転移の際はできるだけ詳細にその場所を想像しなければならない。他者を伴う際は、身体《からだ》を接触させておくことで一緒に転移できる。

＝＝＝＝＝＝＝＝＝＝＝＝＝＝＝＝＝＝＝＝＝＝＝＝＝＝＝＝

【名　前】江副 和彦

【称　号】第一接触者《ファースト・コンタクター》　種族限界突破者

【ランク】C

【保有数】0／∞

【スキル】カードガチャ（0）　回復魔法Lv4　誘導Lv4　転移　――　――

＝＝＝＝＝＝＝＝＝＝＝＝＝＝＝＝＝＝＝＝＝＝＝＝＝＝＝＝

「Cランクにならなければ、このスキルが取得できない。どう考えても人間を超えているから当然か。その分、他のスキルとは違ってレベルはないようだ。これで、家の建て替え中も気づかれることなく、このダンジョンに入ることができる。地上の入り口は蓋して鍵を掛けておく。万一にも他者が入ることがないようにな」

「へぇ。ちゃんと考えてるじゃない。それで仲間集めはどうするの？　エミリとしては人間よりも、同じキャラカードの仲間のほうがやりやすいんだけど？」

「いや、エミリには悪いが、次の仲間は人間にするつもりだ。理由は三つある。一つは、ダンジョンが次々と発生する中、遠からず民間開放されると予想するからだ。一人でダンジョンに入る奴は目立つだろう。最低あと一人は、仲間を入れておきたい。二つ目は他の人間がダンジョンに入った時に、どのような変化が起きるのかを観察したいからだ。カードガチャは俺固有のスキルなのか、それとも人間全員なのか。ドロップ率やランクアップの速度にバラツキがあるのか。これまで俺自身の記録は詳細につけてある。それを基に比較したい。最後に、ダンジョン・バスターズという組織を世間に、そして国に認めさせるためには、ある程度の構成員が必要だからだ」

そう言いながら内心で「エミリの主人」を変えることを考えていた。朱音のような成熟した女性と異なり、エミリを見ているとどうしても、茉莉を思い浮かべてしまう。仲間というよりも「娘」という感覚になってしまう。いっそ茉莉に譲渡すれば、エミリも少しは変わるかもしれない。

俺がそんな懸念をしていることにも気づかず、エミリは「偉そうに」頷いた。

「ふーん、まぁよくわからないけど、主人がそうしたいのなら、エミリは構わないわ。それで、いつから始めるの？」

「引越しが終わり次第、すぐにだ」

話し合いが終わると、二人がカードに戻る。使用した食器類などをビニール袋に入れ、階段へと向かった。時間を停止したところで転移を使用する。次の瞬間、地上のダイニングに戻っていた。

江副和彦が引越しの準備を進めていた頃、首相官邸では国家安全保障会議が開かれていた。ダンジョン群発現象対策委員会の委員長である春日官房長官が起立し、全員に資料が回るのを待つ。

「横浜市及び大阪市に発生した『超常空間』、いわゆる『ダンジョン』につきまして、現時点までで判明していることをご報告致します。まず今から五〇日前、大阪市梅田の地下駐車場に発生したダンジョンがこちらです。それからおよそ三六日後に、今度は横浜市の新道上りに出現しました」

スクリーンに写真が投影される。浦部誠一郎内閣総理大臣が険しい表情を浮かべる。

「ファンタジー小説作家や天文学者、地質学者などで構成される有識者会議から、興味深い指摘がありました。それは最初のダンジョン発生から、二つ目のダンジョン発生までの、三六日という時間的間隔です。これは公転周期に関係しているのではないかという意見が出ました。一公転は三一五五万七六〇〇秒です。この十分の一は三六日と半日です。つまり、一年間を一〇等分し、三六〜三七日ごとにダンジョンが出現してくるのではないかというのです」

「ざわっ」という空気が広がる。それはつまり、今後もダンジョンが出現し続けることを意味するからだ。しかも一年で終わる保証はない。これからずっと、一ヶ月と少しの間隔をおいてダンジョンが発生し続けるかもしれないのだ。

「万一にも皇居内に出現するようなことがあれば、これは大変な問題になる。かと言って、阻止するにも手段がない。野党やマスコミは、ここぞとばかりに政府を叩こうとするだろう。総理、そうした万一の事態に対する懸念を、予《あらかじ》め表明されてはどうでしょうか。少なくともリーダーシップを発揮している姿は見せられます」

浦部総理は頷いた。今でこそ国民はまだ興味津々という程度の反応だが、これが続けばやがて興味から恐怖へと変わっていくだろう。政府が主導して、危機意識を高めるべきであった。

「次に、ダンジョン内についてです。二つのダンジョンに共通しているのは、時の流れが地上とは違うことです。その速さは地上のおよそ一四四倍です」

「つまり、地上の一四四倍の速さで老化するってことか？　だったら俺ぁ入りたくねぇな」

べらんめぇ口調の相馬財務大臣の冗談に、会議の空気が少し緩む。春日官房長官は首を振った。

「地上に生きる人たちから見ればそうですが、ダンジョン内に入れば普通に時が流れるのです。言い方を変えれば、地上の一時間で一四四時間分の仕事ができるようになる、とも言えます。もちろんその分、地上より早く年を取るわけですが、時間が流れる感覚は変わりません」

「わかってる、冗談だよ。しかし面白ぇな。一四四倍の速さで時間が過ぎるんなら、例えば酒造りとか農業とかやれば、地上感覚で見ればあっという間に出来上がるってことだろ？　もっとも働いてる奴はたまったもんじゃねぇだろうがな」

「自衛隊の中でも、その点が問題になっています。現在、陸上自衛隊の中でもレンジャー出身者を中心とした少数部隊がダンジョン内を探索していますが、彼らの給与計算をどうするかで省内も揉めています。地上では一時間なのに、ダンジョンでは一週間なんです。地上時間で計算するようなことをすれば、隊員の士気に関わります」

岩瀬防衛大臣の意見は、ある意味で盲点でもあった。地上時間で計算をすれば一日かもしれないが、それはダンジョン内では一四四日を意味する。一日の出勤で約五ヶ月分の給与になるが、自衛隊員本人たちは、それだけの時を過ごしている。時の流れが違うということは、どちらの時間軸を基準とするかが大きな問題であった。だが、春日官房長官がこの問題の解決策を提示した。

「自衛隊員や国家公務員は、ダンジョン内に入らないようにしてはどうでしょうか。実は、最新の報告を受けて、有識者会議からある意見が出てきました。それは『民間人活用』です」

プロジェクターに投影されているスライドが動く。画面には黒い石とカードが映っていた。

「ご承知の通り、ダンジョン内には火器類やナイフなどの武器は持ち込めません。ですが手をガードするプロテクターや鉄板を仕込んだ靴など、攻防一体の装備は持ち込めるようです。自衛隊員はその装備によって、素手で未確認生物、暫定的に『魔物』と呼びますが、出現した魔物と格闘し、撃破しました。これは横浜市に出現したダンジョンで得たものですが、魔物を殺すと、この黒い石とカードが出現するようなのです。黒い石は一〇〇%の確率で出現し、カードは三%程度の確率です。そして問題は、この黒い石なのです」

スライドが動く。そこには黒い石の能力が書かれていた。参加者全員が目を見開く。

「有識者会議のメンバーは暫定的に、この黒い石を『魔石』と呼んでいますが、この石を解析したところ、どうやら水を分解する性能を持っているようなのです。魔石一グラムで、およそ一〇リットルの水を水素と酸素に分解します」

「一グラムで一〇リットル！」

思わず声を漏らしたのは、資源エネルギー長官である。注目の中、咳払いして説明した。

「失礼しました。皆様もご承知の通り、再生可能エネルギーとして、水素エネルギーは有力視されています。現在は立方メートルあたり一〇〇円での販売価格ですが、将来的にはこれを二〇円まで下げようと、技術開発を続けています。もし一グラムで一〇リットルの水を分解できるのならば、これはエネルギー革命と言っても良いでしょう！」

興奮気味に話すエネルギー長官の言葉を受け、春日官房長官も詳細を説明した。

「水一リットルから生み出される水素量は、およそ一二四五リットルです。現在、水素は一キログラムあたり一一〇〇円で売られていますが、これはリットルにすると一万一千二〇〇リットルになります。つまり単純に、水一〇リットルで水素一キロ、一一〇〇円分の価値があると考えてください。魔石は一グラムで水素一キロを生み出すのです。そこで、例えば魔石をグラム一〇〇円の価格で買い取るようにすれば、設備投資などのコストを考えても、水素一立法メートルあたり一〇円まで下げられます。これはＬＮＧ価格よりも低く、しかも二酸化炭素を排出しないクリーンエネルギーであり、我が国のエネルギー問題を完全に解決することが可能となります」

「なるほどな。つまり民間人に開放して魔石を集めさせ、それを買い取るってことか。画面の石ころは、見た目は数グラムくらいはありそうだな。つまり数百円だ。魔物一匹で数百円が手に入り、しかも国としてはエネルギー問題が解決できる」

「ダンジョンというのがまた良いですな。現在、六〇万人以上いる引きこもりやＮＥＥＴたちも、ダンジョンというファンタジーならば乗り気になるかもしれません」

「一四四倍という時間の速さなら、極端な話、会社帰りでも立ち寄れる。難易度にもよるが、複数人ならば主婦でも戦えるかもしれん」

他の閣僚たちも興奮気味になる。相馬財務大臣が、アゴをしゃくった。

「んで、そのカードってのは、なんなんだ？　ひょっとして、魔物召喚ができるとか？」

「えぇ、その通りです」

春日官房長官が苦笑する。この財務大臣は七〇過ぎなのに、マンガマニアでありアニメオタクである。魔物召喚などという言葉を使う政治家は、衆参両院の中でもこの男くらいだろう。

「ダンジョン内に限定されていますが、カード化した魔物は顕現、大臣の言葉を借りれば『召喚』することができ、自分の味方として戦わせることができます。これは横浜ダンジョンでしか確認されていませんが、ウサギ型魔物が齧《かじ》り合いをしている写真です」

可愛らしいウサギが血まみれになっている写真は、さすがにグロかったのか、一同は顔を背けてしまった。安全保障会議議長である浦部総理は、咳払いして話題を変えた。

「時間の流れの違い、公転周期と発生頻度の関係の可能性、魔石の利用価値、召喚カードの存在まではわかりました。それで、自衛隊員に変化はありましたか？」

スライドが入れ替わる。黒いウィンドウが表示されている写真が映し出された。

「ダンジョン内、正確にはダンジョンに通じる扉に接触した者は、このような画面を映し出す能力を得ます。有識者会議では『ステータス画面』と呼んでいます。氏名、称号、ランク、カード保有数、そしてスキルと表示され、全員が『カードガチャ』というスキルを持つようです」

「まんまゲームじゃねぇかよ！」

相馬財務大臣は、爆笑してツッコミを入れた。

引越し先として、都営新宿線瑞江《みずえ》駅近くの２ＬＤＫマンションを借りた。工事期間は半年間だ。その間は転移でダンジョンに入り続けなければならない。親戚の木乃内詩織と娘の茉莉が、引越しを手伝ってくれている。もっとも、運ぶものはそれほど多くない。俺の仕事は、パソコンとプリンターさえあればできてしまうからだ。クライアントの資料はすべてデータ化して保存しているため、資料類も少ない。手伝いをしてくれる二人を困らせたのは「ダンジョン探索用道具類」だ。

「和さん……最近は一体、なにをしているの？」

茉莉が不安そうな顔で聞いてくる。目の前には数種類のメリケンサックや防刃シャツ、安全靴、ポリカーボネートの防御盾などが並んでいる。他にもキャンプ道具やレトルト食品が詰められたダンボールが置かれている。世界最大のネット通販サイト「フォレスト」でポチりまくったせいで、異空間の革袋に入り切らないほどになってしまった。

「今日は、その話をしようと思っていたんだ。以前話した『実入りの良いアルバイト』だ。これらは、そのアルバイトの仕事道具だ」

「変な仕事じゃないの？　危ないこととか、違法なこととか」

「まったく危険がないわけじゃないな。違法かどうかはなんとも言えん。詳しいことは、実際に見て判断してもらうしかないな。一段落したし、食事に行こう」

いささか強引に、話を打ち切った。口で説明するより実際に見せたほうが早い。手伝ってもらうのは茉莉だけでいいが、母親である詩織も知っておいたほうが良いだろう。

江副さんには本当に助けてもらっています。娘の茉莉も、まるで父親のように懐いています。ですから、江副さんの仕事を手伝うのであれば、私は反対するつもりはありませんでした。ですが、今回のお話は事情が違います。いま、世間を騒がせている「ダンジョン」が職場だなんて！

「およそ四ヶ月前のことです。庭に階段が出現しました。不思議に思った俺は、その階段を下りました。階下は、ガランとした広い地下室があって、そして扉が目につきました。恐怖はありませんでしたね。その扉の向こう側にはなにがあるんだろう。そう気楽に考えて、取っ手を摑んでしまいました。それが、すべての始まりです」

江副さんが住んでいた家は現在、建て替えが進んでいます。食事を終えて引越し先のマンションに戻った私たちは、江副さんに促されるまま差し出された手を取りました。そして気づいたら、見知らぬ部屋にいました。鹿骨町に出現したダンジョンの部屋とのことです。娘は混乱し、私は事情を問いただしました。そして知ったのです。江副さんが急激に痩せたのも、近隣の家を買えるほどにお金まわりが良くなったのも、防刃シャツだのヘルメットだの、なにに使うのか解らない危なそうな道具が大量にあったのも、すべてはこのダンジョンのせいだったのです。

「信じられませんか？　では、これを見せましょう」

ポンッという音がして、目の前に子供くらいの背丈の、薄気味悪い生き物が出現しました。茉莉は悲鳴をあげて私の後ろに隠れてしまいました。私自身、怖くて膝が震えています。

「これは、このダンジョンに出現する魔物、ゴブリンです。大丈夫。顕現された魔物は、顕現者の命令に絶対的に従います。ダンジョンでは、こうした魔物が階層ごとに出現します。一体倒すごとに、現金が出現します。この三ヶ月間、俺はダンジョンで現金を集め続けてきました」

再び音が聞こえました。薄気味悪い生き物は消えましたが、床にカードが落ちています。江副さんはそれを拾い、私たちに向けてソファーに座るように告げました。怖い。本当に怖いです。優しい人と思っていたのですが、それは間違いだったのでしょうか。唾を飲み込み、言われるままソファーに腰掛けました。いざとなったら、江副さんに飛び掛かります。せめて娘だけは守らないと。

私の知る和さんはとても優しい人でした。私の母は、体調の悪いお祖母ちゃんを介護しながら、パートで働いて私を育ててくれています。少しでも母に楽をさせてあげたいと思い、親戚である和さんのところで家事手伝いをはじめました。月に一度は外食にも連れて行ってくれます。密《ひそ》かに、和さんがお父さんだったらいいのに……とまで思っていました。

和さんの様子が奇怪しくなったのは、七月に入ってのことでした。急激に痩せ始めたのです。最初は無理なダイエットをしているのではと心配したのですが、変だったのはそれだけではありません。ゴミ出しの日には、もの凄《すご》い量のゴミが出るようになりました。洗濯物も、これまでの何倍にもなっていました。話すと普段どおりの優しい小父《おじ》さんなのに、時々ですが怖い表情を浮かべて、考え事をしていることもありました。私は不安でした。四〇歳で独身の和さんは、寂しさのあまり変になっちゃったんじゃないかと思ったくらいです。

ゴブリンという気味の悪い生き物が出てきたときには、思わず母の後ろに隠れてしまいました。ソファーに腰掛けてフゥと息をつくと、色々と疑問がわきあがってきます。この場所のことは、警察とか区役所とかに報告しなくてもいいのでしょうか？　和さんのことだから、きっと何か考えがあってのことだとは思いますが、あまり危ないことはしてほしくありません。和さんは、私にとっては家族みたいなものなのですから……

「なぜ、この場所を隠していたのか、疑問に思うでしょう。これから話します。その話を聞いた上で納得できなければ、俺のことを警察に告発するなり好きにしてくれて構いません。ですが納得した場合は他言無用でお願いします。これは、人類全体の問題なんです」

そして俺は、これまでの経緯を話し始めた。八ヶ月後にダンジョンが完全起動し、そしてその一〇年後に魔物が溢《あふ》れ出す。すべての生命体が食い尽くされ、地球は死の星と化してしまう。

「最初は、警察に報《しら》せようかと思いました。自分の責任で死者まで出たときは、本気で悩みましたよ。ですが考えてみてください。このことが広まれば、全世界的にパニックになります。下手したら戦争まで起きるでしょう。そう判断した俺は、自分の手でダンジョンを討伐することを選択しました」

「でも、それは不可抗力じゃないですか。ダンジョンが出現するだなんて、誰も予測できません。江副さんお一人で、責任を背負う必要はないと思いますよ？」

詩織がそう反論してきた。それも一理はある。だが俺は首を振った。事はそう単純ではない。

「七月末、大阪にダンジョンが出現し、そこに入った佐藤巡査部長が魔物に殺されてしまいました。この日本だけでも死者が出た。ニュースになっていないだけで、世界中で似たような事故が起きているに違いありません。俺が、ダンジョンを起動したせいです。誰かがなんとかしてくれるなんて、見てみぬふりはできません。そんなことをすれば、俺は罪悪感で押しつぶされてしまうでしょう」

二人は沈黙してしまった。何が正しい選択なのかは、誰にもわからない。だが俺は、この事態に立ち向かうことを選択した。そのために「悪」にも手を染めた。罪悪感はあっても、悔いはない。

「俺が茉莉に話した仕事とは、このダンジョンでの現金採取を手伝ってほしいということです。そして、できることならダンジョンの討伐に協力してほしい。巻き込んで申し訳ないと思います。ですがこの先、ダンジョンでの戦いはさらに過酷になります。俺に万一のことがあったときに、このダンジョンを引き継ぐ人が必要なんです。俺の縁者は、詩織さんと茉莉しかいません」

茉莉の瞳が泳ぐ。迷っているのだ。だが母親の詩織が先に、キッパリと言い切った。

「お断りします。そんな危険なことを娘にさせるなど、母親として認められません！」

スキル「誘導」を使ってもコレか。まぁ、そうなるだろうな。「母は強し」だ。


江副さんのお話は理解できました。決して悪いことをしようとしているのではなく、彼なりの責任感で魔物と戦っているということも解ります。警察や、他の誰かに告げるつもりもありません。むしろ応援したいという気持ちすらあります。ですが、茉莉がそれを手伝うとなれば話は別です。

「私が手伝うのなら構いません。ですが茉莉を巻き込むことは断固、反対です！」

「お母さん、でも……」

江副さんは再びカードを取り出しました。また魔物でしょうか。私は身構えました。ですがポンッと出現したのは、二〇代らしきとても綺麗な女性と、茉莉と同じくらいの年頃の女の子でした。

「あら。和彦様が選んだ新しい仲間かしら？」

「片方はエミリと同い年くらいね？　でも普通ね。魔力を全然感じないわ」

江副さんはモデルのような女性に紅茶を淹れるように指示しました。ふと、二人の関係が気になりました。彼女の眼差《まなざ》しは、女そのものでした。そういう関係なのかもしれません。そして、茉莉と同い年くらいに見える女の子は、向かい合うように座ると茉莉のことをしげしげと見ています。

「エミリよ。主人に顕現されたレジェンド・レア。魔法が得意だわ。あなたは？」

「あ……　その、木乃内茉莉です」

「茉莉ね？　宜しくね！　エミリって呼んで頂戴」

「エミリ……　ちゃん？」

困りました。もう娘が巻き込まれてしまっています。あら、江副さんが革製の袋からケーキを出してきました。あんな袋にどうしてケーキが？　しかもこのケーキは、美味《おい》しいと評判の「パティスリー　タクヤ」です。実は、私も娘も甘いものには目がなく……　いいえ、いけません！　こんなモノでは釣られません。娘を守るためにも、このケーキに手をつけるわけにはいきません！

「危険手当も兼ねて、時給は二〇〇〇円を支払います。当然、ダンジョン時間でです」

「ダンジョン時間？」

レアチーズケーキを美味しそうに頬張りながら、茉莉が首を傾げる。その隣で、詩織は厳しい表情を浮かべていた。甘いモノ好きだったと記憶しているが、ケーキには手を付けていない。

「ダンジョンは地上の一四四倍の速度で時間が進んでいます。つまり、ここで一四四時間過ごすと、地上では一時間が経過したということになります。地上時間で週に一度、一時間のアルバイトをしても、実際にはこのダンジョンで一四四時間働くことになります。当然、時給も一四四時間分を支払います」

「えっと、それってつまり……」

「時給二〇〇〇円なら、一回の出勤で二八万八〇〇〇円になりますね」

「時給二八万八〇〇〇円！」

「勘違いはしないでくださいね。地上では一時間だが、体感するのは一四四時間になります。時給二〇〇〇円というのは変わりません。地上時間で換算すると時給二八万円に見える、ということだけです。当然、こんな時給は一般では認められないでしょう。ですから給与は現金で渡します」

札束でひっぱたくような真似《まね》になってしまうが、机の上に二八万八〇〇〇円を置いた。

「す、凄い……そんな大金……」

だが娘の興奮をよそに、詩織は厳しい表情のまま、首を振った。

「見損ないました、江副さん。こんなお金で釣るような真似をするなんて…… 茉莉、帰るわよ」

「え？　お母さん、でも……」

母親が娘の手首を摑む。その時、朱音が立ち上がった。

「和彦様、僭越《せんえつ》ではありますが、私からお伝えしましょう。ダンジョン・システムに組み込まれている私のほうが、現実味が増すと思います」

そして朱音はホワイトボードに「一〇年八ヶ月」と書き、妖艶に微笑みながら母娘に一礼した。

「私は朱音と申します。和彦様に代わり、私から説明させていただきます。えぇと……」

「あっ……き、木乃内茉莉です。お母さんは木乃内詩織です。宜しくお願いします」

「茉莉ッ！」

「そう、宜しくお願いしますね。ところで、茉莉さんはお幾つかしら？」

「今年で一六歳になります。高校一年生です」

「一六歳、若いわね。でも残念ながら、このままでは貴女《あなた》は三〇になることなく死ぬでしょう。この数字、一〇年と八ヶ月……和彦様もおっしゃられましたが、これがこの世界の寿命ですわ。このままでは、貴女も、お母さんの詩織さんも、あと一〇年と少しで死にます」

茉莉は困ったような表情を浮かべ、詩織は俺を睨んでいる。泣きそうな表情をしている。巻き込んでしまって良かったのか……胸の奥が少し痛んだ。


私は思わず、江副さんを睨んでしまいました。無表情のまま。諦めているようにも、受け入れているようにも見えます。その表情がこの話が事実なのだということを嫌でも私に告げてきました。ですが、私は彼に問い詰めたい。どうして、私たちを巻き込んだんですか！

「いま、この世界の住人はダンジョンについて何も知りません。知っているのは私の主人である和彦様だけです。この『深淵《アビス》』は、いまからおよそ四ヶ月前に和彦様が発見した、世界最初のダンジョンです。それから一公転、つまり一年間ですべてのダンジョンが出現します。つまり、いまから八ヶ月後には、この『深淵《アビス》』を含めて六六六個のダンジョンが世界中に散らばっている。このような世界になります」

朱音という人が、淡々と説明を続けています。きっと、嘘《うそ》ではないのでしょう。ですが、世界の滅びなんて想像もできません。私たちはただ、慎《つつ》ましく暮らせればそれでいいのです。

「すべてのダンジョンが出現した状態、これをダンジョンの『完全起動』と呼んでいます。そして、完全起動と同時にカウントダウンが始まります。カウントダウン開始から一〇公転。つまり一〇年後、討伐されていない残されたダンジョン全てから、魔物が一斉に地上に溢れ出てきます。ダンジョン・システムでは『魔物大氾濫《モンスタースタンピード》』と呼ばれています。地上も天空も海も、世界が魔物で埋め尽くされ、木も草も、虫も、人間も……あらゆる生命が、完全に途絶えるまで食い尽くされます。世界の終焉《しゅうえん》です」

「そんなの嘘です！　嘘に決まってます！」

私は思わず叫んでしまいました。内心では解っているのです。でも、たった一人の娘にそんな危険なことをさせるなんて、私には受け入れられません。

朱音さんは黙って私を見つめています。その代わりに、これまで黙ってソファーに座っていたエミリさんが、私たちに冷酷に告げてきました。

「嘘ではないわ。エミリと朱音はダンジョン・システムの一部。記憶が消されているため詳しいことは言えないけれど、このダンジョン・システムが起動した世界はそのすべてが滅びたということは知っている。生き残れる可能性は、限りなく皆無よ？　主人《マスター》のような第一接触者《ファースト・コンタクター》は大抵、その状況に絶望して諦めてしまう。残された時間を己の享楽のために使い、そして死ぬ。でも、主人は違うわ。たとえ億分の一でも可能性があるのなら、それに賭けようとしている。けれど、主人一人では無理。六六六もの数をたった一人で討伐するのは不可能だわ。だから同志を、自分と同じ『ダンジョン討伐者』を探しているの」

解っています！　江副さんが、私たちに助けを求めているのは！　他のことであれば、どんなことでもします。それくらい、助けられてきましたから。でも、あんな不気味な魔物と茉莉を戦わせるなんて、やはり親として受け入れられるものではありません。理屈ではなく、感情の問題です。

私が俯《うつむ》いていると、朱音さんが話しはじめました。

「和彦様の一日を紹介しますわ。和彦様は一日の大半を、このダンジョンで過ごされています。三時間かけてスケルトンナイトを三〇〇体倒し、三〇分ほど休憩を取る。それを五回繰り返して、やっと八時間の睡眠を取られます。これが、ダンジョン時間での一日……これを幾度も繰り返して、ようやく地上でお休みになられるのです。和彦様にとって、地上での一日はダンジョンでのおよそ三〇日間になります。そんな生活を、地上時間でもう一〇〇日近く続けているのです」

「つまり三〇〇〇日、普通の人間の八年以上ね。その殆どを魔物討伐に充てている。主人は、見た目こそ三〇歳くらいに見えるけれど、それは魔物が残す強化因子のお陰なのよ。本当なら五〇歳になっているわ。自分のすべてを犠牲にして、ダンジョンに立ち向かっているの」

「最初に出会った和彦様は、四〇の小太りな方でした。ダンジョンでは、魔物を倒したら強化因子と呼ばれる、身体強化を促す因子が肉体に取り込まれます。その状態で身体を鍛えると、通常よりも格段に早く身体が鍛えられ、細胞が若返ります。和彦様は血反吐《ちへど》を吐きながらも、膨大な数の魔物と戦い続けることで、ようやく人間の限界を突破されました。それほどの犠牲を払っても、一人ではダンジョンには勝てないのです。お願いです。どうか和彦様を助けていただけませんか？」

「……」

「お母さん……」

　横から茉莉が声を掛けてきます。私は目を閉じ、深くため息をつきました。

＝＝

【名　前】木乃内 詩織

【称　号】なし

【ランク】F

【保有数】0／27

【スキル】カードガチャ　――　――

＝＝

【名　前】木乃内 茉莉

【称　号】なし

【ランク】F

【保有数】0／30

【スキル】カードガチャ　――　――

＝＝

Aランクダンジョン「深淵《アビス》」の第一層に続く扉に触れたことで、詩織、茉莉の母娘にも、ステータスが出現した。その画面を見た時に、俺は思わず口元を押さえた。二人同時の偶然などありえない。ガチャスキルは人類共通と考えるべきだろう。

「わぁ。和さん、この『カードガチャ』ってなんなの？」

美少女は呑気《のんき》にそんなことを聞いてくる。俺はゴブリンカード一〇枚と予備のカードホルダーを取り出した。カードを中に入れて渡す。

「これを持ったまま、もう一度ステータス画面を呼び出してごらん」

＝＝＝＝＝＝＝＝＝＝＝＝＝＝＝＝＝＝＝＝＝＝＝＝＝＝＝＝＝＝

【名　前】　木乃内　茉莉

【称　号】　なし

【ランク】　F

【保有数】　10／30

【スキル】　カードガチャ（1）　－－－－－－　－－－－－－

＝＝＝＝＝＝＝＝＝＝＝＝＝＝＝＝＝＝＝＝＝＝＝＝＝＝＝＝＝＝

「あ……これって……」

「なるほど、同じだな。まだ確定ではないが、スキル『カードガチャ』は全人類共通のスキルと考えてよいだろう。では茉莉、次にカードガチャと書かれている部分を指で押してみてくれ」

茉莉はステータス画面の「カードガチャ」を指で押した。画面が切り替わる。

「キャラクター、武器、防具、アイテム……同じだな。よし、ではアイテムを押してみてくれ」

アイテムガチャを選択すると、同じようにガチャが回り始め、やがてカードが一枚出てきた。


＝＝＝＝＝＝＝＝＝＝＝＝＝＝＝＝＝＝＝＝＝＝＝＝＝＝＝＝＝＝＝＝＝＝

【名　称】魔法の革袋
【レア度】Ｕｎ Ｃｏｍｍｏｎ
【説　明】およそ一〇立法メートルの収容力がある革袋。袋内は外部と同じ時間が経過する。

＝＝＝＝＝＝＝＝＝＝＝＝＝＝＝＝＝＝＝＝＝＝＝＝＝＝＝＝＝＝＝＝＝＝

「お、いきなりUCか。引きが強いな。このように、カードガチャとはモンスターカード一〇枚と引き換えに一回引くことができる。いま渡したのはゴブリンのカードだ。ダンジョン内の魔物は、倒すと一定の確率でカード化する。それがモンスターカードだ。ゴブリンはFランクの最弱の魔物で、それなりの枚数を持っているから惜しくない」

「これって、人類全員が持つスキルなのかな？」

「確証はないがな。少なくとも、二人とも俺と同じスキルを持っている。これが人類全体か、この

『深淵《アビス》』でステータス画面を得たものだけなのか、それとも偶然なのか。スキルについては、いずれ政府が発表するはずだ。それで明らかになるだろう。

「引き換えるのは、同じモンスターカードでなければダメなのかな？」

「いや、モンスターカードは混ざっても問題ない。ゴブリン、オーク、スケルトンナイトを混ぜて引いてみたが、レアカード出現率は変わるが、混在でも引けることは確認済みだ」

茉莉を執務机の後ろに並ぶ棚に連れていく。棚には整然と、カードが並んでいる。

「この棚は、カードをコレクションするために置いたものだ。左からC、UC、R、SR、UR、LRとしている。もっとも最上級のLR、レジェンド・レアについては朱音とエミリのみなので、棚ではなく机の引き出しに入れている」

コレクターが愛用するようなプラスチック製のケースを見せる。これまで得たカードは一種類ずつ、このケースに入れている。

「モンスターカードは枚数が多いから、ストレージボックスに入れて枚数管理している。消費頻度が比較的高いポーションなどの『アイテムカード』は、もっとストックを増やしておきたい」

なんだかコレクション自慢をしているような気分になった。現時点では、俺はカードの枚数、種類ともに世界一の保有者だろう。茉莉が出現させたUC「魔法の革袋」を顕現させる。

「この袋はおよそ一〇立方メートルまで物を入れることができる。重さは変わらない。買い物などでは非常に便利だが、ひと目を気にして使ってくれ。見た目が気に入らないのなら、布などでコーディネートしても大丈夫だ」

今後、このダンジョンで活動するにあたっては、衣類や衛生用品、生理用品なども必要になるだろう。それらを無造作に置くこともできないだろうと思い、この袋は彼女に渡した。

「どうする？　地上時間ではまだ数分もたっていないが、ダンジョン内に入ってみるか？」

茉莉は母親と顔を見合わせ、首を横に振った。


ダンジョンに入るかと誘われましたが、私は断りました。色々とありすぎて、頭がついていかないからです。家に帰って整理したいと思いました。お母さんとも、話し合いたいと思います。

そう伝えると、和さんはカードを取り出して顕現しました。薬の瓶のようなものが出ました。

「これは『ハイ・ポーション』というアイテムだ。これは病気にも効果がある。これを使って、お祖母《ばあ》ちゃんを治療するといいだろう。毒などではない。その点は、俺を信じてくれ」

お母さんも混乱しているようで、ただ受け取るだけでした。本当に今日は……お腹《なか》いっぱいです。和さんに転移で送ってもらったときに、準備金として二八万円が入った封筒も渡されました。

ようやく家に帰ると、お母さんは疲れた様子で、ダイニングの椅子に座りました。

「茉莉……本当にいいの？」

私は向かい合うように座りました。テーブルには、和さんから渡された「ハイ・ポーション」と二八万円が置かれています。それらが、先ほどの出来事が夢ではないことを証明しています。一〇年後には、あのダンジョンから魔物が溢れ出して、お祖母ちゃんもお母さんも、そして私も死んでしまうのです。それをなんとか食い止めようと、和さんは戦っています。それをただ見ているだけというのは、本当に正しいのでしょうか。私にできることがあるのなら、手伝いたいと思います。

「初めてだよね。和さんが『助けてくれ』って言ってきたの……　お母さんも私も、何年も和さんに助けてもらっていたんだよ？　私に何かができるのなら、手伝いたいって思う」

「……無理をしちゃダメよ？　それと、ちゃんと勉強もすること。いいわね？」

お母さんは頷いて、認めてくれました。きっとお母さんの中にも、手伝いたいという思いがあったんだと思います。和さんが立ち上げた「ダンジョン・バスターズ」は、きっとこれから大きくなっていくでしょう。そのとき、お母さんも手伝ってくれていると嬉しいです。

「コレ、お祖母ちゃんに飲んでもらおうよ。きっと、効果あるよ」

そう言って私は、ポーションを手に取りました。

第三章　新しい仲間たち

新しい仲間「木乃内茉莉《きのうちまり》」が加わり、ダンジョン・バスターズは少しずつ動き始めた。だが世界の流れはそれ以上に加速しているようだった。茉莉が初出勤する前日の金曜日、名古屋で開催されたＧ７先進七ヶ国首脳会議において、ダンジョン対策の共同声明が発表されたのである。

二〇一九年のＧ７の議題はダンジョン一色であった。ガメリカ合衆国大統領ロナルド・ハワードは、会議開始早々に切り出した。

「我がガメリカはダンジョン情報の世界同時公開、および国際連合を中心にダンジョン管理機関を設置することを提言したい。知っての通り、ダンジョンから生み出される『黒い石』は、水を分解し水素を生み出す。現在、各国で開発が進められている水素発電システムの最大のネックは、水素ガスが高価格であることだ。ダンジョンはこの問題を一気に解決し、エネルギー革命を起こす可能性を秘めている。世界の国々が一致協力すべきだろう」

米大統領の発言に真っ先に賛同したのが、日本国内閣総理大臣の浦部誠一郎である。

「我が日本は、ハワード大統領の言葉を全面的に支持します。ダンジョンは個々の国で対処するには余りある存在です。全世界が協力しなければなりません」

協力することは吝《やぶさ》かではないと、キャナダ、ライヒ、フランツ、ブリテン、イタリー、欧州連合の首脳たちも頷《うなず》く。ライヒ国代表のアデーレ・ヘルゲン首相が発言した。

「ダンジョン管理機関というと、具体的にはどのような組織なのでしょう？　我が国に出現したダンジョンはモンスターが強力で、特殊部隊たちも苦戦しているようです。一方で、ガメリカに出現したダンジョンはモンスターも比較的弱く、すでに先に続く階段まで見つけているとか？　このように各国でダンジョンの性質が異なるならば、管理をしようとしても不公平になるのでは？」

「その点については、我が国に一つの案があります」

浦部総理の発言に注目が集まる。日本はオタク文化が盛んで、このような非現実的な現象を予《あらかじ》め想定していたかのような小説が多数出版されており、数百万人がそれを日常的に読んでいる。このダンジョン群発現象に、もっとも適応しうる国民が日本人だ。

「我が国のライトノベルに、このような世界同時多発的なダンジョン群発現象が描かれています。その作家を専門家として招聘《しょうへい》し、政治や経済について意見を求めました。彼が言うには、ダンジョン群発現象がいつ終わるか不明であるため、今後国民の中にさらに不安が広がる恐れがあり、下手したら暴動に繋《つな》がりかねないこと。それを抑えるには、適宜情報を公開し、世界中が団結してダンジョンに立ち向かっているという姿を見せ、暴動などやっている場合ではないという世論を形成すること。そのために、ダンジョン内の探索を専門とする『新たな職業』を設置し、国際機関がそれを管理すること。そのような意見が出されました」

「新たな職業？　ダンジョン探索者とでも名付けるのかね？」

フランツのエルマン・メイソン大統領が発言する。フランツの人口は六二〇〇万人だが、ダンジョンはすでに三つも出現していた。倍の人口を抱える日本よりも多いのである。しかも、そのうち一つは首都の大動脈であるシャンゼリゼ通りのど真ん中に出現している。国内では、海外展開しているフランツ軍を撤退させるべきだという声が高まっていた。

「新たな職業は、民間人の参入が不可欠です。黒い石のみならず、未知の薬品や技術が手に入るかもしれません。そのような『未知の探求者』を表現する単語が、英語にはあるではないですか」

「イ◯デ◯・ジョー◯ズかね?」

キャナダ首相のエブラハム・トーネルのジョークで爆笑が広がった。浦部総理も笑いながら首を振り、そして言葉を続けた。

「『冒険者《Adventurer》』ですよ」


ダンジョン出現の第三波が間もなく襲ってくるという時に、名古屋でG7が開催された。先進主要国の首脳たちは二国間協議などせず、全員が深夜まで集まり激論を続けたそうだ。先進国の首脳ともなれば、自国だけでなく全世界について考えなければならない。

〈国際連合内に『ダンジョン冒険者本部』を設置し、各国に支部を作ります。冒険者の役割は、ダンジョン内の探索、出現するモンスターの討伐および『黒い石』と『カード』の回収です。冒険者は民間人からも登用します。ただし、ダンジョン内に武器は持ち込めませんので、一定の戦闘能力を有することを確認する試験を行うべきとの意見もあり、詳細はさらに詰める必要があります〉

「いよいよ、始まったか」

ニュースで発表内容を聞きながら、俺は今後について考えた。

（いずれ民間開放はされると思っていたが、想定よりも早い。いや、いまから準備したとしても、実際に稼働し始めるのには時間が掛かる。Ｇ７の合意だけで国連が動くわけではない。それに加盟国全てが合意するとも思えん。この極東だけでも、大東亜人民共産国、ルーシー共和連邦、半島北の大姜王国あたりが反対しそうだ。半島南のウリィ共和国は参加すると思うが…… あとは東亜民国か。あそこにもダンジョンが出現しているらしいが、国連未加盟国だ。もし冒険者本部が東亜民国の加盟を認めたら、間違いなく大亜共産国は加盟しないだろう）

やるべきことリストを書いていると、久々に長時間地上にいたためか、眠気が襲ってきた。明日は茉莉のダンジョンデビューの日である。テレビを消して、寝室へと向かった。

「うわぁぁっ！　模様替えしたんだね？」

土曜日の午後、瑞江《みずえ》駅近くに借りているマンションに来た茉莉を伴い、さっそくダンジョンへと向かった。第一層の安全地帯《セーフティゾーン》は模様替えをしている。一つしかなかったベッドを捨て、大人用の二段ベッドを三つ置いた。パーテーションで区切り、男女混合でも大丈夫なようにしている。

「茉莉とエミリは二段ベッドの上下で分かれて寝ればいい。俺は一つ置いて、端のベッドで構わない。朱音《あかね》は…… まぁ好きにして良いぞ？」

「では、和彦《かずひこ》様の上で……」

そう言ってしなだれかかってくる。一六歳の多感な女子高生には、いささか刺激が強すぎるだろう。やんわりと窘《たしな》め、俺は咳払《せきばら》いした。

「トイレに関してだが、ダンジョン内ならどこでしても問題ない。できれば慣れてほしいが、どうしても嫌な場合は言ってくれ。地上に戻る」

「あ……だ、大丈夫。頑張る！」

「それと女性特有の日の時は、必ず言ってくれ。魔物が血の匂いを嗅ぎつけて襲ってくるからな。またダンジョンは、生理用品を吸収しないので必ず持ち帰ること」

茉莉は赤くなりながら頷いた。だがこうしたことはしっかりと決めておかねばならない。これから始まるのは命懸けの冒険なのだから。

「ではまず、第一層から行くぞ。茉莉は手を出さなくていい。軽い見学からだ。俺が用意した防刃シャツや安全靴を装着しろ。それとコレ……重さ五キロのウェイトベストだ。これを着てもらう。これを着て歩くだけで、身体《からだ》が鍛えられる。茉莉がどのような方向に成長するかはわからないが、どんな冒険者も、まずは体力づくりが必要だ」

こうして俺たち四人は、第一層へと入った。


「ヒッ……」

グギャギャッと叫びながら、灰褐色の気味の悪い生き物が走ってきます。私は思わず悲鳴を漏らしました。ですが先頭に立っている和さんがペシッと叩《たた》くと、ゴブリンという生き物は煙になってしまいました。見た目は怖いですが、意外と弱いのかもしれません。

「大丈夫よ、茉莉。横にはエミリがついてるし、後ろは朱音が護《まも》ってるわ。ゴブリンなんて何百匹出ようと、茉莉に近づくことなんてできないんだから」
「ありがとう、茉莉に、エミリちゃん、エミリちゃん」

本当に、エミリちゃんは友人のようです。少し気が強いけど、お喋《しゃべ》りしていると楽しいし、頼りになります。このダンジョンでは、魔物を倒すとお金が出るそうです。実際にそれを見た時は驚きました。ゴブリン一匹で五〇〇円なんです！　和さんは五〇〇円……ではなくゴブリンを楽々と倒しています。これなら何十万円なんてすぐでしょう。あんなに時給が高い理由がわかりました。

そんなこともあり、なんだかんだ言いながら最初の三〇分は楽しく歩くことができました。
「ハァッ……ハァッ……」

三〇分を過ぎたあたりからでしょうか。私は息切れをはじめました。五キロのベストは、思った以上に重く、私の足はもうパンパンです。
「もう少しだけ歩くぞ。頑張れ。一時間ごとに二〇分の休憩を取ろう」

そう言いながら、和さんは楽々と歩いています。信じられません。二〇キロのベスト、片腕三キロのリストウェイト、片足八キロのアンクルウェイトをつけ、さらに腰には一〇キロのダイビング用ウェイトまで着けているのに、まるで何事もないかのように平然と動き、ゴブリンたちをペシペシ倒しています。本当に人間なのでしょうか？
「いきなりあんなマネしちゃダメよ？　主人《マスター》だって、最初は筋肉痛で苦しんでいたらしいから……茉莉は大丈夫。主人よりずっと若いもの。すぐにランクアップするわ」

年齢のことを言うのはちょっと可哀想《かわいそう》な気もします。でもお陰で少しだけ気が楽になりました。

私は汗を流しながら、和さんの背中についていきました。

「うぅぅ……足が痛い」

僅か一時間であったが、安全地帯《セーフティゾーン》に戻ってきた茉莉はそこで倒れてしまった。俺の場合は自分で回復魔法を使っているが、茉莉にはポーションを使えばいいだろう。そう考えてカードを取り出そうとした時、何かがハラリと落ちた。横浜ダンジョンの第一層にいるウサギの魔物カードだ。どうやら挟まっていたらしい。ヒラヒラと茉莉の前に落ちた瞬間、凄《すさ》まじい速さで茉莉の手が動いた。

「こ、これ……これ、可愛《かわい》いっ！」

どうやらツボにハマったらしい。そのカードをジッと見つめている。そういえば、茉莉の家ではペットは飼っていなかったな。茉莉は横浜ダンジョンに連れていかないほうが良いだろう。

「それは横浜に出現したダンジョンの第一層の魔物だ。偶然、ダンジョンが出現する時に出くわしてな。試しに潜ってみたら、第一層にソイツがいた」

「和さんっ！　モンスターカードって召喚できるよね？　ダンジョン内なら問題ないよね？」

「……ダメだぞ。可愛いからなどと、ペット目的でモンスターカードを使うなんてダメだ」

眉間を険しくして釘《くぎ》を刺す。少なくとも今は、ウサギのみならずモンスターカードを使うつもりはない。召喚魔物に頼る前に、まずは自分を鍛えなければならないと思っているからだ。

「あら、良いじゃない。Ｆランク魔物だって、強化因子を吸い続ければ強くなるのよ？　それにこの魔物、エミリも可愛いって思うわ。茉莉、召喚しちゃいなさい」

「お、おい……」

だが時すでに遅し。「召喚」と念じたのか、茉莉が手にしたカードはポンと音を立て、体高五〇センチほどの真っ白な毛を持つウサギが出現した。

「ミュッ?」

「キャァァァッ!」

茉莉は歓喜の悲鳴をあげて、ウサギを抱きかかえた。

「ミュゥゥッ!」

頬ずりする茉莉に驚いて、ウサギは逃げようともがいた。だが茉莉の力が上回っているため、逃げられない。幸せそうにモフモフを楽しんでいる茉莉の後頭部に、垂直チョップを落とした。

「こらっ、なに勝手に召喚してるんだ。元に戻せ」

「もうちょっと! せめて名前だけ! 名前は、ミューちゃんにしようか? ね、ミューちゃん!」

「ミュッ?…… ミュゥゥゥッ……」

何かを諦めたらしく、ウサギは大人しくなった。どうしようか迷っていると、朱音が意見する。

「宜《よろ》しいのではありませんか、和彦様。それに、召喚魔物がどのように成長するのか、成長速度や成長度合いなどは、和彦様もご存じないはず。ここは一つの実験としてお考えになられては?」

「そうよ。茉莉も喜んでるんだし、もうしばらくは第一層を回るんでしょ? ミューも一緒に連れていけば、茉莉と良い意味で競争になるわ」

二人の意見を却下できるほどの論拠を俺は持っていなかった。

「ミユッ……ミミユッ……」

茉莉の横をウサギがピョンピョンと跳ねている。このウサギでは第一層すら荷が重いだろう。茉莉と一緒に、とにかく歩かせるしかない。

「ミユーちゃん、ご飯にしようねぇ」

「ミユッ！」

嬉《うれ》しそうに茉莉の膝に乗り、ビーフシチューを食べる。奇怪《おか》しい。ウサギって肉食だったか？

「基本的に、魔物は雑食ですわ。肉でも野菜でも食べます。でもこうして見ていると、確かに可愛らしいですわね。頭を撫《な》でたくなるわ」

朱音が手を伸ばすと、ミユーは大人しく撫でられた。どうやら女性三人の「マスコット」の地位を獲得したらしい。俺は引き出しからカードケースを取り出した。

「そのウサギ……ミユーのためのケースだ。大事にしろよ？」

受け取った茉莉は嬉しそうにミユーに頬ずりした。まぁ良しとしよう。ダンジョン内での生活は単調で退屈なはずだ。ペットがいれば、気分がだいぶ違うだろう。

一時間歩いて二〇分休むことを五回繰り返し、この日はそこで切り上げとした。地上に戻って茉莉を帰そうと思ったが、意外なことに茉莉はダンジョン内に泊まりたいと言う。

「早く強くなって、和さんを手伝いたいから……お母さんも許してくれたし、着替えだって、持ってきてるよ。だからもう少し、ここにいさせてほしい」

魔法の革袋には、先に渡した支度金で買ったパジャマや下着などが入っているらしい。

「よし。なら食事が終わったら、次は二時間コースだ。二時間歩いて二〇分休む。これを三回やって、今日は終わりにしよう。地上で風呂に入って、ダンジョン内で寝るぞ」

ビーフシチューを皿に盛り、茉莉に差し出した。


「ファイヤーアロー！」

炎が槍《やり》の形となって、魔物の腹に突き刺さる。エミリの能力を確認するために、俺はあえて後ろに下がった。たとえFランクでもレジェンド・レアのキャラクターカードである。ゴブリン如《ごと》きに負けるはずがない。エミリは次々と魔法を繰り出し、オーバーキルを続けていた。

「はぁ…… エミリとしてはもう少し手応えのあるヤツと戦いたいんだけど？」

エミリはそう文句を言うが、初めて魔法を見た俺と茉莉は、その威力に目が点になっていた。

「これは、思った以上だな。魔法というのは相当に便利だ」

「フフンッ、当然よ。エミリは一〇八柱の中でも最高峰の才能を持つ天才魔法師なんだから！」

「エミリちゃん、凄《すご》いわ。私も魔法、使えるようになるかな？」

「勘だけれど、きっと魔法スキルが出るわよ。そうしたら教えてあげるわ」

エミリだけのはずなのに、いつの間にか茉莉まで前に出て、二人で仲良く歩いている。そしてエミリの歩くペースに余裕でついていく。奇怪しい。ついさっきまでゼーゼー言っていたはずなのに、なんでそんな余裕がある？　若さか？　コレが「若さの力」って奴《やつ》なのか？

「和彦様、お気になさらず。エミリや茉莉の成長は、和彦様の利になるのですから……」

朱音が慰めてくれる。俺の癒やしはお前だけだよ。


外泊（正確には違うけれど）は久しぶりです。和さんのマンションでシャワーを借りて、そしてダンジョンへと戻った私を待っていたのは、お揃《そろ》いのパジャマを着たエミリちゃんでした。二段ベッドですが、二人で一つのベッドに横になりながら、お話しします。

「簡単な結界を張っておいたわ。外からの音も聞こえなくなるけど、安全地帯《セーフティゾーン》なら問題ないわ」

エミリちゃんのお陰で、パーテーションの向こう側で寝ている和さんたちを気にせず、お喋りができます。学校のことや家のこと、ダンジョンのことなんかをいっぱい喋りました。

「ゴメンね。私だけいっぱい喋っちゃって……」

「気にしなくていいわ。エミリは記憶が消されちゃってるから、あまり喋ることがないの。これまでもきっと、こうしてお喋りしてたと思うんだけれど、覚えてないわ」

「私とこうしていることも、忘れちゃうの？」

どんなに親しくなっても、楽しい思い出をいっぱい作っても、世界の崩壊とともにそれが消えてしまう。それはとても辛《つら》いことだと思う。エミリちゃんは少し黙って、寂しそうに笑いました。

「一〇年後、もし世界が滅びていなければ、きっと忘れずに済むと思うの。エミリは、茉莉のこと忘れたくない。もっといっぱい、思い出作りたい。だからエミリは主人《マスター》に協力するの」

「私も……エミリちゃんとずっと友達でいたい。だから、私も戦うわ」

それから少しお喋りしたと思います。でも疲れていたのか、いつの間にか寝てしまいました。

ダンジョン時間で第二日目から、茉莉のウェイトを少し上げる。ウェイトベストの重さを五キロから一〇キロにした。理由は簡単だ。成長速度が普通ではない。五キロのウェイトに、僅か一日で慣れてしまったのだ。一〇代の身体というものを甘く見ていた。たった一日で別人に変わる。

最初の六日間は、とにかく第一層での体力づくりに集中する。ポーションは回復力を劇的に高める効果があるようで筋肉痛は一瞬で治まり、筋力は高まる。タンパク質を中心としたバランスの良い食事と十分な睡眠、ストレス発散の気晴らしがあれば、女子でも耐えられることがわかった。

「茉莉も、少し試してみたら？　ゴブリンくらいなら簡単に倒せるわよ？」

三日目、エミリにそう促された茉莉は、俺からミドルソードを受け取った。ランクアップしていないため、スキルが発現していない。戦闘手段は素手か武器による近接戦闘しかない。

「えいっ」と茉莉が一振りするとゴブリンが煙になった。最初は怖がっていたが、一度倒した後は簡単だった。次々とゴブリンを倒していく。この分なら予想より早くEランクに上がりそうだ。

「あ、カード出たよ。これで一〇枚目、ガチャ引けるね」

「カードは一〇〇枚あると一一回引けるんだが。朱音、保有制限に達した場合、どうなる？」

「その時はカードがドロップしなくなります。ですが、制限数以上を他者から渡された場合については、私にもわかりません。試してみられますか？」

「ひゃ、一〇〇枚？　気が遠くなりそう……」

「大丈夫。ガチャなんかなくても、大抵のモノは揃うんだから。というより、主人《マスター》はDランクのスケルトンを何千枚単位で持ってるでしょ？　茉莉にガチャやらせてあげたら？」

「ダメだ。自分でカードを稼ぐ習慣をつけないと、甘えにつながる。こういうのは最初が肝心だ」

その後も順調に茉莉とエミリはゴブリンを倒し続けた。そしてついにランクアップを迎える。と言っても、ランクアップしたのはエミリとミューだ。

＝＝＝＝＝＝＝＝＝＝＝＝＝＝＝＝＝＝＝＝＝＝＝＝＝＝＝＝＝＝＝＝＝＝＝＝＝＝＝
【名　前】エミリ
【称　号】小生意気な魔法使い
【ランク】E
【レア度】LegendRare
【スキル】秘印術Lv2　招聘術Lv1　錬金術Lv1
＝＝＝＝＝＝＝＝＝＝＝＝＝＝＝＝＝＝＝＝＝＝＝＝＝＝＝＝＝＝＝＝＝＝＝＝＝＝＝
【名　前】ミューちゃん
【称　号】木乃内茉莉のペット
【ランク】E
【レア度】Common
【スキル】ミューちゃんぱんちLv1　……
＝＝＝＝＝＝＝＝＝＝＝＝＝＝＝＝＝＝＝＝＝＝＝＝＝＝＝＝＝＝＝＝＝＝＝＝＝＝＝

「エミリの招聘術と錬金術が上がっていないのが気になるが、問題は……　称号がペットになってる。それに『ミューちゃんぱんち』？　スキルに固有名詞が付いてるぞ？　それになんでパンチが平仮名なんだよ！　いや、それ以前にウサギといえばパンチよりキックだろ！」

「ミュッ！」

そう言ってミューはピョンと跳ねた。シュバッという音がして、パンチが空を切る。奇怪しい。リーチの長さが変だ。だが茉莉はそんなことを気にせず、嬉しそうに拍手している。

「凄いすごーい！　ミューちゃん、強くなったね。これでゴブリンとも戦えるかなー」

「ミュミューッ！」

ウサギが「任せろ」と言いたげな表情を浮かべている。その様子にツッコむ気が失《う》せた。諦めた俺はエミリに顔を向けた。こっちの話を聞くほうが建設的だろう。

「基本的に、スキルは使わないとレベルアップしないからね。招聘術や錬金術を使おうにも、材料がないんじゃ使えないわ。招聘石や鉱石類、それと錬金用の道具も必要ね」

「材料や道具は、どうやったら手に入るんだ？」

「さぁ？　ダンジョンの中で手に入るんじゃないの？　あるいはガチャとか？」

「いや、そんな素材らしきものは出なかったな……」

だがこれまでダンジョン・システムに無駄はなかった。あの魔石も、エネルギー革命の素材として注目されている。エミリのスキルもいずれ必ず、使う場面が来るはずだ。

「このまま引き続き、第一層を回るぞ。ミューのスキルも試したいしな」

ミューは、見た目は愛らしいウサギで、体高五〇センチしかない。正直に言って、最弱のゴブリンにすら勝てるとは思えない。そう思っていた時期が俺にもありました。

「ギャギャギャッ」

体高一メートルくらいのゴブリンがトテテと走ってくる。ミューはピョンピョンと跳ね、ゴブリンに向かっていった。そして二メートルくらい手前で、それは起きた。

「ミュッ！」

バシュッと地を蹴り、ミューが一気に加速した。一蹴りで床に水平に飛び、ゴブリンとの距離を一瞬で詰める。そして手前で再び床を蹴ると、ゴブリンの顔面付近まで跳び上がった。

「ミューーッ！」

ボコォッ！

パンチ一発でゴブリンが数メートル殴り飛ばされ、そして煙になった。

「なんでだよ！　加速はいい。この際、パンチも認める。だが体高五〇センチのウサギが、なんで倍以上の大きさのゴブリンを殴り飛ばせるんだよ。物理的に奇怪しいだろ！」

ミューの見事な攻撃に思わずツッコんでしまった俺は悪くないと思う。だがエヘンッと偉そうにしているウサギの頭を撫でながら、茉莉がジロと睨《にら》んできた。

「和さん、ミューちゃんはただのウサギさんではありません！　私の可愛い相棒です！」

「そうね。主人《マスター》は頭が良いけど、ちょっと理屈っぽすぎるわ。目の前の事実を受け入れなさい」

「和彦様、ここはダンジョンですから……」

いや、なんの説明にもなってないだろ。「ダンジョンだから」の一言で、論理と常識が消し飛ばされたような気がする。その後も、ミューはピョンピョンと可愛らしく跳ねながら、ボコボコと魔物を殴り飛ばしていた。もう直立二足歩行しても俺は驚かん。

「今日は色々と驚かされたが、ミューのスキルなど幾つかが確認できた。ウサギの格闘技というのは理解しがたいが、それはダンジョンだからということで無理やり納得しよう。茉莉がEランクになり次第、ガチャで装備を整えて第三層へと向かう。この方針で良いな？」

全員が頷く。茉莉は自分の櫛《くし》を使ってミューの毛並みを整えている。ピスタチオを両手で持ってカリカリ齧《かじ》っている姿は、どこから見てもただのウサギだ。

「俺はゴブリン五〇〇〇匹を殺すうちに、Eランクへと上がった。だがあの時は朱音しかおらず、しかも素手で戦っていた。茉莉がEランクに上がるにはもう少し時間が必要だろうな」

「ご、五〇〇〇……ずいぶん先のように感じます」

「大丈夫よ。茉莉は着実に成長してる。だって、最初は軽い重りでも息切れしていたのに、今では倍以上の重りでも平気でしょ？　それだけ体力や筋力がついてきてる証拠よ」

「うん。そうだね。エミリちゃん、ありがと」

こうしてみると二人は本当に、同じ高校の友人同士みたいだ。エミリにとっても、茉莉の存在は大きいだろう。この組み合わせは悪くない。

（茉莉が成長したら、エミリのカードを譲渡するか）

そう思っていた俺は、カードで思い出したことがあった。ゴブリンカードを四〇枚取り出す。

「茉莉、このカードを手にしてステータス画面を開いてみてくれ。保有数とガチャスキルがどう反応するか、確認しておきたい」

もし三〇枚しか持てないのであれば、一一連ガチャのメリットは俺一人ということになり、今後のバスターズ運営に大きく関わる問題となる。茉莉は四〇枚が入ったホルダーを手にとった。どうやら持つことはできるようだ。そしてステータス画面を開いた。

＝＝＝＝＝＝＝＝＝＝＝＝＝＝＝＝＝＝＝＝＝＝＝＝＝＝＝＝＝＝＝
【名　前】木乃内 茉莉
【称　号】なし
【ランク】F
【保有数】40／30
【スキル】カードガチャ（4）　――――　――――
＝＝＝＝＝＝＝＝＝＝＝＝＝＝＝＝＝＝＝＝＝＝＝＝＝＝＝＝＝＝＝

「フム。どうやら保有数はドロップに影響するだけで、ガチャ機能は問題なさそうだな。よし、ゴブカードをあと六〇枚渡すから、試しにアイテムガチャをやってみてくれ」

ゴブカードを渡すと、普通に一一連表示が出た。ポーションだの綺麗《きれい》な指輪だのが出てくる。CとUCの出現率は俺と変わらない。ランクとレア出現率に相関性はなさそうだ。ステータス画面からウィーンとカードが出現する光景に、茉莉は目を丸くしていた。

「ガチャのレア出現率に影響するのはカードのレアリティであって本人ランクではないようだな。これなら問題ない。バスターズに加わったメンバーたちには『怠け者の荷物入れ』を配布し、カードを一括回収するようにしよう」

判明したことをノートに書き記す。ダンジョンについてもステータスについても、まだまだ不明なことが多い。疑問を感じたら都度メモし、機会があれば検証していく。地道だが、これ以外にダンジョンを理解することは不可能だろう。

休憩後、茉莉はさらにウェイトを重くしてダンジョンに入った。

和さんがお手洗いに行っている間に、朱音さんとエミリちゃんから、初めてのダンジョンについて感想を聞かれました。確かに大変だけれど、難しくはないように思えます。

「茉莉さんが仲間になってくれたお陰で、和彦様も少し、肩の荷が下りたようです。表情も明るくなり、冗談も話すようになりました。本当にありがとうございます」

朱音さんが嬉しそうにお礼を言ってきました。どういうことでしょう？　私の知る和さんは、中年のちょっとメタボな小父《おじ》さんで、小岩や瑞江のクラブでお酒を飲んで酔っ払って帰ってくるような人です。仕事はしっかりしているけど、他は中年の男の人という感じです。

「エミリや茉莉さんが加わる前までは、和彦様は私と二人きりでダンジョンに立ち向かっておられました。その頃の和彦様は、鬼気迫るものがありました。黙ったまま、何千もの魔物を作業のように殺戮《さつりく》しておられました。誰にも話せず、相談できず、ずっと孤独でいらっしゃったのです。茉莉さんが入ってくださったお陰で、和彦様の心も軽くなられたのでしょう」

そう言われると、そうかもしれません。ここのところ、和さんは人が変わったようでした。どこか暗い表情を浮かべ、何かに悩んでいる様子でした。きっと、ダンジョンのことを誰にも相談できず、一人で抱え込んでいたからだと思います。エミリちゃんも頷いています。

「そうね。主人《マスター》があんなツッコミや冗談を言う人だとは、エミリも思ってなかったわ。茉莉が思っている以上に、主人にとって茉莉の存在は大きいと思うわ。だからこれからもよろしくね！」

一〇年後、ダンジョンから無数の魔物が溢《あふ》れ出し、地上の生き物は全て絶滅するそうです。和さんはその未来を変えるために、必死に戦っています。その重荷を誰とも分かち合えなければ、私だったらきっと、押し潰されてしまうでしょう。私は弱いから、ほんの少ししか背負えないけれど、それが和さんの救いになるのなら、助けてあげたいと思います。


初出勤は地上時間で四時間、ダンジョン時間で一〇〇時間を過ごしました。ゴブリンといっぱい戦いましたけれど、残念ですがEランクにはなりませんでした。でも和さんにとっては想定通りだったようで、成長が早いって褒めてくれました。「やはり若さだな」って前置きがありましたが。

「ミューがランクアップしたこともあるので、初出勤だが時給二〇〇〇円で計算してある。二〇万円だ。もうすぐ日が暮れるし、自宅まで車で送ろう」

　分厚い封筒の中には、一万円札がピン札で二〇枚入っています。ダンジョン初デビューのお祝いで、お母さんにお土産を買って帰りたいので、途中でケーキ屋さんに寄ってもらいました。

「明日は日曜日だけど、ダンジョンはどうするの？」

「そうだな。二週間くらいの予定を組んでおくか。明日は午後からダンジョンに入る。午前中は地上でテレビを見たい」

　日曜日の午前中のテレビといえば、バラエティーでしょうか。私がそう聞くと、和さんは笑って首を振りました。

「茉莉にも教えておこう。横浜にダンジョンが出現してから、今日で三六日目を迎えた。恐らく今夜〇時前後に、再びどこかにダンジョンが出現するはずだ。明日はきっと、そのニュースで持ち切りになるだろう。茉莉も今夜は、出歩かないようにな」

　私は半信半疑のまま、家に帰りました。お母さんはケーキを渡すと喜んでくれました。私はお小遣いとして、一万円だけ貰《もら》いました。このアルバイトで、生活もずっと楽になります。お祖母《ばあ》ちゃんも元気になりました。本当に、和さんの手伝いをはじめて良かったと思います。

　その日の夜は久々に、お祖母ちゃんを交えて三人で食事をしました。お母さんは、ダンジョンについては聞いてきませんでした。ただ、無理をしてはダメよ、とだけ言われました。

　自覚していないだけで、精神的に疲れていたのだと思います。夜一〇時過ぎに布団に入ると、すぐに寝てしまいました。そして翌朝、朝ごはんを食べながらテレビをつけると、臨時ニュースが流れていました。和さんが言った通り、世界中にまた、ダンジョンが出現したそうです。

ダンジョンは、世界中で同時に出現する。そのタイミングは「三六日半ごと」ということは、仮説として考えられていた。だが今回、第三回目の出現でそれは確定的となった。

「三六日半ということは、一年間の一〇分の一ということですね。今回が三回目ということは、つまりあと七回、ダンジョン発生現象が起きる、ということでしょうか？」

日曜日の朝から、特番が組まれている。コメンテーターとしてラノベ作家や野党議員が出演していた。朝食を取りながら番組を見る。ラノベ作家がコメントした。

「確かに一年の一〇分の一ですが、一一回目、一二回目がないと決めつけるのは早計です。今回の現象は、人類が未《いま》だかつて経験したことのない超常現象です。我々の理解を超えているのです」

「なるほど、まさにファンタジーですね。他にも、ダンジョンから取れる『黒い石』、ネット上では『魔石』と呼ばれていますが、水を水素と酸素に分解する力があると判明しています。新たなエネルギー革命、地球温暖化対策の切り札になると期待されているそうです。そう考えると、ダンジョンは必ずしも、災難ばかりとは言えないのかもしれませんね」

「物理学者たちは首を傾《かし》げているそうですがね。それは『ダンジョン産だから』でいいんじゃないですか。私としては、先のG7共同声明である『ダンジョンの民間開放』に期待したいですね。魔石確保には膨大な人員が必要です。陸上自衛隊員や警察官だけでは、とても足りないでしょう。ダンジョンで魔石を確保する専門職が必要だと思いますね」

ラノベ作家の意見も馬鹿にはできない。聞いていると考えさせられる部分もある。ダンジョンの存在は、国家の安全保障にも関わる。日本政府も有識者会議を設置したそうだ。

「それでは画面を切り替えます。三つ目のダンジョンは、北海道札幌《さっぽろ》の大通公園に出現しました。現場には丸山アナがいます。丸山さーん？」

「こちら、札幌の丸山です。今年の雪まつりは中止になるかもしれません。なぜなら……」

音量を落として画面を見つめた。警察官が交通整理を行い、陸上自衛隊がブルーシートで囲いを作っている。入り口の形状は不明だが、これまでの情報を総合すると同じと考えて良いだろう。

「これで、札幌市、江戸川区、横浜市、大阪市の四ヶ所か。恐らく最終的には、日本国内に一〇もしくは一一のダンジョンが出現するだろう。まずは日本国内から潰すべきなんだろうが厄介だな。これは政治が大きく絡む……」

現実世界はラノベとは違う。「ダンジョンが出現しました。民間人に開放して魔石集めてくださ い。高額で買い取りしますよ。わっ、こんなにたくさん集めるなんて、Sランクですねー」なんてトントン拍子で進むはずがない。被害が出たら、間違いなく政治問題になる。以前、日本人ボランティアが中東の紛争地帯に入って拉致されたという事件があったが、あの時も政治問題になった。

（ダンジョン内は時の流れが違う異世界だ。だから日本国政府は一切の責任を負わない。ダンジョン内は日本国憲法も法律も適用されない。殺すも殺されるも自己責任……言うのは簡単だが、責任放棄だと政府はバッシングを受けるだろう。やはり国際機関で決定してからだろうな。日本は「外からの圧力」に弱い。民間開放には一年は掛かるだろう……）

理性と論理に基づいて、俺はそう予想していた。だがそれは覆された。日本人は俺の予想を遥《はる》かに上回るファンタジー好きだったのだ。

「では、ダンジョン民間開放のテストとして、横浜ダンジョンで第一回の試験を実施し、マスメディアにも、その様子の取材を認めるということで、よろしいでしょうか？」

日曜日にもかかわらず、首相官邸には安全保障会議のメンバーたちが集まっていた。ダンジョン出現という事態に機敏に動かなければ、リーダーシップに欠けるとマスコミから叩かれるし、実際に会議を開く必要もあったからだ。

「横浜ダンジョンでは、自衛隊員の中でも『ランクE』の隊員が、第二層に入っています。カードガチャという能力によって、武器や道具を呼び出せることも確認しています。その中でも『ポーション』と呼ばれる薬物は、製薬企業も大変に注目しています」

「内服薬として風邪に効くそうだな。しかも特効だ。解析して製造できたらノーベル賞モノだな」

相馬財務大臣の言葉に文部科学大臣が頷く。

「ですが、サンプル数が足りません。現在、世界中で魔石や未知の技術の争奪戦が始まろうとしています。すでに大東亜人民共産国では、人民解放軍数万人がダンジョンに入り始めているという情報もあります。おそらく大姜王国も同じでしょう。時間はありません。安全保障の観点からも、日本も迅速に動くべきと考えます」

「有識者会議からは、冒険者組織の運用についても意見が出ています。原則的に、魔石は全て買い取りとし、カード化した魔物については、自分でガチャを行いたいという人もいるでしょうから、本人の自由意志に任せるとします。またカード取引所の設置も提言されています。カードガチャでは装備類を手に入れられますが、余剰を売り買いできる場所が必要だというのです。カードという性質上、贋作《がんさく》が出回りかねませんので、売買は冒険者組織が一括して行うべきでしょう」

ラノベ作家たちは、こうした「現代にダンジョンが出現した設定」を日常的に考えている。そのため極めて建設的な意見が複数出てくる。無論、中にはいささか首を傾げる制度もあるが。

「パーティー登録制度は良いとしても、この『ランキング制度』については、個人情報保護の観点からも見送るべきではないか？　法整備も必要だ。ダンジョンの魔物は地上では実体化できないが、装備や道具類は違う。犯罪に繋がるような危険な道具も出るかもしれない。やはりカードガチャそのものを禁止とし、必要なカードは本部から買い取るという制度にしてはどうだろうか。危険なカードは出回らずに済むし、誰がどのカードを買ったかを把握すれば、犯罪も予防できるだろう」

「いや、それは民主主義の精神に反する。それに、個々人がカードガチャという能力を持てば、必ずその能力を使おうとする者が出る。『弁舌が上手《うま》い』という人間は、時に詐欺師になるが、時に弁護士にもなるのだ。能力を法によって規制するのではなく、そうした犯罪行為をしそうな民間人を冒険者にしないことに、力を入れるべきだ」

「そうなると、より大きな組織が必要になりますね。防衛省内に設置された『ダン対』を『局』に格上げする方針でしたが、いずれは省レベルにしないといけないかもしれません」

このような議論を通じて「民間人冒険者運営組織」が徐々に具体的になっていった。

「日本政府はバカなのか？　それとも、俺が見誤っていたのだろうか？　まさかここまで早く民間開放の動きがでるとはな。一年後と予想してたが完全に外れた」

ダイニングでテレビを見ながら、俺は呆《あき》れていた。斜め向かいには茉莉が座り、同じようにテレビに釘付けになっている。画面ではデモ行進の様子をリポーターが伝えている。

〈このように、ダンジョンの民間開放を訴えるデモが毎日のように発生しています。日本政府はこれを受け、札幌、横浜、大阪の三つのダンジョンのうち、比較的危険度の低い横浜ダンジョンを開放する方針を閣議決定しました。防衛省内に設置された「ダンジョン特別対策課」を格上げし「ダンジョン冒険者運営局」が設けられる予定です〉

「魔石という未知のエネルギーや、ポーションなどの異世界技術を求めるのは理解できる。だからいずれ、ダンジョンの民間開放はされると思っていた。だが早すぎる。横浜ダンジョンだって、第二層の情報は公開されていない。その段階で開放するか？」

「第一層は、ミューちゃんと同じ『ウサギ型魔物』だよね？　うぅっ……私、行きたくない」

ミューと同じウサギを殺すことに、茉莉は強い抵抗があるようだ。

「そうだな。あるいはコレが狙いか？　ウサギ型魔物なら、特に女性は抵抗を覚えるかもしれない。ダンジョン内では、最初は素手で戦わなければならない。民間開放といっても、誰でも入れるようにするのではなく、厳選するはずだ。まずは女性参加者を排除することが目的か？」

画面には、陸上自衛隊が公開した横浜ダンジョン第一層の魔物「ウサギ」の写真が出ている。

オーバーラップ文庫&ノベルス NEWS
文庫注目作
俺は、全ての最強を従え、最強を超える—
最凶の支援職【話術士】である俺は世界最強クランを従える1
著：じゃき　イラスト：fame
ノベルス注目作
全てのダンジョンを駆逐する！
ダンジョン・バスターズ1
～中年男ですが庭にダンジョンが出現したので世界を救います～
著：篠崎冬馬　イラスト：千里GAN
2006 B/N

〈これを素手で殴り殺す。デモしている人は、その覚悟があるんでしょうかね？〉

コメンテーターを務める保守系新聞の論説委員が首を傾げている。全く同感だ。あのデモに参加している暇人の大半は、ダンジョンについての知識など殆《ほとん》どないだろう。

「冒険者運営局が正式に発足したら、恐らく民間冒険者免許試験が行われるはずだ。実技と座学だろうな。俺はそれに参加するが、茉莉は横浜ダンジョンに行く必要はない。いずれ札幌や大阪のダンジョンも開放されるだろうし、ダンジョンはこれからも増える。今はこの『鹿骨《ししぼね》ダンジョン』でランクアップを目指せ。他のダンジョンに行くのはCランクになってからだ」

「うん」

今日はこれから第一層を回る。茉莉はかなりEランクに近いところまで来ているはずだ。恐らく今日でランクアップするだろう。強化因子の影響だろうか、茉莉の外見も大人びてきた。成長期というで誤魔化せるだろうが、いずれは民間人冒険者として登録してもらうことになるだろう。


「えいっ！」

「ミューーッ！」

私とミューちゃんが先頭に立って、ゴブリンを倒していきます。ドロップする五〇〇円とカードは、和さんが持っている「怠け者の荷物入れ」に自動的に入っていきます。そうすると保有数にはカウントされないそうで、幾らでもカードを集められるそうです。ただ自動回収以外は普通の袋なので、五〇〇円が溜《た》まっていけば重くなりますし、袋の容量にも限界があるのが欠点だそうです。

私たちは四時間掛けて何百ものゴブリンを倒しました。そして、待ちわびたランクアップがやっと来たのです。

＝＝＝＝＝＝＝＝＝＝＝＝＝＝＝＝＝＝＝＝＝＝＝＝＝＝＝＝＝＝＝＝＝＝＝＝＝＝

【名　前】木乃内 茉莉
【称　号】なし
【ランク】Ｅ
【保有数】０／30
【スキル】カードガチャ　神聖魔法Lv１　------

＝＝＝＝＝＝＝＝＝＝＝＝＝＝＝＝＝＝＝＝＝＝＝＝＝＝＝＝＝＝＝＝＝＝＝＝＝＝

「やったぁっ！　Ｅランクになってる。それにスキルも『神聖魔法レベル１』が追加されてるよ！」

「やったね、茉莉！　神聖属性の魔法はアンデッドに有効だから、第三層で力を発揮するわ。それに支援魔法が充実しているから、エミリたちも大きく助かるわ」

「お目出度《めでと》うございます、茉莉さん」

「ミューッ！　ミューーッ！」

エミリちゃん、朱音さん、ミューちゃんが祝福してくれます。和さんはこれまでの時間と討伐数を記録し、そして握手してくれました。

「おめでとう。茉莉の時給をアップしなきゃな」

「えっ？　今でも十分に……」

「いや。前々から、ランクごとに時給を決めるべきだと思っていた。AランクとFランクが同じ時給だったら奇怪しいだろ？　そうだな。ランクアップごとに一〇〇円ずつ、時給を上げていくか」

「時給二一〇〇円……凄い。私、まだ高校生なのに」

私は呆然《ぼうぜん》としてしまいました。でも嬉しくもあります。こんなにお金を貰えるのなら、将来の仕事は冒険者でもいいかな……そんなことを考えながら、ひとまず安全地帯《セーフティゾーン》へと戻りました。


「さて、茉莉もランクアップしたし、ゴブリンカードも溜まっている。ガチャをやるか！」

討伐数や時間を記録し終えた俺は、種類ごとに収納されている「カードケース」を取り出した。最も多いのはスケルトンナイトで、すでに一万枚を超えている。オークやゴブリンのカードも、一〇〇〇枚以上はある。俺はその中から、茉莉とミューが得たゴブリンカード二〇〇枚と、スケルトンナイトカード一〇〇枚を出し、それぞれをケースに入れた。

「このゴブリンカードは茉莉のモノだ。使うなり貯《た》めるなり好きにしろ。ただ、ここから外に持ち出すのは止《や》めたほうがいいな。誰かに見つかったら大変だ。それと、このスケルトンナイトカードはボーナスだ。Dランクの魔物だが、一一連ならレアカードが一枚出るぞ。好きな時にガチャすればいい。そして、第三層へ向かう準備に……」

俺はスケルトンナイトカードを一〇〇〇枚用意した。

「……一一〇連ガチャをやるぞ！」

＝＝＝＝＝＝＝＝＝＝＝＝＝＝＝＝＝＝＝＝＝＝＝＝＝＝＝＝＝＝＝＝＝＝＝
【名　称】　処女の聖衣
【レア度】　Ｒａｒｅ
【説　明】　清らかな処女を護る衣。物理耐性と魔力向上が付与されている。
ただし処女以外が着ても効果はない。
＝＝＝＝＝＝＝＝＝＝＝＝＝＝＝＝＝＝＝＝＝＝＝＝＝＝＝＝＝＝＝＝＝＝＝
【名　称】　聖なる魔杖《まじょう》
【レア度】　Ｒａｒｅ
【説　明】　神聖属性魔法の威力を高める効果付与がされている。
耐久性もあるので、棍棒《こんぼう》としても使える。
＝＝＝＝＝＝＝＝＝＝＝＝＝＝＝＝＝＝＝＝＝＝＝＝＝＝＝＝＝＝＝＝＝＝＝
【名　称】　魔導士の外套《がいとう》
【レア度】　Ｒａｒｅ
【説　明】　消費魔力を軽減させる付与効果がついた魔法使い用の外套。
＝＝＝＝＝＝＝＝＝＝＝＝＝＝＝＝＝＝＝＝＝＝＝＝＝＝＝＝＝＝＝＝＝＝＝
【名　称】　大魔術師の杖《つえ》

【レア度】 Rare
【説　明】 神核片を埋め込んだ強力な魔術杖。秘印術の威力をかなり高める。
＝＝＝
【名　称】 獣のグローブ
【レア度】 Rare
【説　明】 打撃攻撃を行う魔獣の手を護るためのグローブ。塡《は》めると自動的に適正な大きさへと変わる。
＝＝＝
【名　称】 素早さの靴
【レア度】 Rare
【説　明】 移動速度向上の効果付与がされた靴。早く動ける分、止まる時には力が必要。
＝＝＝
【名　称】 イフリートの召喚石
【レア度】 Rare
【説　明】 炎の精霊であるイフリートを召喚することができる。招聘魔法使い専用。
＝＝＝
【名　称】 真純銀《ミスリル》鉱石（五kg）
【レア度】 Rare

【説　明】魔力伝導率の高い真純銀《ミスリル》の鉱石。加工するには錬金術のスキルが必要。

＝＝＝

【名　称】マジック・リング
【レア度】Ｒａｒｅ
【説　明】魔法を発動した際の消費魔力を少しだけ抑制する効果がある。

＝＝＝

【名　称】パワー・リング
【レア度】Ｒａｒｅ
【説　明】身につけると力が湧き上がる。物理的攻撃力が少しだけ高まる。

＝＝＝

【名　称】エクストラ・ポーション
【レア度】Ｒａｒｅ
【説　明】不治の病や欠損部位なども完全回復させる最上級のポーション。無味無臭。

＝＝＝

【名　称】モフモフブラシ
【レア度】Ｒａｒｅ
【説　明】毛並みを整えるブラシ。通常のブラシと比べてモフモフ度が大幅に向上する。

＝＝＝

【名　称】　オークの精力剤
【レア度】　Rare
【説　明】　精力が漲《みなぎ》り、持続し続けます。また効力が切れた後も、
　　　　　　少しだけ太く、大きくなります。

＝＝＝＝＝＝＝＝＝＝＝＝＝＝＝＝＝＝＝＝＝＝＝＝＝＝＝＝＝

「まぁそれなりに便利そうなのが出たな。真純銀《ミスリル》の扱いはエミリに任せるとして……なんで『オークの精力剤』だけ『ですます調』なんだ？　それにモフモフブラシなんて、何に使うんだ？」

机にカードが並んだ瞬間、モフモフブラシは実体化して茉莉の手の中にあった。ミューを膝に乗せてブラッシングしている。おい、せめて断ってから持っていけ。

「ねぇ、主人。ちょっとガチャについて気になることがあるんだけれど？」

俺が内心で文句を言っていると、エミリがガチャについて疑問を提示してきた。

「このガチャというスキル、ランダムじゃないと思うわ。だって、必要なモノをその時々で出しているもの。きっと、一定の回数を一気にやれば、ガチャをした人にとって必要なモノが出てくる。そんな機能なんじゃないかしら？」

「言われてみれば、そうだな」

被《かぶ》っているカードも相当に多い。だが、少なくともレアカードは俺たちに必要なモノが揃っている。たとえば「モフモフブラシ」などは、ミューが加入する前に出ていたら、使い途《みち》はなかったは

ずだ。このタイミングというところで出てきた。

「俺だけなのか。それともガチャスキルそのものがそうなっているのか……」

「いずれ茉莉もガチャするはずよ。そのタイミングで検証すればいいわ。ガチャなんて、これまでのダンジョン・システムにはなかった。エミリも朱音も初めて見たスキルなの。だから凄く気になる。ひょっとしたら、このガチャスキルが手掛かりかもしれないわね」

「手掛かり？　なんの？」

「決まっているでしょう。ダンジョン・システムを作った存在のよ」

エミリはそう言って、ジッとカードを見下ろしていた。


俺は「山岡慎吾」、高校一年生だ。俺が通う都立松江高等学校一年B組にはアイドルがいる。いや、アイドルと言っても芸能人ではない。ただ、テレビに出ているアイドルたちと比べても遜色ない、いやそれ以上に綺麗なクラスメイトがいるのだ。

「やべぇ。木乃内さん、マジ可愛い……」

クラス、学年、いや我が校の全男子生徒の憧れが、同じクラスメイトの「木乃内茉莉」だ。彼女がここまで人気になったのは最近だ。以前から可愛いとは言われていたが、どこか影があって近寄り難かった。だが最近は明るくなり、輝くような笑顔を見せている。

「茉莉、変わったよねぇ。やっぱりアレでしょ？」

「彼氏でしょ。きっと夏休み中にできたのよ。でも誰だろ。A組の沢木君や三年の岡田先輩から告白されても、全部断ったって聞いてるけど？」

女子たちも噂《うわさ》している。そう。雰囲気が変わったのはこの一ヶ月だ。松江高では染髪や化粧は禁止されている。けれどこの一ヶ月、彼女はまるで花が咲くかのように、綺麗になっていった。全く化粧もしていないのに、パッチリとした目と桜色の唇、そして意外に大きな胸。クラスの女子の中でも彼女だけ別格の存在感を醸し出している。

「茉莉って、そのうち芸能事務所とかから声掛かりそうだよね？」

「そう？　でも断ると思うよ。私、そういうの興味ないから」

昼食時、木乃内さんはクラスメイトの女子数人と机を向かい合わせて、弁当を食べている。彼女は意外にしっかり食べる。ステンレスジャーの弁当箱には、ご飯の他に味噌汁《みそしる》とおかずが運動部の男子並みに入っている。それを上品な仕草でパクパクと食べている姿は、むしろ愛らしさを感じる。

「茉莉、結構食べるよね？　せっかく可愛いのに、太っちゃうよ？」

「最近、すぐお腹《なか》減っちゃうから。成長期だからかな？」

「それもあるだろうけど、やっぱりアレじゃない？　彼氏とイロイロしているから？」

「え？　彼氏？」

「そうよぉ。最近、茉莉の雰囲気が変わったのは彼氏ができたからだって、男どもが歯噛《はが》みしてんのよ？　知らなかったの？」

「彼氏？　違うよぉ！　和さんは彼氏じゃないし！」

「和さん？」

「あっ……」

木乃内さんが赤くなる。クソッ！　やっぱり男か！　俺の心がささくれ立つ。いったい、どんな男なんだ！　あの天使のような木乃内さんを独占している奴は！


ふぅ、危ない危ない。アルバイトのことが学校に知られたら、大変だよぉ。なんとか誤魔化したけれど、これからは気をつけないと。それにしても「彼氏」か……お金に苦労しているお母さんを見ていた時は、そんなこと考えたこともなかった。そしていま、お金の心配がなくなった。けれど彼氏なんて考えられない。いまはダンジョンのことで頭がいっぱいだ。

「木乃内さん、ですよね？」

学校が終わって自転車で帰ると、家の前にスーツ姿の人が立っていた。見た目は三〇歳くらい。和さんと同い年くらいの人だろうか？　あ、和さんは若そうに見えて四〇歳だった。

「あの？　私になにか？」

「アリューズプロダクションの吉木と申します。木乃内さん、アイドルに興味はありませんか？」

「全くありません。お引取りください」

バカバカしい。芸能プロダクションの人らしいけど、アイドルと言えば興味を惹《ひ》くとでも思っているのだろうか。アイドルなんてなったら、ダンジョンに入れなくなる。そうしたら和さんは、また独りで戦わなきゃいけなくなる。それにエミリちゃんやミューちゃんにも会えなくなる。

「いやぁ、取りつく島もないね。でもさ、少しでも話を……」

そう言って、私の肩を摑《つか》んだ。瞬間、私はその手首を握り締めた。ミキッという音がする。

「がぁぁっ？」

「見知らぬ人からいきなり肩を摑まれたら、抵抗するに決まってますよね？　二度と顔を出さないでください。警察呼びますよ？」

そう言って摑んだ手首を離した。結構、力が入っていたみたいだ。吉木という人は、慌てて去っていった。気分が悪い。早く週末にならないかな。ミューちゃんのモフモフで癒やされたい。


松江高は隔週土曜日で授業が行われる。今週は休みのため、午前中に自宅まで迎えに行った。

「ハッハッハッ、それは災難だったな。だが芸能プロダクションを甘く見ないほうがいい。『怪力アイドル』とかで売り出せないかと考えているかもしれないぞ？」

車中で茉莉から、芸能プロダクションからスカウトが来たという話を聞いた。まぁ確かに、強化因子の影響もあってか茉莉は存在感が強い。芸能人になることもできるだろう。

「うぅっ……怪力って言われると複雑だよぉ。最近、体重が少し増えてるし……」

「それは強化因子の影響だな。筋肉や骨が強化されているんだ。ダンジョンで戦い続けると、筋肉が増えるだけでなく、質そのものが変わる。茉莉は、見た目は華奢《きやしや》な女子高生だが、すでにプロの格闘家たちと同等の身体能力を持っている。喧嘩《けんか》するときは気をつけろよ？」

話しているうちに、東瑞江のマンションまで来た。駐車場に車を停め、マンションからエントランスに入る。茉莉が先に入り、俺が続いて入ろうとした時に、視線を感じた。五〇メートルほど離れた場所からだろうか。高校生らしき若い男が自転車に乗り、こちらに視線を向けていた。別に害があるわけではないので、俺はそのままマンションに入った。

それは偶然だった。休日の土曜日、自転車で友達の家に行く途中で信号待ちをしていたら、一台の白いセダンが通り過ぎた。普段なら気にもとめないが、この時は違った。助手席に木乃内さんらしき人が乗っていたからだ。ほんの一瞬だったけれど間違いないはずだ。俺は約束をすっぽかし、ペダルに力を入れた。

「はぁっ……はぁっ……なんで、木乃内さんが……」

どこへ行くんだ？　運転している奴は誰だ？　車は安っぽいセダンだ。なんでそんな車に乗っている？　ドロドロとした黒い憤怒が俺の中に広がっていく。

普通なら、自転車では車に追いつけない。だが幸いなことに、追っている車は所々で信号に捉《つか》まってくれたので、辛うじて見失わずに済んだ。国道一四号を越えるときが一番ヤバかった。信号無視して突っ切ったが、クラクションが盛大に鳴らされた。あと少しで撥《は》ねられていたかもしれない。

「アイツ、誰だよ？」

東瑞江にあるマンションの駐車場に、その車は入った。女性が先にマンションの中に入る。距離が離れていたので、木乃内さんかどうかまでは判断できなかった。だが男の顔は見えた。三〇過ぎくらいの男だ。「イケメン」というよりは「精悍《せいかん》」といった感じだ。ジャケットとスラックスという姿は、いかにも「大人の男」で、俺のようなジャージ姿とは全く違う。

（茉莉は俺のモノだ。お前のようなガキは、ガキらしく遊んでいろ）

そう言われたような気がした。嫉妬というドス黒い気持ちが湧き上がる。携帯が震えた。友達からの電話だ。俺は行けなくなったことを詫《わ》びて、そしてマンション前で張り込むことにした。

「うぅぅっ……恥ずかしいよぉ」

「あら、とっても似合ってるわよ？　茉莉って着痩せするタイプなのね？　胸なんて、エミリより大きいかも。ミューちゃんもそう思うわよね？」

「ミューッ」

Aランクダンジョン「深淵《アビス》」の安全地帯《セーフティゾーン》では、エミリに手伝ってもらいながら、茉莉が新しい装備を身に着けていた。パーテーションの向こう側から、若い娘たちがキャッキャと燥《はしや》ぐ声が聞こえる。やがて茉莉が姿を現した。レアランク装備「処女の聖衣」を着ている。

「……………」

俺はなんともいえない表情になった。この装備はどんな「意匠」でデザインされたんだ？　純白の生地に金糸で刺繍《ししゆう》が施されている。それは良い。だがまず胸がはだけすぎだ。むしろ谷間で大きさを強調することが目的に思える。

しかもどうやらセパレート型だったらしく、上半身と下半身の間、腹部は丸見えだ。この一ヶ月間で鍛えられたのか、茉莉の腹には無駄な肉がなく、腰は完全に括《くび》れ、三本の縦筋が入って腹筋を浮かび上がらせている。

そして下半身だ。白と紅の生地が交互に重ね合わされたスカートだが、左脚部分にスリットが入っており、歩くと太腿《ふともも》の付け根まで見えてしまう。白く艶《なま》めかしい生足を見ないよう顔を背けた。

「やったね、茉莉！　主人《マスター》が喜ぶって言ったでしょう？」

「うぅぅっ……　エミリちゃーん」

茉莉の泣きそうな声に、俺は顔を背けたまま咳払いした。

「たしか、魔導士の外套があっただろ？　それを着ろ。目のやり場に困る」

「えー！　この姿のままが良いんじゃない？　いかにも『聖処女』って感じで！　あの外套、茉莉には似合わないよぉ」

そう言いながらも、エミリも本気ではないようで、魔導士の外套を着せる。漆黒の生地であるため、どうも合わない。確かに、茉莉らしさが消えるような気がする。

「茉莉は神聖魔法使いだから、純白の外套とかがあれば似合うと思うわ。そうだ。ガチャで出せば良いのよ！　主人、一〇〇〇回くらいガチャすれば、きっと似合うの出ると思うわ！」

「アホ。そんな無駄なことに貴重なモンスターカードを使えるか！　茉莉に聖なる魔杖を渡してやれ。それとマジック・リング、獣のグローブもだ」

カードを渡された茉莉は「獣のグローブ」を具現化した。ミューの手に嵌めると、スルスルと小さくなり丁度よい大きさへと変わる。白ウサギに赤いグローブとは、いかにも出来すぎだ。

「わぁっ！　ミューちゃん、とっても似合うわ！」

「ミュッミュー！」

ピョンとジャンプして、シュババッとシャドーボクシングをする。見事なワン・ツーだ。うん、君はいつ、どこでボクシングを習ったのかね？

「エミリには『イフリートの召喚石』、朱音には『素早さの靴』だな。俺は『パワー・リング』を着けさせてもらう。さて、これから第三層で戦うが、目的は茉莉が神聖魔法に慣れることだ。マジック・ポーションも大量に用意している。エミリは茉莉のサポートを頼む」

「任せて。魔力が切れる前に回復させるようにするわ」

「はい。頑張ります！」

「それとミューもだ。第三層のスケルトンナイトは、剣を持っている。武器を相手に素手で戦うんだ。これまでとは勝手が違うぞ？」

「ミューーッ！」

コークスクリューブローで応える。もうツッコむ気にもなれないよ。

「いい？　魔法ってのは、とどのつまり『イメージ』よ。これから見せる『ファイヤーアロー』は、炎を使って矢を撃ち出すイメージで魔力を撃ち出しているの。魔力という『力の塊』に、イメージで形を与える。茉莉の場合は神聖属性の魔力だから、イメージは『清浄』とか『浄化』ね。慣れてくると、浄化の効力を利用して、味方を『強化』することもできるようになるわ」

そう言ってエミリは杖を掲げ、ファイヤーアローを撃ち出した。襲いかかってきたスケルトンナイトの腹に炎の矢が突き刺さり、そして燃え上がる。茉莉も同じように杖を掲げて目を閉じる。杖先から白い光が溢れ、それが幅広い光線となってスケルトンナイトに命中する。一瞬でスケルトンナイトがボロボロに崩れていった。

「アンデッドを浄化する魔法『不死者の返還』ね。一発目から発現するなんて、やっぱり茉莉には才能あるわ。慣れれば複数を同時に浄化することだってできるわよ？」

「はふぅ～ なんだか、力が抜けていった感じです」

残り二体のスケルトンは朱音が倒した。これまでこの第三層で、俺と一緒に相当な数を倒してきた朱音だが、未だCランクのままである。スケルトンナイトはDランクの魔物だ。恐らく、ランク下の魔物と戦い続けてもランクアップはしないのだろう。

「よし。次はミューだな。まずはスケルトンナイトを三体倒し、残り一体と戦わせる。相手は武器を持ったDランク魔物だ。Eランクのミューでは厳しいかもしれないな」

「ミュッ！」

少し歩くと、再びスケルトンナイト四体が出現する。俺と朱音で三体を倒し、残りをミューにけしかける。ピョンピョンと跳ねるミューにスケルトンが近づく。フットワークから一転、殴るために跳び上がったミューに、剣が振り下ろされた。ミューの胴体に斬撃が入る。

「ミューちゃんっ！」

茉莉が叫ぶ。だがその時、妙な音が聞こえた気がした。そしてミューの身体は逸《そ》れることなく、スケルトンナイトの顔面前に届く。

「ミュミュッ！」

完璧なアッパーがスケルトンナイトのアゴを砕いた。

（気のせいか？　なんか「モフッ」って聞こえた気がしたが……）

煙になったスケルトンナイトを横目にピョンピョンと茉莉のところに戻ってくる。斬られた箇所を茉莉とエミリが丁寧に確認している。

「大丈夫ね。モフモフの毛が斬撃を吸収したみたい。痕すら残ってないわ」

はい？　何を言っているのかね？　モフモフで物理衝撃吸収？　そんなことが可能なら、盾だの鎧《よろい》だの要らないではないか。大体なんで、体高五〇センチ程度のウサギが、大人並みの身長を持つスケルトンナイトを殴り飛ばせるんだ？

「ミューちゃん、凄いわ。これなら防御も大丈夫ね」

「ミュー」

「いやいや、ちょっと待て。なんでそんなことが可能なんだよ！　モフモフで衝撃吸収？　俺はてっきり、避けてカウンターだと思ってたぞ！」

すると茉莉はキッと睨んできた。

「和さん、酷《ひど》い！　ミューちゃんをこんな危険な目に遭わせるなんて！　モフモフブラシがなかったら、ミューちゃん死んじゃったかもしれないよ！」

そう言って、モフモフブラシを取り出して毛繕いを始める。茉莉さんや、ここはダンジョンの中ですぞ？　なんでブラシなんて持ってきているのかね？

「たかがブラシがどうしてレアランクなのか不思議だったけど、これでハッキリしたわね。ブラシを受けた獣はモフモフになって、物理攻撃への耐性を持つんだわ」

エミリが納得したように頷く。いや、奇怪しい。物理的にも生物学的にも絶対に奇怪しい。

「和彦様、ここはダンジョンですから……」

朱音が気の毒そうに言ってくる。もう全部それで説明すればいいや。


第三層で戦い方をこれまでとは変えた。目標は三時間で三〇〇体のスケルトンナイトを討伐することだが、現状は二〇〇体程度になっている。これまでのような「物理偏重」の戦い方ではなく、魔法を交えたチームプレイを試しているからだ。仲間を攻撃してしまう「フレンドリーファイア」が起きないように、連携した戦い方を身につけておく必要がある。

「やった！　Dランクになったわ」

エミリがDランクへと上がった。程なくしてミューも上がる。

＝＝＝＝＝＝＝＝＝＝＝＝＝＝＝＝＝＝＝＝＝＝＝＝＝＝＝＝＝＝＝＝＝＝
【名　前】エミリ
【称　号】小生意気な魔法使い
【ランク】D
【レア度】Legend Rare
【スキル】秘印術Lv4　招聘術Lv1　錬金術Lv1

＝＝＝＝＝＝＝＝＝＝＝＝＝＝＝＝＝＝＝＝＝＝＝＝＝＝＝＝＝＝＝＝＝＝＝

【名　前】ミューちゃん

【称　号】木乃内茉莉のペット

【ランク】Ｄ

【レア度】Ｕｎ Ｃｏｍｍｏｎ

【スキル】ミューちゃんぱんちLv3　モフモフぶろっくLv1

＝＝＝＝＝＝＝＝＝＝＝＝＝＝＝＝＝＝＝＝＝＝＝＝＝＝＝＝＝＝＝＝＝＝＝

「エミリの招聘術は、いずれイフリート召喚石を使って上げていけば良いだろう。それでミューは……いや、言うのはやめよう」

「ミューッ！」

ミューが「なんでだよ！」と言いたいかのように、抗議の声を上げている。いや「なんでブロックが平仮名なんだよ」なんて、ツッコんでもしょうがないだろ。何しろここはダンジョンなんだから。だがレア度が上がっているのが気になる。

「朱音、エミリ、確認したいんだが、Ｆランクスタートの魔物も、やがてＳランクになるのか？」

「原理的には可能なはずです。ですが、過去にそのような魔物がいたかどうかはわかりません」

「そうね。そもそもＳランクのモンスターカードは、最初からＳの場合が殆どだわ。せいぜいＡランクからのランクアップくらいのはずよ？　Ｆランク魔物は弱いから、それを鍛えようという人は多くないわ。私たちのような『レジェンド・レア』は別だけれど、モンスターカードも鍛えればレア度は上がるわ。Cランクになれば『レア』になり、Aランクになれば『スーパー・レア』、Sランクになれば『ウルトラ・レア』になるわ」

「じゃあミューちゃんはいずれSランクになるね！　一緒に頑張ろうねー」

「ミュー」

首筋をモフモフされているウサギは、気持ちよさそうに目を閉じている。Sランクのウサギなど想像もできん。だがこれ以上強くなれるのだろうか？

「ミューのスキル枠はカンストしている。このままランクが上がっても、新しいスキルは得られないだろう。スキル枠拡大というアイテムがあることに期待だな」

（恐らくあるだろう。あるに違いない。なければ奇怪しい）

内心でそう思っていた。モフモフブラシがあってスキル枠拡大がないなど、俺は認めん！

マンション前で木乃内さんを待つ。だが一時間経《た》っても出てこない。男の部屋の中で、いったい何をしているんだ？　妄想が俺の中で広がる。クソッ！　あの天使のような木乃内さんを好きなように弄んでいるのか！　ギリギリと歯ぎしりしながら、俺はマンションを睨んだ。

「そこの君、ここで何してるのかな？」

「あぁっ？」

苛《いら》ついているところに声を掛けられたので、乱暴に返事しながら振り返った。すると自転車に乗った警察官二名がいた。

「マンションの住人から、不審者がいるって報《しら》せがあってね。身分証明書、持ってる？ ちょっと、交番まで来てもらうよ？」

「いや……あの……」

休みの日まで生徒手帳を持ち歩いたりはしない。俺は事情を説明しようとしたが、警察は聞く耳を持たない。結局、瑞江駅前の交番まで、俺は連れていかれてしまった。周りの視線が痛い。

結局俺は、親と連絡が取れる夕方まで、交番内に拘束されることになってしまった。クソッ！

これも全て、アノ男のせいだ！


神奈川県横浜市神奈川区。東横線反町《たんまち》駅からほど近い横浜新道の上り線に突然出現した「横浜ダンジョン」は、日本国政府によってワンブロック分が封鎖され、迂回路《うかいろ》が用意された。それに伴い通学路も変更を余儀なくされるなど、当初は混乱した。

だが、不幸中の幸いはダンジョンが出現した上りのブロックは、駐車場と古い住宅があるだけであり、飲食店や商業ビルはない。そこで日本政府は地主と交渉して土地を買い取り、ここを「ダンジョン冒険者運営局横浜ダンジョン支部」とした。

〈ご覧ください。ダンジョン出現から五ヶ月、札幌、横浜、大阪、そしてつい先日は仙台にダンジョンが出現しました。およそ三六日周期で、全世界の大都市圏に出現するダンジョン。アメリカでは先日、『人類滅亡の予兆』と騒いだ宗教関係者が逮捕されるという事件がありました。ですが、世界はこの危機にただ手をこまねいているわけではありません。Ｇ７での共同声明を受け、国連では『ダンジョン冒険者制度』について真剣に議論が交わされています。そして、それに先立ち我が日本国では、ダンジョン冒険者制度を策定、異例の速さで導入が決められました〉

〈政府の迅速な対応の裏には、ダンジョンで取れる『黒い石』、通称『魔石』の存在があると言われています。水を水素と酸素に分解する性質を持つ魔石は、化石燃料が取れない日本にとってエネルギー問題の救世主となる可能性があり……〉

〈産官学が一丸となって魔石利用の研究と『水素発電所』の建設を進めており、茨城県つくば市に試験的な発電所が建設されました。魔石を粉末化し、一定量を水と混合させることで、安定的に水素を生み出すことができ……〉

〈先日、防衛省内で行われました一次試験を突破した男女一〇〇名が、いま横浜ダンジョン前に建設されました冒険者支部に入っていきます！　彼らは、ダンジョン内において怪我《けが》、もしくは落命をしようとも日本政府及び自衛隊に責任は問わないという誓約書を書いています。日本政府も『ダンジョン内は国外であり、日本国憲法は通用せず、失踪した場合の捜索も行わない』と宣言しており、野党からの批判の声も出ています。はたして、この厳しい条件の中から何人のダンジョン冒険者が誕生するのでしょうか？　間もなく、二次試験が始まります！〉

俺はいま、横浜ダンジョンに併設される形で建設された「ダンジョン冒険者運営局横浜ダンジョン支部」の建物内にいる。一次試験は二部構成だった。まずはオンライン上でダンジョンについての基本知識や冒険者業についてのテストが行われた。要するに足切りのためのペーパーテストだ。無論、俺は楽勝だった。リアルで経験しているからだ。

ダンジョン冒険者は武器を持つ可能性があるため、一定の基準が設けられている。「一八歳以上であること、前科がないこと、日本国籍を有すること」の三条件を満たした応募者が、防衛省発表で八〇〇〇人いたそうである。マスコミは「意外に少ない」と言っているが、俺から言わせれば多すぎだ。結局、ペーパーテストで上位二割だけが合格した。

ダンジョンの知識だけで冒険者になれると考えていた奴は、恐らく軒並み落とされただろう。ダンジョンからの収入はどのような手続きで申請し、所得税や住民税はどれくらいになるのか。開業届の手続きの仕方など「個人事業主に必要な知識」や、公開されている民間人冒険者制度の運用についての問題などが、全体の半分を占めていた。オンライン上のテストだが、時間が限られていたためカンニングする余裕などない。落とされた連中は、テストを見てようやく「冒険者業」について考えたのだろう。

運動場に集められた九八四名は、体力測定試験を受けさせられた。「一〇キロマラソン、握力および背筋力、肺活量測定、ジャンプ力や反復横跳びなどの運動能力測定」が行われ、俺はその全てを「上位三〇名以内」で通過した。本気になれば一位通過できただろうが、それは目立ちすぎる。某リベラル系野党の女性議員が「男女平等」の声を上げたためか、男性枠七〇名、女性枠三〇名が決められていた、合計一〇〇名が二次試験へ進めると聞いていたので「上の下」あたりを狙った。

「いやぁ、凄いな。江副《えぞえ》さんがトップですよ」

「え？　いや、私以上の記録なんて何十人もいると思いますが？」

「いえ、トップというのは『年齢』です。この記録、とても四〇歳以上とは思えません」

二次試験の試験官がそう言って笑った。確かにそうだ。残った一〇〇名は殆どが二〇代、せいぜい三〇代前半だ。四〇過ぎは俺一人である。別の記録で目立ってしまった。

そしていま、俺たち一〇〇名は横浜ダンジョン前へと来ている。


「これより、横浜ダンジョンで二次試験を始める。一〇名ずつの班に分かれ、一班ずつダンジョンで試験を行う。知っての通りダンジョン内はおよそ一四四倍の速さで時が流れるため、地上で待つのはごく僅かな時間だ。最後に確認する。この試験ではどのような怪我、落命しようとも、日本政府も自衛隊も一切の責任は負わない。ダンジョンは死ぬ可能性のある『死地』だ。その覚悟がない者は、ここで去れ」

二次試験の責任者が最後の確認を行う。ダンジョン冒険者は、たとえダンジョン内で死のうとも「全てが自己責任」であり、日本政府も自衛隊も、一切の責任を負わない。ダンジョン内での失踪は死亡と見做《みな》され、捜索もされない。オンライン試験時は無論、テレビやラジオ、インターネット動画などで繰り返し流され、俺たちも幾度も確認を受けている。ここまで来て去るような奴は、とうの昔に脱落しているはずだ。

「では、第一班から！」

同じ服装をした二次試験者一〇名が、試験官に率いられてダンジョンへと向かう。冒険者支部の建物からダンジョンまでは、厳重な扉で封鎖されている。ダンジョン出現時に最初に行われたのが「細菌、ウィルス調査」である。レトロウィルスなどの未知の病原体は確認されていないが、万一のために消毒室やシャワールームが完備されている。現在は第二層に進んだ場合のみ、洗浄が義務付けられている。

「地上の五分がダンジョン内では一二時間か。出入りもあるだろうから、一班あたり一五分ってとこか？　ま、ゆっくり待とうぜ」

同じ班の若い男が、そう言って待機室の椅子に座った。体力測定の上位一〇名ごとに班分けされている。俺は上位二一位から三〇位までの班で、三番目に入る予定だ。情報公開のため、テレビカメラや新聞記者たちも、俺たちとは別の部屋で待機している。待機室にはテレビが数台あり、リアルタイムでダンジョン入り口を監視しているカメラの映像のほか、生放送中の番組が流れている。

〈ついに、冒険者候補者たちが、ダンジョンという異空間の中に入りました。時間が流れる速度が違うため、我々からは一瞬で消えたように見えます〉

〈欧米でも民間人登用制度は研究されていますが、国家として公式に制度化したのは我が国が初めてであり、この放送は全世界も注目しています〉

待機時間のあいだ、リポーターが熱心に報告し、生放送の番組内ではコメンテーターがアレコレ言っている。やがて一〇分後くらいだろうか。第一班が出てきた。その様子に、室内がざわつく。だが俺としては予想通りだった。

「何があったんだよ、いったい……」

監視カメラには、泣いている女性や手や顔に怪我を負った血まみれの男たちの姿が映っていた。

室内が静まり返っている。皆が息を呑《の》んで、画面に釘付けになっている。

「な、何よコレ…… なんでこんな状態になるのよ！」

体育会系出身者らしき若い女性が、ヒステリックな声で叫んだ。それを機に全員が騒ぎ始める。

俺は腰掛けたまま、頬杖《ほおづえ》をついて瞑目《めいもく》していた。耳栓を持ってくれば良かったと思った。

「ハイハイッ！ みんな静かに。静かにぃ～」

若い男と思える声と、パンパンと手を叩く音が聞こえて俺は目を開けた。ガタイの良い二〇代中頃と思われる男は、注目を集めるとニカッと笑った。

「僕らが怪我したわけじゃない。みんな冷静になりなよ。これはダンジョン内でのテストなんだ。怪我することだってあるだろうよ」

「でもあの様子は普通じゃないわよ。半数が怪我してるし、女性なんて皆、泣いてるじゃない！」

「うん。その説明については、僕よりも落ち着いている最年長者、江副さんにしてもらったほうが良いだろうね。江副さん、彼らがどういう状況になったのか、見当ついているんでしょ？」

若い男はいきなり俺に話を振ってきた。なんで俺を巻き込むかな。俺は自分の冒険者免許が取れればそれで良いんだよ。お前らなんかどうなろうと知ったことか…… とも思ったが、騒がしいのも勘弁である。仕方なく、説明した。

「覚悟が足りなかったんだろう。この中で、犬や猫を素手で括り殺したことのある奴、いるか？」

俺の質問で、全員が気づいたようだ。そう。ダンジョンで魔物と戦うということは、魔物を殺すということだ。政治家やメディアは「倒す」なんて言葉で誤魔化しているが、俺たちがこれからやるのは異世界の動物との殺し合いなのだ。

「第一層はウサギみたいな魔物だったよな。それを素手で殺すんだ。頭を摑み、首を捩《ね》じ切る。腹を踏みつけ、内臓を轢《ひ》き潰す。目や耳、鼻や口から血を溢れさせ、クークーと悲鳴を上げるウサギに、確実なトドメを刺すんだ。それをやる覚悟がなければ、ああやって泣き叫ぶか、あるいは殺すのを躊躇《ためら》って怪我を負うことになる。心構えの問題だよ」

誰かが「うっ……」と声を漏らした。吐き気がしたのだろう。俺は頬杖をついたまま、一回り以上も若い連中に視線を向けた。

「ラノベみたいなモノを期待してダンジョンに入ろうというのなら、止めておけ。現実は小説とは全く違う。殺し、殺される覚悟を持つ奴だけが、ダンジョン冒険者になれる。二次選考はその覚悟の見極めが目的だろう。もう少しやり方を考えても良いとは思うがな？」

そう言って、黙っている試験官に視線を向けた。試験官は俺と視線を合わせ、そして逸らした。シーンと室内が静まり返る。やがて笑い声が聞こえてきた。先程の若者が笑っている。

「ククク……　ハハハッ！　いやぁ、やっぱ江副さん最高！　一次試験で見かけた時に、ピーンと来たんだよね。この人は本物だって。強い奴が発するオーラっていうのかな。そんな雰囲気がバリバリ出てましたよ。体力測定だって、わざと順位下げたんでしょ？」

「そういうアンタは誰だ？　俺だけ名前が知られているってのは、不公平じゃないか？」

「アレ、僕のこと知りません？　少しは有名だって思ってたんだけど……　まぁいいや。僕の名は宍戸《ししど》彰《あきら》、ヨロピクねー！」

軽い奴だ。そんな名前のクライアントはいなかった。宍戸彰なんて知らん。そう答えようとすると、その前に誰かが声を発した。

「おい、宍戸彰って、神明館空手世界大会の無差別級チャンピオンじゃねぇかよ！」

「思い出した！　世界大会六連覇、ブレージルの『バリトゥード』でも優勝した世界最強格闘家！」

皆が騒ぐ。やれやれ、先程の悲《ひ》愴感《そうかん》が消えてしまった。残るべき奴だけ残ればいいのに。

「そうか、では宍戸さん。そろそろ第二班も戻ってくるだろう。俺たちも、準備しようか？」

そう言って、俺は立ち上がった。

私の名は「岡山亜由子」。数年前、安保法案に反対するための学生組織に入り、日本の右傾化を危惧してデモ活動をしていた。結局、安保法案は可決して私たちの組織は解散になってしまったけれど、その後も仲間たちと連絡は取り合っていた。そして三ヶ月前、私たちは再び結成した。

『自由と平和のためのダンジョン保護活動』

浦部内閣は、ダンジョン出現にかこつけて、防衛予算を急増させ、日本中に自衛隊を派遣している。ダンジョンが出現するとその付近一帯を封鎖し、国民の財産権を脅かしている。ダンジョン内に出現するという生き物を「魔物」と決めつけて殺戮し、魔石と呼ばれる資源を乱獲している。

前回のデモ活動を反省し、国民に解《わか》りやすい証拠を突きつける必要があると考えた私たちは、ダ

ンジョン冒険者登用試験を好機と捉えた。二次試験で、魔物が脅威ではないことを明らかにする。日本政府はダンジョンという異世界に軍事侵攻し、そこに生きる動物たちを殺戮していることを証明するのだ。極右内閣を終わらせ、立憲主義と平和主義を取り戻さなければならない。

オンラインの試験は、まさか開業届や確定申告の問題が出るとは思っていなかったけれど、仲間たちが一室に集まって調べあってなんとか突破できた。そして体力測定は簡単だった。私は昔から体力だけは自信がある。男子との殴り合いだって経験している。そして私は、上位三〇位の中に入った。単純な記録だけならもっと下だったろうが、それだと女性が固まってしまうという判断で分散されたようだ。

そして今日、いよいよ決行である。ダンジョンを出た時に叫ぶのだ。政府は間違っていると！

横浜ダンジョンの第一層に入る。自衛隊が用意した装備は、基本的には俺が最初に「深淵《アビス》」に潜ったときと同じだ。防刃シャツとベスト、パンツ。強化プラスチックのヘルメットとゴーグル。安全靴に肘と膝を護るプロテクター。殴り合いなので、手にはテーピングを巻いている。唯一の違いはメリケンサックがないことだ。もっとも、今の俺には必要ない。Ｆランクのウサギなど、素手のパンチ一発で倒せるだろう。

「ではダンジョン内に入るぞっ！　油断するな！」

試験官が先頭に立ち、俺達《たち》は第一層へと入った。俺にとっては見慣れた光景だが、他のメンバーは異様な空間が気になるようで、あちこちを見ている。やがて左手からお客さんがやってきた。

「ミュッ？　ミューッ」

ウサギがピョンピョンと跳ねている。その光景に、女性たちは心が蕩《とろ》かされているようだ。

「何をボーッとしている！　魔物だぞ！」

試験官の声に、互いが顔を見合わせている。これを素手で殺すのだ。その覚悟ができていないらしい。仕方ない。俺が出るか。そう思って踏み出そうとした時……

「私が行くわっ！」

女性の声がして、俺の足は止まった。


僕の名は「宍戸彰」、格闘家だ。物心ついた時から空手に打ち込んできた僕は、神明館でも異例の速さで黒帯になった。普通なら小学生には与えられない「一般部の黒帯」を僕は一一歳で取得した。天才だからね。見た技はすぐに吸収し、改良し、オリジナルを超えてしまう。身体も順調に大きくなり、一八歳で国内大会、国際大会で優勝、それから六連覇を果たしている。一三歳から二四歳までのおよそ一〇年間、試合でもストリートでも負けなし。僕はあまりにも強くなりすぎた。

ダンジョンが出現した時は興奮したよ。昔、強さを求めて殺処分予定の飢えた犬を相手に戦ったことがあるけれど、あの緊張感は覚えている。現代社会では野生の本能と戦うことは滅多にない。ダンジョンの中でなら、僕は思う存分に戦える。もっと強くなり、高みに昇れると思った。だからダンジョン冒険者に申し込んだんだ。試験？　天才の僕ならあの程度の試験問題、簡単だったさ。

人間の気配でヒリついたのは久々だよ。体力測定の時、四〇過ぎのオジさんがいると聞いたので、冷やかしで様子を見たんだけど、背中から漏れる気配が普通じゃない。マラソンも握力計測も、明らかに手を抜いている。ありゃヤバイ。下手したら僕より強いかも。本気で戦ってみたいと思った相手なんて、いつ以来だろう。一緒の班になりたいと思って、僕も体力測定で手を抜いた。

江副というオジさんは、見た目こそ三〇歳くらいに見えるけど、存在感が別格だよ。ま、大半の人には理解できないだろうけどね。二次試験中に騒がしくなったから、試しに江副さんを巻き込んでみた。イイネイイネッ！　この人は、本気で殺しに来る「野生の殺気」って奴を知っている。そして「戦士」に必要なモノは何かを理解している。手合わせしてぇ～。

そしてダンジョン内で江副さんの戦いが見れると期待したら、いきなり女の子が声をあげた。

「私が行くわっ！」

あらー女の子なのに腹が据わってること。大して強そうに見えないけれど、まぁいいか。そう思っていたら、その女の子は僕たちに怖い顔を向けて叫んだ。

「貴方《あなた》たち、魔物魔物って言うけど、こんな可愛らしい動物が魔物なわけないでしょ！　彼らにとっては、私たちが侵略者なのよ！　いきなり棲家《すみか》に侵入して襲われれば、どんな動物だって牙を剝《む》くに決まっているわ。まずは不戦を貫くことよ。愛情を持って接すれば、必ずわかり合えるわ！」

（へ？　この子は何を言っているの？　こちらを殺そうと襲ってくる奴に愛情を持って接する。不戦を貫く？　戦いませんって言えば、争いを回避できると思ってるの？　バカなの？　死ぬの？）

「ねぇ君、ちょっと……」

僕は止めようとしたけど、もう遅かったね。女の子はタッタと魔物の側《そば》に駆け寄ると、膝をついて両腕を伸ばした。ウサギさんが「ミュ？」って首を傾げてるよ。うん、僕も首を傾げたい。

「さぁ、いらっしゃい。私たちは敵じゃないわ。あなたとお友達になりたいの」

そんな言葉を語り掛けているよ。通じるとは思えないけど。でも本人は真面目なんだろう。見えているのが背中だからわからないけど、きっと満面の笑みを浮かべているんだろうね。

「ミュッミュッ」

ウサギがピョンピョンと近づき、そして膝の上に乗った。あれ？　これって上手くいっちゃう？

「まぁ、可愛い。大丈夫よ。私があなたを護ってあげ……　ギィィヤァァァァッ!!」

凄まじい叫び声がした。ウサギの表情が一変している。先程までの愛らしい表情から、まるで般若《はんにゃ》のような顔になり、女の子の鼻を齧ってる。ブチンッと肉を齧り取り、クチャクチャと喰《は》む。

「イヤァァッ！　なにアレッ！」

他の女の子が叫んだ。いや、何って魔物を前にあんな無防備になれば、誰だってああなるだろ。そう思いながら、それぞれのメンバーを観察する。女の子は鼻の次に頬肉を嚙《か》みちぎられている。皆その様子に呆気《あっけ》にとられ、そして恐怖していた。さて、江副さんはどうだろう。あの人はどんな反応をしているかな？　真っ青なメンバーたちの後方に、江副さんは立っていた。そして僕は戦慄した。やっぱり、この人は凄いよ。

江副さんは、魔物に襲われて悲鳴を上げている女の子を無視して、他の方角を観察していた。

（凄い。無表情とか興味なさそうとかじゃない。あの叫び声で他から魔物が来ないのか、それを気にしているんだ。この状況で、そんなことを考えられるなんて！）

「バカ野郎ッ！　魔物に無防備に近づくなんて、なに考えてやがる！」

試験官が慌てて駆け寄り、短剣のようなものでウサギを斬り飛ばした。

「痛いっ！　痛いぃぃぃぃっ！」

襲われた女の子が悶絶《もんぜつ》して泣き叫んでいる。試験官が介抱しようとしていると、江副さんがそこに歩み寄った。うん、気配でわかるよ。ちょっと怒ってるね。

「声に引き寄せられて、魔物が近づいています。どうします？　このまま試験を続けますか？」

「しかし、この状況では……」

「彼女なら放っておけばいいでしょう。ダンジョン内は自己責任です。馬鹿げた妄想を抱いて魔物に近づき、襲われた挙げ句に泣き叫んで他の魔物まで誘《おび》き寄せてしまう。迷惑この上ない。おい、イカレた妄想女。不戦を貫き、愛情を示した結果がコレだ。お前はまだ、アイツらとお友達になれると思ってるのか？」

江副さんがアゴをしゃくると、五匹ほどのウサギがピョンピョンとこちらに向かってきている。いや、その後ろも続いてるね。やれやれ、こりゃ戦いは避けられないな。僕も出るとしようか。


俺の名は「岡村武志」、陸上自衛隊東部方面隊横浜ダンジョン施設団に所属する陸士長だ。一等陸士の山本と共に、ダンジョン冒険者登用試験の試験官を務めていた。この試験の目的は、戦闘力を見ることではない。ダンジョンという未知の異空間に入り、魔物と殺し合う覚悟があるかどうかを見極めることだ。そして俺が見る限り、その覚悟を持つ者は二人しかいなかった。

「山本は受験者を連れて入り口に向かえ！　俺がここを食い止める！」

「そんな、岡村さん！　一人で止めるなんて無理ですよ！」

「早く行けぇっ！」

俺は後輩の山本を突き飛ばし、さっさと逃げろと叫んだ。ダンジョンなどという訳のわからないところだとはいえ、俺は陸上自衛隊員だ。国民を護るため戦わなければならない。

カードガチャで手に入れた一本のナイフを手に、飛び跳ねて近づいてくる魔物の前に立った。直近で五体、その後ろから一〇体以上が襲ってくる。囲まれれば、全身を食い千切られるだろう。

（ここが、死に場所か……）

「試験続行ってことで良いかな？」

腹を括《くく》った俺だったが、そのとき左側から声が掛けられた。空手世界チャンピオンの「宍戸彰」である。そして右側からも声が掛けられる。

「俺が一番の年長者だからな。それに、試験もまだ終わってない」

先程、魔物に襲われた女性に冷たすぎる言葉を吐き捨てた「江副和彦」であった。

「岡村さん、でしたね。あなたも退《ひ》いてください。魔物はまだ出るでしょう。怪我人を運びながら戻るには、あなたが必要なはずだ。ここは俺が引き受けます。宍戸さんも、逃げていいですよ？」

「ご冗談を！　こんな楽しめそうな状況、見逃せるはずないじゃないですか！」

なんなのだこの二人は？　いや、頼もしい男たちが残ってくれた。これなら止められるだろう。

やがて一匹が、宍戸に飛びかかってきた。宍戸は右脚を高く上げ、そして一気に落とした。

「ハイィィィィッ！」

ウサギの頭がグシャリと潰れ、そして煙となった。見事な踵落《かかと》としである。

「へぇ、血は出るけど、倒したら返り血も全部煙になるのか。こりゃ汚れを気にしなくていいな。んで、江副さんは…… はぁ？」

そして俺は見た。「パァンッ」という乾いた音と共に、四匹のウサギ型魔獣が同時に破裂し、煙となったのを。俺は戦慄した。この男は、バケモノか……


一〇年間、ずっと退屈だった。試合をしても勝って当たり前。大して努力もせずに、神明館の最高段位にもなれた。他人は僕を天才というが、片手間でできるようになってしまうということは、夢中になれるものがないということだ。何をしても燃えない。何をしてもつまらない。僕は、強さの頂点に立ってしまった。そう思っていた。だが、それは思い上がりだった。

「いや、奇怪しいでしょ？　正拳対角四連突きなら解るけど、四方向同時突きなんて人間業じゃないよ！　アンタ、いったい何者なんだよ？」

どんなに修練を重ねても、肉体には医学的限界というものがある。関節の同時可動により、一発だけならかなりの速度で突くこともできる。だけど、殆ど同時とも思えるほどの速さで四連突きをするなど、人間には絶対に不可能だ。筋肉や関節といった肉体の作りがそうなっているからだ。

「宍戸さんも、いずれできるようになりますよ。こんな程度で驚いていたら、この先ダンジョンで戦えませんよ？」

なんだろう。なんだか凄い説得力がある。でもこの人も、今日が初ダンジョンだよね？　なんでそこまで言い切れるんだろう。だけど、そんな疑問の前に……

「チェストォォォッ！」

飛びかかってきたウサギに正拳突きを叩き込む。うん、ただのウサギだ。これなら楽勝かな。

「岡村さん、ここは僕たち二人で大丈夫です。他の受験生を先導してください」

いや、ひょっとしたら僕も要らないかもね。江副さん一人で十分のような気がするよ。

〈いま、第三班が出てきました。あぁっ！　物凄い血まみれです。女性と思わしき人が、血まみれになっています。いったい、何があったのでしょうか？〉

〈怪我人の名前は「岡山亜由子」さん、年齢二六歳です。同じ班の受験生は、岡山さんは突然『魔物を保護すべきだ』と叫び、両手を広げて近づいたところを襲われたと証言しており、魔物からなんらかの精神的な攻撃を受けて、錯乱状態にあったのではないかとの話でした〉

〈第三班の撤退では、神明館世界大会の優勝者である「宍戸彰さん」が残り、魔物を食い止めました。また宍戸さん以外に、もう一名がダンジョンに留《とど》まり、魔物と戦い続けたと〉

俺と宍戸は同じ部屋で、ボーとテレビを見ていた。今日の二次試験は、夜の報道番組でもトップで扱われている。女性が錯乱して魔物に近づいて喰《く》い殺されかけたというニュースは、今後は国会でも取り上げられるそうだ。

〈一体、自衛隊は何をしていたのでしょうか。目の前で国民が死にかけていたんですよ？〉

〈確かに。ですがこれまで政府も自衛隊も繰り返し自己責任だと伝え続けてきました。本日の受験生は、試験中にどのような怪我をしても、あるいは落命しても政府、自衛隊の責任を問わないという誓約書にサインしています。気の毒ですが法的には、彼女自身の責任ということになるでしょう〉

〈しかし、道義的責任というのがあるでしょう。そもそも政府が「民間冒険者募集」なんてしなければ、こんなことには……〉

「身勝手なものだね。民間開放を主張してたのは国民の方なのにさ。ダンジョンが危険だと認識した途端に掌《てのひら》返してコレだよ。第四班以降の試験は、明日以降に持ち越しだそうだよ？」

テレビを観《み》ながら、宍戸がメインキャスターの言葉を嘲笑《あざわら》う。俺も同意見だが、そんな有象無象の声など気にしていられない。六六六のダンジョンを討伐するには、多くの高ランカーが必要だ。ダンジョン冒険者制度がなくなれば、一〇年後の破滅に一歩近づくことになる。

「せめて俺だけでも、ダンジョンへの立ち入りを許してほしいものだが……」

「ちょっとぉ、そこは『俺たち』でしょ。僕だってダンジョンに入りたいよ。野生はいいねぇ。久しぶりに、ヒリついた戦いだったよ。それに江副さんにも興味あるからね」

「……お前、ソッチの趣味があるのか？」

「違うよっ！　江副さんの『強さ』に興味あるんだよ！　僕より強い人なんて初めて会ったよ。江副さんは、いったいどこで修業したんだい？」

二次試験ではダンジョンへ続く扉に触れることは許されない。冒険者登録をする者だけがステータス表示の機能を持つことができる。宍戸は俺のステータスを見ていない。だが戦いぶりから自分より強いと察したようだ。俺の見たところ、宍戸はDもしくはEの上位といったところだろう。軽薄なところはあるが、ダンジョン・バスターズに欲しい人材だ。

「まぁ、色々と事情があってな。詳しくは話せないんだ。それより、お前はどうして冒険者になろうって思ったんだ？　世界チャンピオンなら、そっちの方がカネになるだろ？」

すると宍戸は、笑って首を振った。

「別にお金にも世界チャンピオンにも興味ないよ。僕はね、強くなりたいんだよ。強くなって、その力を存分に奮える『熱い戦い』がしたいんだ。人間相手はマズイけれど、ダンジョンの魔物なら問題ない。今日のウサギで決めたよ。たかがウサギが人間を喰い殺そうと襲ってきた。あんなのがウジャウジャいると思うと、ワクワクするね！」

「バトルジャンキーだな。面白い奴だ」

「そういう江副さんはどうなんだい？　どうして、冒険者になろうと？」

「俺が目指しているのはダンジョン冒険者じゃない。ダンジョン討伐者だ。ここから先は……」

聞きたいのなら仲間になれ。そう言おうとした時に扉が叩かれた。そして試験官だった岡村さんと山本さん、そしてその上司と思われる五〇代らしき男が入ってきた。

「東部方面隊横浜ダンジョン施設団長『葛城政彦』陸将補です。この度は、大変なご協力をいただき、感謝に堪えません。つきましてはお二人にはぜひ、日本国初の『ダンジョン冒険者』となっていただきたく、試験合格のお知らせとともに、ここに資格証をお持ちしました」

俺と宍戸は立ち上がって、資格証を受け取った。顔写真が入っていて、まるで運転免許証のようだ。葛城陸将補は、資格証を手渡すと話を続けた。

「実のところ、ダンジョン冒険者制度の今後は不透明です。今回の事故により、世論の風向きが変わるかもしれない。そこでなんとか、民間登用制度が有効だということを示していただきたい。誠に勝手なお願いではありますが、これは浦部総理からの伝言でもあります」

「僕は別に構わないよ。あんな戦いができるのなら、いくらでも引き受けちゃう」

「ダンジョンに入るのは、元よりそのつもりでしたから問題ありません。ですが一点、どうやって民間登用制度が有効だと証明するのですか？」

葛城陸将補の指示で、山本さんが書類を差し出してきた。見ると何やら数字が書かれている。

「この数字は、日本国内の年間消費電力のうち、水力や風力発電を除いた化石燃料および原子力発電を全て水素発電に置き換えた場合、どの程度の魔石量が必要かを示したものです。日本の年間消費電力はおよそ一兆キロワット。そのうち水力や風力、太陽光は一四％程度です。つまり八五〇〇億キロワットを魔石による水素発電システムに置き換える。これが政府の方針です」

思わず笑ってしまった。笑わざるを得ないほどの量なのだ。こんな馬鹿げた量をたった二人でどうやって補えというのだ？

「当面目標は、年間魔石量三〇〇トン以上か……　しかもこれで一〇〇万キロワットの発電所一基分だ。水素ステーションだのなんだの、エネルギー自給率を一〇〇％にするのなら、これの何十倍も必要になる。ちなみに、第一層のウサギを倒した時に出現する魔石は何グラムなんですか？」

「……三グラムです」

「となると年間で、ウサギ一億匹以上を倒さなければなりませんね？　たった二人で、そんな調達が可能だと思いますか？」

「難しいでしょうな。ですからお二人には、現在、つくば市で建設されている水素発電所に必要となる魔石を確保していただきたい。これまでのような天然ガスと混合させるのではなく、水素一〇〇％による発電が可能な新技術が導入されています。試験運転ですがこれが上手くいけば、ダンジョンの民間開放が大きく進むでしょう」

「必要な量は？　それと、期限も」

「最低でも一〇〇キロは欲しいです。つまり第一層の魔物であれば、三万三〇〇〇匹以上ですね。期限は、地上時間で二週間です」

「ダンジョン時間では五年半か。いいでしょう。その依頼、引き受けます」

「ちょっと、江副さん？　そんな安請け合いして……」

「俺と宍戸で、ダンジョン時間で一日四〇〇匹を狩れば八四日で終わる。途中でシャワーを浴びたり補給をしたりしても、地上時間で数日だろう」

「四〇〇って……」

「いいから、俺に任せておけ。葛城陸将補、お引き受けするにあたって、こちらも幾つかお願いしたいことがあります。宜しいでしょうか？」

「どうぞ。我々にできることならば、可能な限りお聞きします」

「まず絶対条件として、俺たちが入っている間は誰も横浜ダンジョンに入らないでほしい。最低でも三日間。この間は、第一層入り口の空間も含め誰も入らないこと。これが絶対です」

葛城は少し考えて頷いた。もともと地上時間とダンジョン時間の違いによる給与額の問題から、民間人登用の検討が始まったのだ。数日程度なら、民間人二人が独占しても構わない。

「二つ目、これは魔石の買取額です。グラム一〇〇円の買い取りということでしたね？　つまり一〇〇キロなら一〇〇〇万円だ。これを守っていただきたい」

「それは大丈夫です。自衛隊の名誉にかけて約束します」

「では最後に、これから見聞きすることは、口外しないでいただきたい。そのための誓約書にもサインをしてほしい。後ろの二人も同じです」

「どういうことでしょう？　私は、口が堅いほうですが……」

俺は自分の荷物入れから「魔法の革袋」を取り出し、その中から守秘義務契約書と「誓約の連判状」を取り出した。江副和彦に関する情報を秘密とし、他者には漏らさないこと。この誓約書を守ること。この約束が書かれた羊皮紙にサインしてもらう。

「宍戸、お前もだ。俺の強さの秘密を知りたいならな」

そう言うと、宍戸は喜々としてサインした。漏れがないことを確認した俺は、念のために用意しておいたカードを取り出した。それが何なのか、自衛隊員の三人はすぐに理解したようだ。ＵＣのハイ・ポーションのカードを机に置き、俺は真面目な顔になった。

「大阪梅田にダンジョンが出現する三六日前、東京都江戸川区鹿骨町に世界初のダンジョンが出現しました。Ａランクダンジョン『深淵《アビス》』です」

「え？　ちょっと、江副さん何を……」

戸惑う宍戸を無視して、俺は葛城に向き合った。厳しい表情を浮かべながら、陸将補は呟《つぶや》いた。

「まさか、君は……」

俺は頷き、正体を明かした。

「俺の称号は『第一接触者《ファースト・コンタクター》』、今年の六月末、人類で初めてダンジョンに接触し、ダンジョン・システムを起動させました。今日まで続く一連の騒動の原因は、俺なのです」


私の名は葛城政彦、陸上自衛隊の陸将補として、横浜ダンジョンを監視する施設団の団長を務めている。私は、今日のことを生涯忘れないだろう。その男の話は、それほどに衝撃的だった。

「ここが、世界初のダンジョンかね？　何やら……」

「普通の部屋に見えますか？　あの扉を見てください。同じでしょ？」

五人が円になるように立ち、隣同士で手を取った瞬間、私たちは見知らぬ部屋の中にいた。広い部屋だが床が板張りで、パーテーションや机などがあり、普通の部屋のようにも見える。だが部屋の奥に取っ手のついた扉がある。確かに、横浜ダンジョンと同じ作りだ。

「この上は、俺の自宅です。今は改装工事をしていますから案内はできませんが、いずれ仲間たちを集めて、ダンジョン討伐者の組織を結成したいと考えています」

「それで、君の言葉をどうやって証明するのだ？　ここが初めてのダンジョンだと……」

私がそう聞くと、江副はステータス画面を表示した。

＝＝＝＝＝＝＝＝＝＝＝＝＝＝＝＝＝＝＝＝＝＝＝＝＝＝＝＝＝＝

【名　前】江副 和彦

【称　号】第一接触者《ファースト・コンタクター》　種族限界突破者

【ランク】C

【保有数】0／∞

【スキル】カードガチャ（0）　回復魔法Lv5　誘導Lv5　転移　－－－－　－－－－

＝＝＝＝＝＝＝＝＝＝＝＝＝＝＝＝＝＝＝＝＝＝＝＝＝＝＝＝＝＝

「人類の限界はランクDまでです。ですが魔物を倒すことで発生する煙を吸うことで、肉体の強化速度が高まり、やがて種族としての限界を超えられます。俺の感覚ですが、宍戸はDに近いEってところですね。つまり弱い」

　そう言われた宍戸は、なぜか嬉しそうにしている。なるほど、確かにステータス画面には「第一接触者《ファースト・コンタクター》」とある。スキルが六枠もあるのも気になるが、それ以上に気になっているのは机の奥にある壁一面の飾り棚だ。ケースに入ったカードが並べられている。

「俺は約半年間、このダンジョンで戦い続けてきました。カードガチャも数え切れないほどに回しましたよ。ちなみに横浜ダンジョン第一層の魔物はFランク、それもかなり弱いやつです。カードガチャをやったところで、殆どが『Ｃｏｍｍｏｎ』だったんじゃありませんか？」

「その通りだ。だがそれでも、ポーションなどの未知の薬品に、我々は色めき立った。まさか、これほどの種類があるとは……」

「これでもごく一部ですよ。そうだ、一つお渡ししたいものがあります」

そう言って、江副は飾り棚の下部にある引き出しを開け、一枚を取り出した。

「Ｒａｒｅカード『エクストラ・ポーション』です。欠損部分を回復させることができます。今日の事故で、あの女の子は鼻が欠損したはずです。これを使って、回復させてあげてください」

彼はそう言って、カードを差し出してきた。裏面の説明書きを読む。

＝＝＝＝＝＝＝＝＝＝＝＝＝＝＝＝＝＝＝＝＝＝＝＝＝＝＝＝＝＝＝＝＝＝＝＝＝＝＝

【名　称】　エクストラ・ポーション

【レア度】　Ｒａｒｅ

【説　明】　不治の病や欠損部位なども完全回復させる最上級のポーション。無味無臭。

＝＝＝＝＝＝＝＝＝＝＝＝＝＝＝＝＝＝＝＝＝＝＝＝＝＝＝＝＝＝＝＝＝＝＝＝＝＝＝

「この一枚だけで、下手したら戦争になるな。君が厳重に守秘義務契約を結んだ理由がわかる」

「あの契約書もダンジョンアイテムです。一度サインをした以上、話したくても話せませんよ？もちろん、私は陸将補を信頼していますが、ついウッカリということもありますからね」

私は頷き、そして納得した。ここが最初のダンジョンかどうかなど、もうどうでも良い。目の前の男は決して逃してはならない。日本国の未来のためにも、この男は絶対に必要だ。彼が日本国、そして自衛隊に協力するのであれば、我々もまた骨を折ってやろうではないか。

江副さんのことは只者《ただもの》ではないと思っていたけど、僕の予想の斜め上の遥か上空を超音速で飛んでいたよ。まさか本当に人間じゃなかったなんてね。いや、人越者と呼んだほうが良いのかな？とにかくもう決めたよ。僕は江副さんが集めているっていう「ダンジョン討伐者」になる。この人と一緒なら、ヒリヒリした戦いを日常的に味わえるんだよ？　最高じゃん！

「ねぇ江副さん。できれば今日からでも、ココで修業させてほしいんだけど？」

「ダメだ。横浜ダンジョンに戻る。忘れたのか？　魔石三万個を集めなきゃいけないんだ」

あー、興奮してすっかり忘れてたよ。あのチマチマした小石を集めるのって、面倒だなぁ～　そう思っていたら、江副さんがみすぼらしい袋を取り出した。

「これはダンジョンアイテム『怠け者の荷物入れ』といってな。ドロップアイテムを自動的に回収してくれる。これを使って魔石を集める。限界までウサギを狩り続け、ここに戻って休む。そしてまたウサギを狩る。これを延々と繰り返すぞ。なぁに心配は無用だ。あの程度ならそう遠からず、三時間で三〇〇匹を一人で狩れるようになる。二人で六〇〇匹だ。一日一五時間としたら三〇〇〇匹、ダンジョン時間計算で、一〇日で終わる」

僕の顔はきっと引き攣《つ》っていたと思うよ。この人、そんな戦い方を半年間も続けてたのか。そりゃ強くなって当然だね。ひとまず横浜に戻って、自衛隊の人たちを送り届けることにした。ダンジョンで待つと言ったら「一分が二時間半になるがいいのか？」と聞かれた。うん、僕も行くよ。

望外の展開に、俺は安堵《あんど》した。自衛隊の陸将補といえば、相当に地位が高い。それを味方につけることができたし、思わぬ拾い物もあった。宍戸彰という男は面白い。ダンジョンに入る動機は、ある意味で純粋だ。強くなりたいというのだからな。

横浜から一旦、マンションに転移する。シャワーなども浴びておきたかったからだ。宍戸とは横浜のダンジョン施設で待ち合わせることにした。明日、俺たちは横浜ダンジョンに入る。食事を終えて、深淵《アビス》ダンジョンに戻った。朱音たちに事情を説明するためだ。

「和彦様、私たちもお手伝いいたしましょうか？」

「いや、レジェンドレアの存在は、まだ自衛隊には知られたくない。万一にも、安全地帯《セーフティゾーン》に人が来ないとも限らないんだ。俺と宍戸だけでやる」

メリケンサックやテーピング、そして自分の装備類などを「魔法の革袋」に入れる。食事や水なども用意した。万一のために、通常からエクストラまで、各種ポーションを用意しておく。それでも足りなければ、ガチャを回せばいい。

「さて、では行くか」

安全地帯《セーフティゾーン》の時間を止め、俺は横浜へと向かった。

第四章

ダンジョン・ブートキャンプ

〈日本初、いえ世界初の『民間人ダンジョン冒険者』二名が、いま戻りました！　あ、いえ、またダンジョンに入ります。何やら袋を複数、運び出しています。アレが魔石でしょうか？〉

〈横浜ダンジョンに二名が潜ってから僅か五時間ですが、ダンジョン内では七二〇時間、じつに一ヶ月近くが経過したはずです。少しやつれているようにも見えますね。服装も汚れています。あ、いま手を振りました。どうやら元気そうです！〉

〈政府の発表では、二名はダンジョン内で七二〇時間を過ごし、一〇〇キロ以上の魔石を確保しました。これは、つくば市で試験運転中の『水素発電所』が必要とする魔石量を上回り、エネルギーの純国産化に大きな弾みがつくとのことです〉

〈彼らが得た報酬は、魔石一グラムあたり一〇〇円、一〇〇キロで一〇〇〇〇万円になります。僅か五時間で、一〇〇〇万円の収入とは、驚きの高給ではないでしょうか〉

〈ダンジョン冒険者運営局の発表では、グラム一〇〇円で買い取ったとしても、ＬＮＧガスを輸入するより遥《はる》かに安価とのことで、当面はこの価格を維持するとしています〉

〈二次試験で事故に遭った岡山亜由子さんも、ダンジョン産の回復薬『ポーション』で、傷ついた顔が戻ったそうです。国民の中には反対意見もありますが、ダンジョン冒険者制度は広がるのではないでしょうか〉

〈諸外国からは、日本が導入したダンジョン冒険者制度を参考にしたいという声もあり、先のＧ７で話し合われた国連による『ダンジョン冒険者本部』構想が現実となるのも近いと思われます〉

納入した魔石は、念入りに鑑定される。そのため、すぐにカネが支払われるわけではない。この辺は今後の課題だろう。簡単に鑑定する機械なども、いずれ発明されるはずだ。

歴史上初めての「ドロップアイテム納入」のシーンということもあり、凄《すさ》まじいフラッシュの中で買い取りは行われた。自衛隊も見た目を気にしたのか、女性自衛官が受付嬢となっている。緊張しながらも笑みを浮かべるのは、自衛官としてのプロ意識からだろうか。

「それでは、こちらの書類にサインをお願いします。三営業日後に、ご指定の口座に振り込ませていただきます。それと、カードのほうはどうされますか？」

「カードはこちらで貰《もら》っておきます。ダンジョンで初めて得たドロップアイテムですからね。大事にしたいと思います」

「僕は一枚だけ貰って、あとは買い取りでお願いします。持ってても、ダンジョンの中に持ち込める量は決まってますからね」

机の上にバサッとカードが置かれる。その量に受付嬢は目を剝《む》いた。五〇〇枚はあるだろう。俺が持ち込んだ「怠け者の荷物入れ」によって、二人が得た魔石やカードは自動的に袋に入る。休憩ごとに魔石などは普通の袋に入れ、カードは安全地帯《セーフティゾーン》に置いておいた。この辺は、茉莉《まり》を育てるうえで経験していたので戸惑いはない。戸惑いは……

「兄貴、僕らの記者会見やるらしいよ？」

そう。ダンジョンで数日を過ごすうちに、宍戸《ししど》は俺のことを「兄貴」と呼ぶようになった。まぁ俺も「彰《あきら》」と呼び捨てているが、兄貴なんて呼ばれると、どこぞの非合法な事務所を構えている人たちみたいで、少し戸惑う。

「なら、服装を整えておいたほうがいいな。彰、シャワー浴びに行くぞ」

彰の身長は一八八センチ、俺よりも背が高く、肩幅も広い。そんな男が中年男の後ろを喜々としてついてくる。俺たちが通り過ぎた後、自衛隊員たちは顔を見合わせて呟《つぶや》いた。

「あの二人、ダンジョン内でいったい何があったんだ？」

彰は白地のTシャツにジャケット、ジーンズという姿だが、俺はスーツにネクタイ姿で記者会見に臨む。パシャパシャというフラッシュが眩《まぶ》しい。四〇年を生きているが、このような場は初めてだった。横浜ダンジョン施設団長の葛城陸将補が俺たちを紹介し、最初の依頼である魔石収集を無事に達成したことを称賛する。

「将来モンスターカードの供給が増えれば、それだけ価格は下がるでしょう。ですが現時点では、彼らが確保したカードがなければガチャを回すことができず、ポーションなどの薬品が手に入りません。カード一枚あたりの価格は交渉になりますが、最低でも一万円以上にはなるでしょう」

報酬一〇〇〇万円の他に、数百枚のモンスターカードも別途で買い取るため、その額がさらに膨れ上がることを伝えると、記者からもどよめきが広がった。やがて記者からの質問に入る。最初に指名されたのは、保守系新聞で有名な「経産新聞」の記者だった。

「地上での僅か五時間が、ダンジョン内では一ヶ月になると聞いています。本当にお疲れ様でした。今回、五時間で一〇〇〇万円以上という報酬を得たわけですが、今後も冒険者として働かれるおつもりですか？　また、得た報酬の使い途《みち》などについても教えてください」

互いに顔を見合わせ、まず知名度のある宍戸から答える。

「冒険者を続けるかと聞かれれば、もちろんイエスですよ。ダンジョンで過ごした時間は、僕にとっては夢のようでしたよ。殺意を剥き出しにして襲ってくる魔物との熱い戦い。こんな経験、地上では絶対にできませんからね。お金は……　まぁ取《と》り敢《あ》えず、牛丼食べたいですね。生卵付きで」

宍戸のジョークで軽い笑いが広がる。続いて俺が答えた。

「まず訂正しておきたいのは、皆様からみれば五時間でしょうが、私と宍戸さんは七二〇時間を過ごしました。地上で考えれば一人あたり時給一〇〇万に見えますが、我々の感覚では時給一万以下なのです。この点は、お伝えしておきたいですね」

本当は、瑞江《みずえ》のマンションにシャワーを浴びるために戻ったりしていたので、ダンジョンで過ごしたトータル時間は一〇日間程度だ。シャワーを浴びなければもっと早く終わったはずだが、それは宍戸が嫌がった。新卒の頃、上司が「俺が若い頃は2晩徹夜なんて普通だったぞ」なんて言っていたのを思い出し、ジェネレーションギャップを感じながらも、宍戸の要望を受け入れた。

「今後も冒険者を続けるかという言葉ですが、私もイエスです。そのうえで、皆さんに発表したいことがあります」

そう言って俺と宍戸は同時に立ち上がった。俺はマイクを手にしたまま、カメラに顔を向ける。

「私は今回、民間人冒険者となるにあたって企業を立ち上げています。社名は『株式会社ダンジョン・バスターズ』。魔石やカードの売却益が会社の売上となります。カードはガチャにも使用し、回復薬の確保や装備の充実を図ります。今回、宍戸さんは我が社の社員第一号となってくださいました。パーティーを組んで、共にダンジョンの深奥を目指します」

俺たちは向き合い、握手を交わした。フラッシュが激しく焚《た》かれる。数秒握手を続け、そして着席した。次の質問を促すと、さらに激しい勢いで手が挙げられる。外国人記者が指名された。

「先程の『ダンジョン・バスターズ』について、もう少しお話を伺います。今は宍戸さんお一人が社員とのことですが、今後は増やしていかれるということでしょうか？　それと、社員となるにあたっての条件なども教えてください」

「もちろん増やしていきます。当面は日本国内の出現したダンジョンに入るため、基本的には日本人の民間人冒険者を採用することになるでしょう。ただ、私たちの目的は単にダンジョンでお金を稼ぐことではありません。ダンジョンとは何か、なぜ出現したのか、魔物や魔石、カードはどのような技術で生まれるのか。ダンジョンに潜り続けることで、そういった謎を解き明かし、いずれダンジョンを消し去る方法を発見することを目標としています。だから『討伐者《バスターズ》』なのです。入社にあたっては、この志に同意してくれることが条件ですね」

「素晴らしい志だと思います。一人のガメリカ人として、そして地球人として、ダンジョン・バスターズの海外進出を願っています」

ダンジョン・バスターズについての質問が幾つか続き、やがて一時間が経過した。中には少し意地悪な質問も出たが、概《おおむ》ね好印象を与えられたと思う。会見が終わると、どっと疲れが出た。こういう夜は酒を飲んで女と遊ぶのが一番だ。彰と別れた俺は、横浜の繁華街へと向かった。

ダンジョン・バスターズに新たに仲間が加わった以上、メンバー同士の自己紹介が必要になるだろう。だがその前に、やるべきことがある。週末に彰を紹介すると茉莉には伝え、俺はスーツに着替えた。コンサルタントとしての仕事をしなければならないからだ。

「私事ではありますが、このたびダンジョン冒険者業を始めることにしました。そのため、経営コンサルティング業務を続けることが難しくなりまして、こうしてお詫《わ》びに参上した次第です」

パチンコチェーンオーナーの岩本に頭を下げる。幼馴染《おさなな じみ》の友人だが、クライアントに対してはちゃんと筋を通さなければならない。罵倒されることも覚悟していたが、岩本は笑って手を振った。

「和ちゃんがテレビに出てたのは驚いたけど、納得はしたよ。この数ヶ月間で、和ちゃんの外見はみるみる変わっていったし、奇妙なお願いもされたしね。あ、詳しいことは言わなくていいよ。聞かないほうが良いと思うから」

「岩ちゃん……」

「事情は了解したよ。でも、コンサルティングの契約は『一時休止』としておこうか。冒険者業って危険なんだろ？　万一の事があった場合、戻る道を残しておいたほうがいいよ」

岩本が差し出した手を握り、俺は頭を下げた。本当に、ありがたいと思った。

数日掛けて、挨拶回りを終える。経営コンサルティングの仕事は、事実上の廃業だ。クライアントの一社がホームページ制作なども手がけるIT企業であったため、挨拶ついでにダンジョン・バスターズのホームページ制作を依頼した。

「一チーム五人としても、二〇チームは必要だろう。その中でA、Sランクを討伐できるチームは数チームあればいい。あとはB以下だ。だが、これで本当に間に合うか？」

着実に進んではいる。だが一〇年という限られた時間で、果たして全世界のダンジョンを討伐できるのか。全ては無理としても、凶悪と思われるBランク上位からSランクまでの、およそ二〇〇箇所は討伐すべきだろう。そう考えると、今のペースでは間に合わないような気がする。

（急ぐのはいい。だが焦るな……仕事は、焦っている時ほど失敗する）

かつて世話になった上司の言葉を思い出す。パンパンと両手で顔を叩《たた》き、深く息を吐いた。


世界最初のダンジョン「深淵《アビス》」の安全地帯《セーフティゾーン》に俺たちはいる。メンバーを彰に紹介するためだ。

「は、はじめまして。松江高校一年の木乃内《きのうち》茉莉です。こっちは、ペットのミューちゃんです。よろしくお願いします」

「ミュッ！」

我が社に宍戸彰が入社した以上、アルバイトの木乃内茉莉を紹介しないわけにはいかない。緊張しながら茉莉が自己紹介すると、彰は口笛を吹いた。

「ヒューッ……こりゃ凄《すご》い。こんな可愛《かわい》らしい女の子なのに、僕の肌が粟立《あわだ》ってるよ。君、相当強いね？　それにそのウサギ、ミューちゃん？　ペットって言うけど、ヤバくない？」

「ミュウ？」

愛くるしいモフモフの動物がピョンと近づくと、彰は無意識に半歩下がった。

「ミューには手を出すなよ？　そんな見た目だがお前より強いぞ。それともう二人、紹介しておこう。朱音《あかね》、エミリ、出てこい」

キャラクターカード二枚を取り出し、二人を顕現させる。プルンッと胸を震わせる妖艶なくノ一と、女子高生のような魔法使いが出現した。

「はじめまして。和彦《かずひこ》様の忠実なる下僕、朱音と申します」

「エミリ、主人に召喚された魔法使いよ。言っておくけど、エミリと茉莉にちょっかい出したら、焼くからね？」

美女二人に見惚《みと》れるよりも、カードから人間が出てきたことに、彰は戸惑っているようだった。

「あ、兄貴、これって……」

「まぁ座れ。お前に『ダンジョン・システム』について説明しよう。とは言っても、わかっている範囲での説明になるがな。お前たちには繰り返しになるだろうが、彰は有望な戦力だ。しっかり説明しておきたい。いいな？」

三人と一匹に確認し、俺はホワイトボードの前に立った。

和さんの話では、最初にダンジョンが出現したのは今年の六月末だそうです。それから5ヶ月が経《た》っています。もうすぐ期末試験です。学校の成績は問題ありません。というよりアルバイト前より成績は上がりました。毎週末、この安全地帯《セーフティゾーン》で勉強しているからです。ここでは地上の一時間が六日間分にもなります。だから幾らでも勉強ができるのです。

「ダンジョン冒険者の資格保持者が一緒なら、高校生でもダンジョンに入れる。いずれそうした制度を導入してもらいたいな。バスターズが実績を積めば、ダンジョン冒険者制度に対する発言力も持つようになるだろう」

和さんは全世界のダンジョンを討伐しようとしています。でも時間はたった一〇年しかありません。だから少しでも多くのダンジョン冒険者を育てようとしています。もし和さんが言うように高校生でもダンジョンに入れるようになったら、私もダンジョン・バスターズの一員になるつもりです。あの服を着ている姿を写真に撮られるのは、ちょっと勘弁してほしいけれど……

「いや、奇怪《おか》しいでしょ！　こんなのウサギの動きじゃないよ！」

彰さんがミューちゃんと戦っています。「宍戸彰」という名前は私も聞いたことがあります。格闘技の世界大会で六年間無敗の世界最強の男だって言われている人。そんな彰さんが、ミューちゃんのパンチを辛うじて避けていています。頬から冷や汗を流し、本気で蹴りを入れます。でも、ミューちゃんのモフモフを突き破ることができません。

「ミューーッ！」

ボコォ

あ、パンチが入っちゃった。彰さん、大丈夫かな。

僕はこれまでテコンドー、ムエタイ、柔術などの異種格闘戦を山程経験し、その全てに勝利してきた。周囲は世界最強と持て囃《はや》し、僕自身もそう思っていた。でもそれは井の中の蛙《かわず》だった。僕は世界を知らず、僅かな経験の中で強いと思いこんでいた「弱者」だった。

ダンジョン・バスターズに入って早速、兄貴と手合わせしようとしたら、その前にウサギと戦えと言われた。横浜ダンジョンでさんざんボコッてきたウサギだ。だが気配が違う。魔物なんだろうが、野生の中に人間のような理性を感じる。そして試しに戦ってみて、僕は戦慄した。

「クソッ！　野生動物が格闘技使うなんて、反則でしょ！」

壁や天井を使った目にも留まらぬ立体機動。小さな体から放たれたとは思えないような、鋭く重いジャブ。プロボクサーが裸足《はだし》で逃げ出すほどの見事なスウェーやバックステップ。そうした格闘技術を持ちながら、野生ならではの直感と、モフモフというあり得ない防御力。このウサギが神明館世界大会に出たら、間違いなく優勝するだろう。

「ミューッ！」

顔面にパンチを入れようとした瞬間、スルリと躱《かわ》された。しまった！　ウサギがフェイントを使うか！　懐に入られ、愛くるしい鳴き声と共に戦慄の破壊力を持ったパンチが迫る。

（クロス・カウンター？）

そこで僕の意識は途切れた。

「ミューと戦わせたのはお前の欠点というか経験不足を教えるためだ。戦ってみてどうだった？」

ミューとの戦いで意識を失った彰だが、ハイ・ポーションによってすぐに回復した。


「僕はこれまで、対人戦闘ばかりしてきた。でもミューちゃんとの戦いで思い知ったよ。僕が身に付けた格闘技は、すべて人を相手に使うことが前提になっている。でもダンジョンの魔物は人間ではない。僕が身に付けている技術が通じない相手がいる。いい勉強になったよ」

「そうだ。人間の中では彰は強い。それこそ世界最強かもしれない。だが強さとは別に相性というものがある。彰が目指すべき最強は『世界最強の人』ではなく『地上最強の生物』だ。このダンジョンはまだ第三層、Dランクの魔物しか出ていない。第四層に行けば、Cランク以上が出てくるだろう。彰と茉莉は、まず第二、第三層で戦い続け、Dランクになれ。第四層はそれからだ」

俺は「スケルトンナイト」のカードを一〇〇〇枚取り出した。彰の装備を用意するためだ。

「彰の場合、戦闘スタイルは打撃系が良いだろう。ステータス画面を開いてみろ」


＝＝＝＝＝＝＝＝＝＝＝＝＝＝＝＝＝＝＝＝＝＝＝＝＝＝

【名　前】宍戸 彰
【称　号】なし
【ランク】E
【保有数】0／25
【スキル】カードガチャ　打撃Lv2　……

＝＝＝＝＝＝＝＝＝＝＝＝＝＝＝＝＝＝＝＝＝＝＝＝＝＝

彰のステータスは横浜ダンジョンで確認している。格闘家らしく、打撃のスキルが最初からあった。このスキルを活《い》かせる装備を用意すべきだろう。ケースを手に、俺はガチャ画面を開いた。

＝＝＝＝＝＝＝＝＝＝＝＝＝＝＝＝＝＝＝＝＝＝＝＝＝＝＝＝＝＝＝

【名　称】真純銀《ミスリル》の手甲

【レア度】Ｒａｒｅ

【説　明】真純銀金属でできた手甲。魔法耐性に優れ、高い防御力を持つ。

＝＝＝＝＝＝＝＝＝＝＝＝＝＝＝＝＝＝＝＝＝＝＝＝＝＝＝＝＝＝＝

【名　称】豪腕の格闘着

【レア度】Ｒａｒｅ

【説　明】身体強化と物理耐性の付与効果を持つ格闘着。体に合わせてサイズが自在に変わる。

＝＝＝＝＝＝＝＝＝＝＝＝＝＝＝＝＝＝＝＝＝＝＝＝＝＝＝＝＝＝＝

【名　称】素早さの靴

【レア度】Ｒａｒｅ

【説　明】移動速度向上の効果付与がされた靴。早く動ける分、止まる時には力が必要。

＝＝＝＝＝＝＝＝＝＝＝＝＝＝＝＝＝＝＝＝＝＝＝＝＝＝＝＝＝＝＝

【名　称】もふもふ靴下

【レア度】 Ｒａｒｅ
【説　明】 召喚獣専用の靴下。獣に応じて形と大きさが変化する。履かせると俊敏性が高まる。

＝＝＝＝＝＝＝＝＝＝＝＝＝＝＝＝＝＝＝＝＝＝＝＝＝＝＝＝＝＝＝＝

【名　称】 召喚獣の巣穴
【レア度】 Ｕｎ Ｃｏｍｍｏｎ
【説　明】 召喚獣専用の巣穴。獣に応じて形と大きさが変化する。

＝＝＝＝＝＝＝＝＝＝＝＝＝＝＝＝＝＝＝＝＝＝＝＝＝＝＝＝＝＝＝＝

【名　称】 マジカル・トイレット
【レア度】 Ｒａｒｅ
【説　明】 顕現すると個室式の水洗トイレが出現する。外に音は漏れない。
ウォッ〇ュレット有り。ただしトイレットペーパーはついていない。

＝＝＝＝＝＝＝＝＝＝＝＝＝＝＝＝＝＝＝＝＝＝＝＝＝＝＝＝＝＝＝＝

【名　称】 性奴隷の首輪
【レア度】 Ｒａｒｅ
【説　明】 自分の血を一滴、首輪の宝石に垂らして対象者に首輪を填《は》めると性奴隷にできる。
首輪を着けている限り、効果は続く。

＝＝＝＝＝＝＝＝＝＝＝＝＝＝＝＝＝＝＝＝＝＝＝＝＝＝＝＝＝＝＝＝

他にもパワーリングなども出たが、最後の一枚は永遠に封印だ。危険なアイテムも出ると、運営局に報告しておくべきだろう。民間人冒険者が増えれば、こうしたアイテムも出回りかねない。

「彰には『豪腕の格闘着』『真純銀の手甲』『素早さの靴』『パワー・リング』の四つだな。後はミューとエミリだ。『マジカル・トイレット』が出たのは何気に嬉《うれ》しいな。これで茉莉も楽になるだろう」

それぞれにカードを渡す。朱音がなぜか、首輪カードに手を伸ばそうとしていたので俺が先に取り、封印用のバインダーに入れた。少し頬を膨らませている。いや、こんな首輪なんてなくても、お前は俺のモノだ。あとでそう言ってやろう。

カードを咥《くわ》えたミューがピョンピョンと部屋の隅に行く。すると、ポンッと音がした。五〇センチ四方の穴が開いている。うん、ウサギの巣穴みたいだね。というか、なんでウサギがカードを使えるのかな？　それにダンジョンって不破壊属性なんじゃないの？

「うぅっ……　ミューちゃんと一緒に寝れなくなるぅ」

「ミュー」

泣きそうな茉莉を慰めるように、ミューが足に身体《からだ》を擦り付けている。そして巣穴へと入っていった。まぁ良いけれど、たまには茉莉と一緒に寝てあげてくれたまえ。

茉莉は期末試験の勉強があるらしく、また民間人冒険者の活躍を見せるため、一二月は彰と横浜ダンジョンで活動することにした。第一層は既に飽きていたので、第二層へと向かう。

そして第二層に入った俺たちは、出現した魔物に戸惑った。猫ぐらいの大きさの得体の知れない動物が天井から滑空し、火の玉を放ってきたのである。スコップでそれを叩き潰し、ダンジョン内を観察する。彰が呆然《ぼうぜん》としながら聞いてくる。

「兄貴……あれ、モモンガだよね？」

「魔物だ。エゾモモンガに見えるが魔物なんだ。間違っても愛くるしいなんて思うなよ」

「キュィッキュィッ」

可愛らしく鳴きながら、愛くるしい表情でつぶらな瞳を向けてくる。やめろ。そんな瞳で俺を見るな。お前はこれから、車に轢《ひ》かれたカエルのように、惨《むご》たらしく無残に死ぬんだよ！

こちらに向かって滑空してきたので、俺は駆け出して迎撃した。ハエを叩き落とすように、滑空するモモンガにスコップを叩きつける。モモンガは地面に潰れ、そして煙となった。

「魔法を使う魔物か。自衛隊が第二層で苦労している理由がよく解《わか》った。だがパワーも速度も防御力もない。Dに近いEランクの魔物ってところか」

「……兄貴、容赦ないね」

だが彰も、腹を括《くく》ったらしくモモンガに迫った。襲いかかる火の玉に向かい、両腕を肘先から回転させて受け流す。火の玉は横に逸《そ》れ、そして消えてしまった。

「受けの極意『回し受け』さ。魔物にだって空手は通用する。一度、言ってみたかったんだよね。『○ラでもヒャ○でもイ○○ズンでも持ってこいやぁっ！』」

そしてモモンガの顔面に正拳突きを入れる。吹き飛ばされ、壁に打ち付けられた愛くるしい動物はパクパクと口を開いて、そして息絶える。

「キュゥゥッ……」

モモンガは悲しそうな声で鳴きながら、壁に打ちのめされて煙になった。荷袋を確認すると、大豆ほどの大きさの魔石とカードが一枚、入っていた。

「このダンジョンには茉莉を連れてこれないな。絶対に泣くだろう」


＝＝＝＝＝＝＝＝＝＝＝＝＝＝＝＝＝＝＝＝＝＝＝＝＝＝＝＝＝＝

【名　前】エビルモモンガ
【称　号】なし
【ランク】E
【レア度】Common
【スキル】火炎魔法Lv1　―――　―――

＝＝＝＝＝＝＝＝＝＝＝＝＝＝＝＝＝＝＝＝＝＝＝＝＝＝＝＝＝＝

「スキル枠は三つか。魔石の重さは……四グラム。よし、ここで魔石を確保するぞ。一人一分で一匹を倒したとして毎時一二〇体、途中休憩などを入れて一五時間で一四四〇匹を倒す。一旦、シャワーを浴びにマンションに戻り、『深淵《アビス》』で八時間寝てここに戻る。地上の四時間で、それを六回ほど繰り返せるはずだ。つまり、地上の一二時間で一八回ってことだな。あぁ、そんなに悲愴《ひそう》な顔になるな。精神的に辛《つら》くなったら言え。無理する必要はない」

俺たちは拳を突き合わせ、そして第二層を進み始めた。


「困ったものだわ」

防衛省防衛政策局内に設置された「ダンジョン特別対策課（通称：ダン対）」の課長に就任したのはキャリア官僚の石原由紀恵《いしはらゆきえ》であった。防衛省内では珍しい女性キャリア官僚であり、四一歳で課長になり、いずれ事務次官になるのではとまで言われていた。その石原が、海の物とも山の物ともつかないダンジョン対策課のトップになったのは、本人の志望である。

（今後、さらにダンジョンが増えるかもしれない。だったら今のうちに手を挙げておくべきだわ）

石原の目論見《もくろみ》は当たり、ダン対は数カ月後に「ダンジョン冒険者運営局」となった。審議官を飛び越え、四〇代で局長に就任した。この運営局は、ネット上では「冒険者ギルド」などと呼ばれており、初代ギルド長は女性などと書かれていて苦笑したものだ。

「なんとか、冒険者を確保しないと……」

血塗《ちまみ》れで地上に戻った岡山亜由子という女性は、数年前に国会前で安保法制反対のデモをしていた学生の一人らしい。今回も、ダンジョンは保護すべきなどと妄言を吐くために冒険者試験を受けたそうだ。ショック状態であったが今では回復し、活動団体からも抜けたらしい。我が身に降り掛かって、やっと現実を思い知ったのだろう。

（ダンジョンは、安全保障上の新たな脅威だわ。自衛隊が自衛隊員を募集するように、冒険者運営局は冒険者を募集する。でもどうやって、冒険者のメリットを伝えればいいのかしら？）

ため息をついて、背もたれにもたれ掛かる。良いアイデアが浮かばない。こういう時は、現場の意見を聞くのが一番だろう。石原は立ち上がると秘書を呼び出した。

「車を出して頂戴。横浜ダンジョンに行くわ」

世界初の民間人ダンジョン冒険者の誕生、そして五時間で一〇〇〇万円以上を稼ぎ出したというニュースにより、冒険者を志す者たちが殺到……してはいなかった。ライトノベルでは、大人のみならず高校生などがダンジョンに入り、魔物を倒して活躍するというストーリーが多いが、現実は違った。その理由の一つは、記者会見場で宍戸彰が発した言葉にある。

「ハッキリ言って、魔物を倒して経験値を得て強くなる、なんて発想は怠け者の発想だよ。そんなのあるわけないじゃん。強くなりたいのなら自分を鍛えないと。僕は万を超える魔物を倒したけれど、ランクアップはしていない。そのことから、経験値獲得という概念は存在しないと思うね」

ゲーム感覚でダンジョンに入るバカは死ね、と言わんばかりである。唯一の救いは、その後に江《え》副《ぞえ》和彦が言葉を繋《つな》いだことであろう。

「確かに、いわゆるゲーム的な経験値概念はないと思いますが、魔物を倒すことで身体強化を促すような、『なんらかの因子』はあるように思えます。実際、私たちもダンジョンに入る前と比べれば、体力も筋力も向上しています。身体を直接強くするわけではありませんが、魔物を倒すことで筋力増強などの成長速度が高まるような効果は、あると思います」

サラリーマンが副業としてやれるほど、ダンジョン冒険者業は軽くないということである。だがそれでは困るのだ。日本国が年間に必要とする魔石量をたった二人で確保できるはずがない。いずれ魔石は重要な資源になるだろう。そのためにも、ダンジョン冒険者は育てなければならない。

「魔石は……一五〇キロですか！　こんな量をたった二人で……」

テレビカメラが回る中、俺たちは女性自衛官が受付嬢をしている買い取り窓口に魔石が入った袋を置いた。カード出現率は平均で三％、一〇〇〇枚以上を入手している。

「それと、第二層の魔物のカードです。俺は貰っておくけど、彰は？」

「僕は一枚残して買い取りだね。正直、興味があるのは兄貴と同ランクの魔物からだよ。それまでは買い取り一本で行くつもり」

「そっか。じゃあ半分の五二八枚でいいか？」

一日で一五〇〇万円の稼ぎだが、単純に魔石量だけを考えれば第一層のほうが効率は良いかもしれない。空を滑空するモモンガより、ウサギのほうが倒しやすいからだ。討伐数、売上、獲得枚数などを記録し俺たちはシャワールームへと向かった。その時、事務方らしい男が声を掛けてきた。

「失礼します。冒険者運営局の石原局長が、少し時間をもらいたいとのことです」

俺たち二人ではなく、俺一人に話があるというのである。彰に確認し、俺は頷《うなず》いた。

移動中に、改めて計算してみた。魔石三〇〇トンでは、一〇〇万キロワットの発電所一基を一年間動かす量でしかない。それでも年間発電量にすれば約六〇億キロワット時だが、水力や再生可能エネルギーを除いた日本国内全ての電力を水素発電にするには、年間八五〇〇億キロワット時が必要なのだ。最低一四〇基、可能なら一五〇基は欲しい。魔石四万五〇〇〇トン以上が必要になる。江副和彦と宍戸彰が一日で二〇〇キロの魔石を休みなく確保したとしても、年間で七〇トンが限界だ。年間二〇〇日なら四〇トン。つまり四万五〇〇〇トンを集めるには、彼らのような民間人冒険者を最低でも二二五〇人以上、確保しなければならない。

「一グラム一〇〇円として、四万五〇〇〇トンなら四兆五〇〇〇億円。でも、日本の化石燃料輸入額は二〇兆円以上。これが国内で賄えるようになれば、日本経済は一気に活気づくわ。そのためにも、なんとしても冒険者を確保しないと……」

焦燥感に駆られた私は、知恵を求めて横浜ダンジョンに来た。運が良いことに、例の民間人冒険者二人がダンジョンに潜っているらしい。元経営コンサルタントだという江副氏なら、何か知恵を出せるかもしれない。私は縋《すが》るような思いで、江副和彦氏と対面した。

ダンジョン冒険者運営局という名前は知っている。民間冒険者登用の試験、魔石の買い取りなどを一手に行っている防衛省の事務方だ。ネット上では「冒険者ギルド」などと呼ばれている。そこの局長ということは、冒険者ギルド長という地位になるのだろう。そんな人が俺に会いたいと言ってきた。

「申し訳ありません。本日はダンジョンに入るだけの予定でしたから、スーツではないのです」

「お気になさらず。こちらが突然お呼びたてしたのです。お疲れのところ、申し訳ありません」

ダンジョン・バスターズの名刺で名刺交換を行い、俺は着席した。四〇代半ばだろうか。切れ者といった雰囲気の女性だった。国立大学在学中に国家公務員試験を通り、卒業後に防衛省のキャリア官僚となったのだろう。女性官僚が少ない中で、バリバリと働き、昨今の女性管理職登用の流れから、若くして局長に抜擢《ばってき》された。そんな感じだろうか。

「それで、私に相談というのは、なんでしょうか？」

「民間人冒険者の確保について、お知恵を借りたいのです」

話を聞いてみると、先の二次試験の様子が全国に放送され、希望者たちが及び腰になっているそうだ。民間人登用試験は、ただでさえ門戸が狭い。オンライン試験と体力測定で厳選され、さらにダンジョン内で魔物を殺さなければならない。最初は応募が殺到したそうだが、現状では次の試験ができないほどに少ないそうだ。

「グラム一〇〇円という買取額やアイテムの価値など、懸命に広報しているのですが申込数が足りず、このままでは江副さんたち二人だけが冒険者ということにもなりかねません」

「確か、第四班以降は全て『リタイア』したんでしたよね？　正直、私に言わせると広報の仕方や試験の仕方に問題がありますね。防衛省だからか『自衛官採用』と同じ感覚でやっているのではありませんか？」

「どういう意味でしょう？　私たちのやり方が間違っていると？」

「自衛隊の募集方法は『国防』とか『資格が取れる』とか、そんな方法をやっていますね。ですがダンジョン冒険者候補を集めたいのなら、そのやり方ではダメです。人間は、崇高な理念や資格が取れるなどの漠然とした未来像では動きません。特に、ダンジョンに憧れるような連中はね」

「では、どうすれば良いのでしょう？　どうすれば、集まるのでしょうか？」

「私に一つ、案があります。局長の許可が必要ですが……」

そして俺は、自分の私案を口にした。石原局長は眉を顰《ひそ》めて考え込んでいたが、それ以外の案が思いつかないらしく、俺の意見を採用してくれた。


〈防衛省ダンジョン冒険者運営局の発表です。本日二二時から、横浜ダンジョンで冒険者希望者のためのプレゼンテーションが行われます。テレビのほか、ニッコリ動画などでも生放送されます〉

僕の名前は田中睦夫《たなかむつお》、四二歳。いわゆるロスジェネの世代だ。大学卒業の頃の日本は就職氷河期で、僕は中堅のＩＴ企業になんとか入れたんだけれど、当時はブラック企業が当たり前で、結局は長続きしなかった。その後は仕事を転々として、今はフリーのプログラマーをやりながら、趣味のサークル活動で同人雑誌なんかも作ってる。

「お、面白そうだ」

僕は人と付き合うのが苦手だ。だからこうして一日中、家の中でできる仕事をしている。ダンジョンが出現した時は「異世界キター」って思ったけど、現実はそんなに甘くなかった。何より、体力測定で僕はダメだった。身長一七二センチ、体重八五キロ、しかもメガネを掛けている人は採用されないらしい。だからニュースなどで、ダンジョンについての情報だけ集めてる。

「お……　江副氏がプレゼンするんだぁ。この人、凄いね」

僕は江副和彦という冒険者のファンだ。同世代なのに見た目は若々しくて、覇気がある。同じロスジェネなのに、こんなに違うのかと、ちょっと嫉妬もしてしまう。あ、始まった。スーツかと思ったら、冒険者の恰好してるよ。

〈さて、まずこのプレゼンテーションは三〇代後半から四〇代、つまり私と同年代の人たちにこそ聞いてほしい。もちろん、その世代以外の『ダンジョンに興味がある』という老若男女全てに向けていますが、いま日本は私と同年代の『ロスト・ジェネレーション』と呼ばれる世代が『引きこもり』や『非正規雇用』などで苦しんでいます。もちろん、全てが社会のせいというわけではない。本人の努力と言えばそこまででしょう。ですが『どう努力したら良いのかわからない。だから動けない』という思いもあるのではないでしょうか？　だから彼らに訴えたい。いまからできる『一発逆転、勝ち組への道』を！〉

江副氏は僕より二つ年下だけど、その話し方は本当に引き込まれる。まるで僕に対して訴えているように聞こえた。僕はパソコンの音量を上げて、ヘッドホンを付けた。ニッコリ動画には、共感のコメントや批判のコメントが幾つも書かれている。

大きなケースが台車で運ばれてきた。江副氏の左右に積み上げられ、そばには警察官が立っている。なんだろう？　ケースが開けられると一万円札がギッシリ詰まっていた。

〈いまここに、一五億円あります。これは、平均的なダンジョン冒険者が一年間で稼ぎ出す金額です。もう一度言います。格闘技を学んでいなくても、特別な運動をしていなくても、ダンジョン冒険者となって真面目に頑張れば大抵の人は、一年間で一五億を手にすることができます。大企業のエリートサラリーマンの生涯収入は、せいぜい四億〜六億円。その二倍以上の金額を一年で稼ぎ出す。いま四〇歳を過ぎて将来を諦めかけているロスジェネの人たちも、一発逆転が可能なのです〉

ゴクリッと僕はツバを飲み込んだ。本当に僕みたいな太っちょで、運動音痴で、対人恐怖症の臆病な人間でも、ダンジョン冒険者になれるのだろうか？　それに一五億の根拠ってなんだろう？

〈いま貴方《あなた》はこう思っているのではありませんか？　そんなことを言ったって、自分はもう四〇過ぎだ。健康診断では高血圧とか脂肪肝とか言われているし、中性脂肪値も高い。運動なんてもう一〇年以上もしてない。そんな自分が、ダンジョンで魔物と戦うなんてできっこない……安心してください。いまから、ダンジョンに入る最大のメリット『強化因子』についてご説明します〉

ダンジョンには経験値なんてない。ステータス画面やランクというものはあるらしいけど、筋トレとか色々やって、自分で強くならないとランクアップはしない。いきなり強くなるのではなく、徐々に、少しずつ強くなる。だからレベルアップを夢見ていた人たちは、軒並み諦めてしまった。でも、本当に経験値はないのだろうか。僕はそう思っていた。そして江副氏がその回答をくれた。

〈確かにダンジョンには、経験値はありません。ですが経験を血肉に変えやすくする因子、私はこれを『強化因子』と呼んでいますが、これは存在します。簡単に言えば、従来よりも遥かに、筋トレの効果が高まるのです。また細胞の活性化も確認されています。つまり『若返り』です。自分が若かった『あの頃の肉体』に近づくことができる。それがダンジョンです〉

「凄いっ！　これなら僕も、できるかもしれないよ！」

嘘《うそ》クセー、ホントかよ？　なんて書き込みがある。でも僕は江副氏を信じたい。

〈次に一五億の根拠です。そのためにはまず、一つの数字を提示したい。『四万五〇〇〇トン』、これは日本国の年間電力供給量を、全て魔石に置き換えた時に必要となる魔石量です。一グラム当たり一〇〇円としたら、四兆五〇〇〇億円になります。ちなみに日本が現在、海外に支払っている『エネルギーコスト』は、年間でおよそ二〇兆円。これが全て国内で賄えるようになり、しかもコストは半分以下になる。政府が魔石確保に必死になるのも当然でしょう。

では、この四万五〇〇〇トンを誰が、どうやって確保するか？　ダンジョン冒険者たちが確保するのです。先日、私は相棒の宍戸と一緒に、横浜ダンジョンに入りました。地上時間の一日で確保した魔石量は一五〇キロです。一人あたり七五キロ。これを二〇〇日やったらどうなるでしょう？　一五トンになります。この一五トンが一つの目安です。四万五〇〇〇トンを確保するには、年間一五トンを持ち帰る冒険者が三〇〇〇人いればいい。解りますか？　グラム一〇〇円での買い取りとすると、一五トンは一五億円になります。そしてこの買取価格は、当面は下がりません。なぜか？　エネルギーコストが半減する価格、つまりもう十分に安いからです〉

書き込みが変わってきている。「ちょっと申し込んでくるわ」とか書かれている。でも、本当に僕にできるんだろうか？　すると江副氏が、画面に向けてニッコリ笑った。

〈いま、根拠となる数字を示しました。ですがそれでも、やはり二の足を踏むでしょう。自分に本当にできるのか。自分を『人生の負け組』などと卑下し、諦めかけている貴方に、一つお知らせがあります。我がダンジョン・バスターズが、冒険者見習いとして一名を横浜ダンジョンにお連れします。そして、僅か一日で、冒険者試験を通れるように鍛えて差し上げます。体重九〇キロ？　体脂肪率三〇％？　ウェルカムです。一〇年間外に出ていない引きこもり？　家まで迎えに行きます。私と宍戸の二名で、一日で貴方を生まれ変わらせる。名付けて『ダンジョン・ブートキャンプ』を開催します〉

防衛省のホームページから申込みができる。僕は迷い、そして決断した。

「凄まじい反響だわ。防衛省のサーバーが、危うくダウンしかけたそうよ？」

石原局長が笑顔で書類を見ている。万を超える申し込みの中から、俺が選抜基準を設定して絞りこんだものだ。基準は「日本国籍を有する」「四〇代」「不健康」「運動音痴」などだ。絞った中から一名ずつ書類を見ながら、最終候補者を選び出す。

「これがいいな」

俺は一人の候補者に目が留まった。年齢四二歳、身長一七二センチ、体重八五キロ。ブラック企業を離職した後は転々とし、いまはフリーのプログラマーとして、東京都の片隅で細々と暮らしている。他にもそうした人はいたが、注目したのは「その他」のところに書かれているコメントだ。

『僕は、江副氏のようになりたい。そして、ダンジョンの出来事を同人誌にして出したい』

「僕」だの「江副氏」だの、ビジネスで使うような言葉ではない。恐らく素で書き込んだのだろう。人とのコミュニケーションが苦手な、引っ込み思案な人物だと思った。

「この『田中睦夫さん』にします。条件がピッタリです。彼でいきましょう」

「そう。この件は貴方に任せたから、好きにやって構わないわ」

「ダンジョン内に、マットレスや食料を持ち込ませていただきますが、宜《よろ》しいですね？」

「それはいいけど、一つお願い。食事の光景は写真か動画で残しておいてほしいの。今後のブートキャンプの参考になるし、マスコミも喜ぶと思うわ」

今回の試験が上手《うま》くいけば、冒険者候補者を養成する「ダンジョン・ブートキャンプ」を自衛隊が行うようになる。一日一〇人としても、月間で二〇〇人以上だ。その中で見込みのある奴《やつ》は、冒険者試験を受けることなく登録される。まずはダンジョンそのものを社会に受け入れさせる必要がある。そのためには、ダンジョンの「有用性」を広めるのだ。

「地上時間で二四時間あれば終わります。しっかりと記録してください」

さて、楽しい楽しいブートキャンプの始まりだ。


まさか僕が選ばれるとは思っていなかった。朝八時だというのに、江副氏自身がわざわざアパートの前に迎えに来たのには驚いた。マスコミらしき車が何台も停《と》まっている中、僕は肩身を狭くして江副氏の車に乗り込んだ。僕が住んでいた足立区舎人《とねり》から横浜ダンジョンまでの移動中、江副氏と宍戸氏は陽気に話しかけてくれた。江副氏は「半年前の俺だ」と言って、写真を見せてくれた。結構太っていて、いまとは別人だった。目に見える変化があれば、それだけで人間の心の持ちようは変わる。これから二四時間で劇的に変化する。俺を信じろ。そう言ってくれた。

「今回の出来事も本にするんでしょ？　いいねぇ。僕は文才がないから、できる人が羨ましいよ」

宍戸氏はそう言って、僕を褒めてくれた。僕なんて、なんの取り柄もないただの中年デブだと思っていたのに、江副氏も宍戸氏も、そんなことはないと言ってくれる。

「どんな人間にも、強みの一つや二つがあるものさ。仮に思い浮かばなかったとしても、これから強みを見つければ良い。俺の好きな言葉を教えてやろうか？」

〈二〇歳までは赤ん坊、四〇歳までは子供、四〇歳からようやく、青年期が始まる。五〇歳でやっと大人になり、六〇歳で中年になる。老人と呼ばれていいのは八〇歳から……〉

「どうだ？　そう考えると、人生って案外、長いだろ？」

江副氏は楽しそうに「睦夫も痩せればモテるぞ」なんて笑ってる。そう、江副氏も宍戸氏も、僕のことを「睦夫」と呼んでくれる。なんだか友達ができたようで嬉しかった。


「うぅ……　恥ずかしいなぁ」

トランクス一枚になって、第一日目という紙を持って僕は写真を取られた。体重や血圧といった健康診断もされる。写真と体重だけは毎回記録するらしい。

「これからダンジョンで一ヶ月を過ごすが、ダンジョン時間で一日毎《ごと》に地上に戻り、シャワーを浴びる。その際に体重を測定し、写真を取る。その後はダンジョンで就寝だ。現在、地上時間一一時だ。明日の一一時までに、睦夫は劇的に変化する。それを記録して全世界に公表する。睦夫は、自分を変えたいという人たちの希望になるだろう」

江副氏はニカッと爽やかに笑った。いまから思うと、僕はちょっと甘えていた。ダンジョンで一ヶ月を過ごすという言葉が、どれほどの重みを持っているのか、気づかなかった。

「こ、これは何？」

「ウェイトベストだ。五キロある。今日はこれをつけて歩くだけだ。魔物は俺と宍戸で倒す。カメラマンの人は着けなくて良いですよ」

急な階段を慎重に下りて、ダンジョン第一層の「安全地帯《セーフティゾーン》」というところに入った僕は、そこで江副氏からウェイトベストを渡された。一五メートル四方くらいの空間にいるのは、僕と江副氏、宍戸氏、そして自衛隊のカメラマンだけだ。ブルーシートが敷かれ、その上に折りたたみ式のマットレスや卓袱台《ちゃぶだい》、座椅子なんかがある。

「トイレはダンジョン内でする。ダンジョンが自動吸収してくれるから問題ない。ただ『大』の方はできれば地上でやってほしい。一日一度、三〇分ほど地上に戻るから、その際に済ませてくれ」

防刃シャツと防刃ズボン、ヘルメットとゴーグル、軍手に安全靴を身に着け、最後に五キロのウェイトを身に着ける。着てみると、そこまで重いとは感じない。この状態でただ歩くだけで、本当に変われるのだろうか。僕は少し不安だった。

「まぁ最初は楽だと思うだろうな。だが、二時間後に同じことが言えるかな？」

そうして僕らは、ダンジョン第一層に入った。すると可愛らしいウサギさんがピョンピョンと飛び跳ねてくる。江副氏は無表情のままボコッと蹴り飛ばした。ミュゥーと鳴きながら、ウサギさんは煙になった。魔物なんだろうけど、正直少し……

「可哀想《かわいそう》と思ったか？　ゴブリンやオークだったら、可哀想と思わず、ウサギだったら可哀想と思う。それは単に見た目で判断しているだけだ。よく見ておけ、次だ」

江副氏が再びウサギに近づく。今度は蹴りではなく、拳で迎撃するようだ。だけどすぐに攻撃するのではなく、ピョンと飛びかかってきたのを掌《てのひら》で軽く押し返した。するとどうだろうか。愛くるしかったウサギさんの表情が、まるで夜叉《やしゃ》のように悍《おぞま》しいものに変わった。鳴き声まで、ウゥゥゥッと低い声に変わっている。先程より格段に素早く飛び掛かってくる。顔面にカウンターパンチを入れると、魔物は煙となった。

「どうだ。まだ可哀想と思うか？　見た目に騙《だま》されるな。魔物は魔物だ」

カメラを手にしている自衛隊員も、ツバを飲み込んだ。僕も喉が渇いた。背負っていたリュックから水のペットボトルを出す。このブートキャンプでは、幾ら飲んでも食べても構わないらしい。

「よし。では進むぞ。二時間歩き、二〇分の休憩を取る」

そして僕ら四人は、第一層の奥へと進んでいった。


「うぅっ……足がパンパンだよぉ」

二時間後、僕は汗まみれで戻ってきた。五キロのウェイトがズッシリと重い。ただ歩くだけで、こんなに疲れるとは思わなかった。すると江副氏が、赤い液体の入った瓶を差し出してくれた。

「ポーションだ。疲労回復と筋肉再生に効果がある。このブートキャンプでは、ポーションを使っていく。二時間歩いて二〇分休み、次に二時間歩いて一時間休む。その間に食事を摂《と》る。これを三回繰り返して八時間の睡眠だ。すると一四四〇分、地上の一〇分に相当する。寝る前に、地上に戻り三〇分間でシャワーやトイレなどを済ませる。その間に、自衛隊員が水や食料を運び込んでくれる。つまり、ダンジョン内の一日は地上の四〇分になるわけだ。三一日間で一二四〇分、二〇時間四〇分ということになる。実際にはもう少し遅くなるだろうが、それはバッファーだ」

「最初の七日間は、とにかく基礎体力づくりだね。ウェイトを徐々に重くしながら、歩き続ける。筋力と持久力の増強を図るんだ。もちろん、その間に少しずつ痩せていくと思う。そして一日休んで、次の七日間は本格的なカラダ作りだ。ウェイトを着けた状態でランニングする。狙いは全身の筋力と心肺能力の向上だね。あと走り方も指導するから、体幹も鍛えよう。そして残りの半月は、一緒に魔物を倒していくよ。ダンジョンでは、最初は誰でも素手だから、素手の戦い方を教える。得たカードで、ガチャも回そう。そうやって、ダンジョン冒険者として濃密な経験を積むんだ」

僕は眼《め》の前が真っ暗になった。そうだった。ダンジョンは地上の一四四倍の速さで時が流れる。地上の一日は、ダンジョンでは一四四日になる。一日で劇的に変わるのは、地上で見ている人たちにとってはだ。僕は実質一ヶ月間も、ひたすら運動し続けることになる。全然、楽じゃないよぉ！

「第一日目が終わって、一キロ減。思ったほどではないわね。いえ、僅か一〇分間で一キロ減らしたと考えれば、凄いことなのはわかるけれど……」

結果を伝えられた私は拍子抜けした。ダンジョン・ブートキャンプが始まった日、私は土曜日にも拘《かか》わらず官庁に出ていた。現場からの報告を逐次受けるためだ。ビデオ通話で、横浜ダンジョンと連絡を取っている。

「それで、魔石の方の確保はどうなのかしら？」

〈はい、一時間で六〇体、一二時間で七二〇体の魔物を倒しています。これは意図的に行っているらしく、同行したカメラマンは、その気になればもっと数を上げられるはず、と言っています〉

「魔石にすると二キロ強ね。今回のペースはバッファー五分を入れ四五分サイクルだから、仮に一〇回やったとしたら、地上時間で七時間半。二〇キロ強ってところだわ。彼らからすれば、あまり良いペースではないわね」

〈江副さんからは『一ヶ月間で計算してみてくれ』と言われています。第一日目は、被験者である田中さんを慣れさせるという意味もあり、ペースダウンしていたのではないでしょうか〉

「そうね。始まったばかりだし、結論を出すのはまだ早いわね。私は一八時までいます。その後は家に帰るけれど、連絡は逐次確認しておくわ」

パソコンの画面を閉じた私は、窓から市ヶ谷《いちがや》の街並みを眺めながらコーヒーを啜《すす》った。

「期待しているわよ、江副さん」

こうして、ダンジョン冒険者制度の命運を賭けた「ブートキャンプ」が始まった。


「うんまっ、うんまぁっ」

ダンジョン内だけど、食事は結構豪華だ。今日の朝食はサラダとフルーツパンチ、それにカレーライスだった。福神漬なんかもちゃんとあってご飯が進む。幾らでもおかわりできるし、むしろそれを奨《すす》められる。強化因子を取り込んで運動を続ければ、筋肉や骨組織が強化されるらしいけど、その栄養素は食事で取り込まなければいけないからだ。

「でも兄貴、僕たちは『魔法の革袋』があるから良いけど、これから冒険者になる連中は、食事に苦労するんじゃないかな？　キャンプフードって、結構高いし」

「魔法の革袋は二〇枚以上ある。そのうち何枚かを運営局に回しても良いかもしれないな。だが基本的には自己責任だ。幾ら高いって言っても、ダンジョンでの収入はそれを上回るはずだ。ガチャをやれば革袋は手に入るんだし、そこまで面倒は見きれないな」

江副氏が手にしているのは「魔法の革袋」といって、ラノベでいう「アイテムボックス」的な奴らしい。容量はそれほど大きくないそうだけど、時間停止機能があってパンやご飯が熱々で食べられる。スーパーの半額弁当を大量に買って、レンチンして入れておけば便利かも。

「よし。サプリメントも飲んだな？　では今日のブートキャンプを始めるぞ。今日は五キロのウェイトベストに加えて、アンクルウェイトを片足三キロずつ着けてもらう。それで、昨日と同じように歩き続ける。休憩のサイクルも一緒だ」

「わ、わかったよ」

やっとウェイトの重さに慣れたと思ったら、今度は足にウェイトを着けるらしい。今日もまた、筋肉痛に苦しみそうだ。ポーションがなかったら、とっくにへばっていたかもしれない。

二日目終了の報告を受け取ったのは、一日目終了から四五分後だった。予定通りの時間である。

「第二日目は二キロ減、討伐数は毎時六五体ずつ……　本当に測ったように進めているわね」

私はこの進め方に、江副和彦という男の性格が見えているような気がした。こと仕事においては「完璧主義者」なのだろう。食事メニューはバラエティに富み、栄養もしっかり考えられている。全てが計算ずくなのだ。官僚である私から見ると、こうした仕事の進め方をする男は信頼できる。

「ダンジョンである以上、リスクはあるし不測の事態もあるでしょう。それらを全て想定しながらも、計画通りに進める。彼が作った『ダンジョン・バスターズ』は、本当にダンジョンを攻略してしまうかもしれないわね。いずれにしても、このやり方は使えるわ。マニュアル化して、自衛隊で運用するようにしましょう」

第三日の結果が楽しみになってきた。


「よしっ！　七日間終了だ。明日は一日、ダンジョン内でゆっくりすれば良い。お疲れだったな」

そう言われて僕はフハァと床にへたり込んだ。いま着けているウェイトは、ベストが一〇キロ、リストウェイトが片腕三キロ、アンクルウェイトが片足五キロ、合計二六キロにもなる。それでひたすら、ダンジョン内を歩き続ける。宍戸氏が「山手線ゲームやろうぜ」と言ってくれなければ、退屈で死にそうだったよ。

「よっしゃ！　マンガ三国志全巻読破しよっ！」

宍戸氏はこの日のために、マンガを大量に持ち込んでいた。少年マンガとか結構な量がある。一方の江副氏は、ノートパソコンで仕事するつもりらしい。そして僕は、携帯ゲームを持ち込んでいた。ダンジョン内には大容量のバッテリーが用意されている。三人で使う分には問題なさそうだ。

「最初の二週間で、体重は一五キロ減、魔物は毎時一〇〇体ずつ。一二時間としたら三六キロね。第一層では、この辺りが限界かしら。第二層は一体で四グラムだから、四八キロになるわね」

〈被験者の田中さんは、当初八五キロでした。それが半日で七〇キロまで落ちたのです。これは驚異的なペースですよ。ダンジョン前に構えているメディアたちも、毎回痩せていく田中さんの写真を並べて、その効果を検証しています〉

「ここまでは想定どおりよ。問題はここからだわ。冒険者になるには、魔物を殺せなければならない。それも、最初は素手でね。果たして、あの気弱そうな田中さんに、それができるかしら？」

〈江副さんは計画的に考える人ですし、宍戸さんは格闘技のエキスパートです。二人に任せれば、大丈夫でしょう〉

報告に頷き、画面を閉じた。


「今日からいよいよ、睦夫にも魔物と戦ってもらう。それに先立ち、これを身に着けてもらう」

江副氏が用意したのは、メリケンサックだった。トゲトゲなどはついておらず、プレーンなヤツだった。でも、ダンジョン内に武器は持ち込めないのではなかったのか。

「メリケンサックは攻防一体の防具だ。これを指に塡めてテーピングする。あくまでも指を護《まも》るためだ。大丈夫、有効なのは検証済みだ」

江副氏に言われて、僕はメリケンサックを指に塡めた。そしてテーピングを巻き付けていく。上手くいかないので、宍戸氏がやってくれた。テーピングの練習もしないと……

「うっ……うぅっ」

僕は人なんて殴ったことがない。あんな愛くるしい顔のウサギさんを殴るなんて……そう思っていたら、江副氏がウサギを横から軽く足蹴にした。その瞬間、ウサギさんが夜叉のような顔に変わる。そうして僕は前に押し出された。

「倒さないと死ぬぞ。ここが境界線だ。冒険者になりたいのなら、橋を渡れ」

ウサギが凄い表情で迫ってくる。僕は顔を背けながら、拳を前に突き出した。何かが当たった気がする。見るとウサギが床に落ち、そして煙になっていた。

「まだ第一歩だな。渡り切っていない。次だ。次は目を逸らさず、まっすぐ見据えて殺せ。倒すんじゃない。やっつけるんじゃない。殺すんだ」

この二週間、ずっと泰然として温和だった江副氏が、厳しい表情を浮かべている。僕は涙目になりながらも、近寄ってくるウサギと向かいあった。愛らしいつぶらな瞳を向けてくる。でもこれは魔物だ。魔物なんだ！　飛び掛かってくるタイミングに合わせて、パンチを突き出した。ウサギさんの顔面にめり込み、骨が砕ける感触がした。こうして僕は初めて、この手で生き物を殺した。

「睦夫は優しい奴だな。その優しさは決して間違ってはいない。お前の美点だ。だが全てに対して優しくなる必要はない。自分に襲いかかってくる魔物には容赦するな。『殺すくらいなら殺されよう』なんて精神を持つのなら、ダンジョンに入るな。ここは、人間と魔物の殺し合いの場なんだ」

震えている睦夫の肩に手を置いた。こういう素朴で純粋な奴は嫌いじゃない。こういう奴らを護るためにも、ダンジョンを討伐する戦士がどうしても必要だ。俺がダンジョンを起動させた。ならば俺の手で、ダンジョンを終わらせる。そのためならば、鬼にでもなろう。

「お前はいま、橋を渡った。一度渡ったら、もう戻れない橋をだ。これが『冒険者稼業』だ。振り返るな。振り返れば辛いだけだぞ」

「う、うん…… 僕、冒険者になったんだね」

「あぁ。お前は確かに、冒険者だ」

睦夫は震えながらも次の一歩を踏み出した。睦夫はそれから、憑《つ》き物《もの》が落ちたように自然と戦えるようになった。だが時折、殺したウサギに対して瞑目《めいもく》している。これくらいは良いだろう。俺の中にも、罪悪感はあるのだから。

〈今は日曜日の、午前一〇時過ぎです。予定ではそろそろ、ダンジョン・ブートキャンプが終わるはずです。あっ、いまダンジョンの入り口に変化がありました。江副さん、宍戸さん、そして田中さんと自衛隊のカメラマンが出てきます。田中さんが手を振りました。元気そうです〉

〈ブートキャンプ開始時が、前日の午前一一時、そして終了したのが翌日の午前一〇時過ぎ。およそ丸一日といったところですね。それでは、田中さんの驚きの変化を見てみましょう〉

〈ブートキャンプ前の田中さんは、身長一七二センチ、体重八五キロ、体脂肪率二九%と、かなり太めの方でした。そして、ブートキャンプ終了後の数字は驚くべきものです。身長こそ変わってい

ませんが、体重は二〇キロ減の六五キロ、そして体脂肪率は八％にまで落ちています。まるで別人のようです〉

〈驚くべき効果は他にもあります。田中さんはかなりの近眼でメガネを掛けていましたが、二週間目あたりからメガネを掛けなくなりました。自衛隊で調べた結果、両眼とも視力が回復しており、メガネは必要ないとのことです。視力が自然と回復するなど、まず考えられません。これが、ダンジョンが生み出す『強化因子』の効果なのでしょうか〉

ボーッとテレビを眺めている。終わってみるとあっという間の一ヶ月だった。地上では僅か一日しか経っていない。なんとも不思議な気分だ。テレビでは医学者が、恥ずかしい体型をしていた頃の僕と、いまの僕の体型を比較している。

〈突き出ていたお腹《なか》はスッキリして、六つに割れています。胸筋、上腕二頭筋、大腿《だいたい》二頭筋なども発達し、全体的に相当な筋力アップが成されていますね。筋肉が増強するということは、それだけ基礎代謝が高まるということでもあり、言い換えれば「太り難《にく》い身体」になったと言えます。特に背筋の発達が良いですね。鍛え上げたボクサーの身体のようです〉

そう。僕は確かに痩せた。身体は別人のように軽い。タプタプしていた顎もスッキリし、頬肉も落ちて全身が若返ったようだ。でも僕は、疑問を持った。若返って、何をすればいいんだろう？

「冒険者に……　なるかな」

冒険者という選択肢は確かにあるだろう。元々、江副氏に憧れて今回のブートキャンプに申し込んだのだ。魔物もたくさん倒したし、今なら冒険者になれる気がする。でも僕は、本当にそれで良いんだろうか。冒険者をやってお金を得て、それで僕は満足なのだろうか。

「浮かない顔だな」

いつの間にか、江副氏が前に座っていた。一枚の紙を僕に差し出す。

「最後の二週間は、三人で狩りを続けた。その結果、一日あたり五〇キロの魔石を手に入れた。二週間で七〇〇キロ、七〇〇〇万円だ。それをキッチリ三等分してある。お前の取り分は二千三三三万円とカード一六六枚だ。残り一万円は、こちらの経費として認めてほしい」

「え……でも僕は」

「二週間前、お前は冒険者になった。だったら報酬をちゃんと受け取るべきだ。これだけのカネがあれば、たとえ冒険者にならなくても、新しい生き方ができる。そのカードはガチャに使うなり売るなり、好きにすればいい」

そう言って立ち上がる。僕は思わず止めた。

「え、江副氏。僕は、これからどう生きれば良いんだろう。冒険者をやるべきか、迷ってるんだ」

すると江副氏はこう問い返してきた。

「お前は生まれ変わった。そう思えるほどに外見は見違えた。だが、まだお前に欠けているものがある。こればかりはブートキャンプでも身に付けることはできない。お前自身の問題だからだ」

「そ、それはなに？」

「『志』だよ。お前は、何に命を使うか、何に情熱を傾けるか。それに迷っているんじゃないか？それはある意味で贅沢《ぜいたく》な悩みだ。大半の人間は志なんて関係なく、その日を生きるために働いているんだからな。金を得て外見も見違えたお前だが、その状態では冒険者稼業は長続きしないぞ。お前を含めて、冒険者たちに必要なのは『冒険者たる理由』なんだ」

「冒険者たる理由……」

するとと江副氏は、どこからか二枚の紙を取り出した。一枚は色がついていて、まるで中世の羊皮紙のようにも見える。

「冒険者たる理由が見つからないのなら、俺がその理由を作ってやる。だがそのためには、コレにサインをしてもらわなければならない。宍戸も、コレにサインしている」

羊皮紙らしき紙には、確かに宍戸氏のサインがある。江副氏は真剣な表情で僕に詰め寄った。

「サインしたら、もう後戻りはできない。やっぱりなかったことにしたい、なんてのはナシだ。ダンジョンで渡った橋よりも、もっと深刻な橋を渡ることになる。だが、決して後悔はさせない」

江副氏の志、それはダンジョンの謎を解き明かし、討伐すること。実際に、どうやって実現するかは解らないけれど、この紙にサインすればきっと、志の全体像が見えるはず。僕はツバを飲み、そしてボールペンを取り出した。

「さ、サインするよ」

僕は今でも思う。もしこの時、差し出された紙にサインしなかったら、僕の人生はどうなっていたのだろうか。でも、サインして良かったと心から言える。

江戸川区にあるAランクダンジョン「深淵《アビス》」の安全地帯《セーフティゾーン》で、睦夫がポカンとした表情を浮かべている。俺と彰と茉莉、レジェンドカードの朱音とエミリ、そしてミューがいる。

「では改めて。新しく仲間になった田中睦夫さんことムッチーだよ。俺のことはアッキーでいいかんね。で、こっちがマリリン、グラマーなくノ一が姉御、んで魔法使いのエミリとミューだよ」

「ちょっと、なんで私だけエミリのままなのよ！」

エミリが頬を膨らませる。ムッチーこと田中睦夫は全身を震わせ、そして笑みを浮かべていた。

「す、凄いぉ……キャラクターカードにテイム！　ホント、異世界ダンジョンだよっ！」

何かのスイッチが入ったらしい。全員が、椅子や床に思い思いに座る。俺はホワイトボードの前に立ち、これまでの経緯とダンジョン・システムについて説明した。

「つ、つまり世界を救う勇者パーティーってわけだね？　僕はその一員ってことなんだね？」

「まぁ、勇者というか……　ダンジョンを討伐しないと一〇年後にはかなりヤバイことになる。だから俺は仲間を集めている。今回のダンジョン・ブートキャンプも、本当の狙いは仲間集めのためだ。ダンジョンを社会に受け入れさせ、冒険者予備軍を大量に生み出す。その中から、俺たちの仲間になりそうな人材を探す。たとえすべてのダンジョンは無理だとしても、全世界に散らばるであろうSランクとAランクダンジョン、そしてBランク上位のダンジョンは確実に潰したい。俺が睦夫に声を掛けたのは、冒険者としてはもちろんだが、それ以上に頼みたい仕事があるからだ」

「な、なに？」

「ダンジョン・バスターズのシステム部門管理だ」

そう言って、江副氏はノートパソコンを持ってきた。ＩＴ会社が制作したホームページの原稿が載っている。クリックしながら確認すると、僕は首を傾《かし》げた。

「どうだ？　睦夫の意見は？」

「正直、面白くないね。これじゃあ、普通の企業のホームページと変わらないよぉ」

「だよな。だが俺には、どうすれば良いのかわからないんだ。俺も彰もこの手のことは苦手でな。冒険者やダンジョンに興味がある人たちが殺到するような、そんなホームページを作ってほしいんだ。資金は二〇〇〇万円でどうだ？」

「そんなにいらないよ。そうだなぁ、まず欲しいのは、カード閲覧機能かな。キャラクターカードはさすがにヤバそうだけど、レアカード以下なら出しても良いと思うよ。あとダンジョン攻略方法や、動画も定期的にアップしたい。江副氏が良ければ、同人仲間集めて引き受けるよぉ」

「即採用だ。睦夫に全て任せる。資金が足りなければ言え。幾らでも出す。週二日はダンジョンに入り、三日はホームページなどの広報担当になる。こんな働き方なら、お前も満足できないか？」

「面白そうだよ。世界を救うためには、勇者パーティーをたくさん作らなきゃいけない。そのための仲間集め担当ってことだよね？　やるやる。僕、頑張るよ」

「現在、俺たちの拠点となる本社を建てているところだ。このAランクダンジョンの真上だな。来年の四月には完成する。設計図を後で見せよう。広報部の広さなんかも考えないとな。それまでは今のアパートで暮らしてもらうことになるが……」

「別にいいよ。いきなり引越しと言われても困るよ。年末のスーパーコミックセールの準備もあるし、ワクドキメモリアルの涼ちゃんのフィギュアも完成してないし」

見た目は二〇代後半くらいなのに、口調も趣味も全く変わっていない。だからだろうか。茉莉とエミリは完全に引いていた。だが俺は気にしない。ガリレオもニュートンもアインシュタインも、ダーウィンもエジソンもライト兄弟も、世界を変えた天才は常に「オタク」だったからだ。

〈やぁ、みんな！　僕は、ダンジョン冒険者の宍戸彰だよ！　今日は、いま世界中から注目されている画期的なエクササイズ『ダンジョン・ブートキャンプ』を紹介するよ！〉

陸上自衛隊横浜ダンジョン施設団と合作で作成した動画を見ている。タンクトップ姿の彰がキラリッと白い歯を見せている。うん、一昔前に「最強の五〇歳」とか言われていた人みたいだね。

〈ダンジョン・ブートキャンプの最大の特徴、それは「超々即効性」だ。何しろ、地上時間でたった一日、たった一日で十数キロという劇的なダイエット効果が得られる。翌日には、家族や会社の同僚から「お前、誰？」なんて言われるだろうね。それくらい効果的なんだ〉

「これ、嘘じゃない？　ダンジョン時間なら一ヶ月でしょ？　ダイエットコースでさえ二週間だわ」

「嘘じゃないですよ。地上時間でたった一日と言ってるじゃないですか。ダンジョン時間で一ヶ月と言ってないだけで、嘘じゃない」

「……なんだか、貴方が詐欺師に見えてきたわ」

石原局長が呆《あき》れ顔《がお》で首を振る。中央官庁の局長級となれば、簡単には会えないポジションのはずだが、札幌《さっぽろ》、仙台、大阪のダンジョンは取り囲んで封鎖しているだけなので、稼働しているダン

After
Before

ジョンは、この横浜ダンジョンだけだ。要するに、暇なのだろう。

睦夫を被験者にした「ダンジョン・ブートキャンプ」の様子はテレビでも報道され、大反響を呼んだ。俺は「二四時間冒険者促成コース」と「一〇時間ダイエットコース」の二種類を設けるべきだと提案し、採用された。さすがに一〇〇歳の老人は入れられないが、一八歳〜六〇歳まで幅広く受け入れる。ただし、ダイエットコースの続きである冒険者促成コースは万一を考え、一八歳以上五〇歳未満とした。

画面では彰が爽やかな笑顔で、ブートキャンプの紹介を続けている。

〈個人差はあるけど、ダンジョン時間で二週間、地上時間だと僅か一〇時間！　それで一〇キロから一五キロのダイエットが見込める。このブートキャンプは毎週火曜日、木曜日、土曜日に開催予定だ！　健康診断前や結婚式前なんかに、参加してみないかい？　君の入隊を待ってるよ！〉


ダンジョン・ブートキャンプの成功を受けて、ダンジョン冒険者運営局では課長以上が集まって情報共有と議論が行われていた。予想以上の反響で、今度は登用基準を見直す必要が出てきた。

「先の田中睦夫氏は、『強化因子』の存在を証明してくれました。つまりダンジョン内で戦い続ければ、人はどんどん強くなるということです。これは、冒険者にとっては望ましいことですが、治安維持や国防を考えると由々《ゆゆ》しきことでしょう」

「企画課長の言うとおりだ。真面目な中年サラリーマンがダイエットで申し込む程度なら問題ないが、暴力団や半グレ集団などの反社会的勢力、あるいは前科者などが強化したら社会不安を助長させるだろう。かと言って、そうした連中を全て排除するには、応募数が膨大過ぎる。選抜基準と基準適用の方法を検討しなければならんだろう」

「局長、ブートキャンプ発案者の江副さんは、なんと仰《おつしや》っているのです？」

「サンプル数が不足していると言っていました。同じ冒険者の宍戸氏は、最初からEランクだったそうです。つまりEランクとは世界的な格闘家という基準になります。ですが、FランクからEランクに上がるのにどれぐらいの時間が必要なのか、これは個々人で差が出ると思われます。実際、資料にある通り、田中さんは一ヶ月間のブートキャンプを終えても、Fランクのままでした」

石原局長の言葉で全員が資料に目を落とし、納得する。

「ですが体力測定結果だけなら、プロスポーツ選手に匹敵していますね。つまりFランクと言ってもEに近いFもあれば、遠いFもあるということでしょう。やはり事前排除が望ましいですか」

「日本国籍以外の人、前科者、反社会的勢力に属する者、これであれば国民の理解も得られるとは思いますが、問題は……」

「左翼団体。彼らは『平和を口にしながら暴力を振るう』という自己矛盾を、『平和のために必要なことだ』という自己陶酔で無視しているような連中だ。まるで十字軍だ。共産主義は宗教だと言った人がいるが、実に的を射ているな」

「局長、ダンジョン政策は浦部内閣の肝いりです。公安の力を借りて、監視団体の所属メンバーは入れないようにできないでしょうか」

「難しいわね。前科があるのなら別だけれど、ただ危険思想を持っているからというだけでは、排除することはできないわ。そんなことをすれば、思想弾圧だとマスコミが反発するでしょう」

「ダンジョン内は自己責任。これを徹底して広報するしかないですな」

ダンジョン冒険者運営局は、ダンジョン対策だけを考えれば良いわけではない。むしろダンジョンが与える国内政治、外交安全保障への影響のほうが大きい。

「次の三六日目は、クリスマス・イブね」

石原は暗い表情で呟いた。


ダンジョン・バスターズのホームページが徐々に完成に近づいている。コンテンツ内容は、横浜ダンジョン第二層までの動画やダンジョン内でのキャンプの様子、必要な装備類などの情報だ。またダンジョン内のルールについても解説している。特に誤解が多いのが「ランクアップ」についてだ。ランクアップを「レベルアップ」と勘違いしている人が多い。強さが認められてランクが上がるのであって、ランクが上がったから強くなるわけではない。こうした情報を図解しながら解説するページもある。ダンジョンについての総合情報サイトに近い。

「札幌、仙台、大阪のダンジョンに入る許可は貰った。ダンジョン・ブートキャンプの申込みが殺到しているらしく、横浜だけではさばき切れないそうだ。札幌と仙台はいけるかもしれないが、大阪は無理だろう。あそこは恐らく『Sランクダンジョン』だ」

「僕は、ソッチの方に興味があるね。このダンジョンでオークと殴り合うのも飽きてきたからね」

最近、一人で鹿骨《ししぼね》ダンジョンの第二層に入っていた彰は、ついにDランクへと上がった。

＝＝＝＝＝＝＝＝＝＝＝＝＝＝＝＝＝＝＝＝＝＝＝＝＝＝＝＝＝

【名　前】宍戸 彰
【称　号】なし
【ランク】D
【保有数】0／25
【スキル】カードガチャ　打撃Lv3　身体強化Lv1

＝＝＝＝＝＝＝＝＝＝＝＝＝＝＝＝＝＝＝＝＝＝＝＝＝＝＝＝＝

「オークと戦っている時に、三戦《サンチン》を使っていたからかな。呼吸法を使わなくても、集中力や耐久力が上がってるんだ」

「彰は完全に、近接打撃戦闘要員だな。ゲームだったらさしずめ『武闘家』ってところか？」

「良いね。ただ横浜のモモンガは火炎魔法使ってたからね。近接戦闘の時は気をつけないとね」

「モモンガ？」

革張りソファーに座っていた茉莉が、ピクリと反応した。膝の上では、ミューがタプタプした腹を上にして気持ちよさそうにブラッシングを受けている。

「そういえば、横浜ダンジョンの第二層って、どんな魔物がいたの？　主人《マスター》のことだから、モンスターカードを集めたでしょ？」

エミリまで聞いてくる。俺は内心で舌打ちしながら、話題をなんとか逸らそうとした。

「飛翔《ひしょう》する魔物だ。空を飛びながら、火炎魔法を放ってくる」

「ふーん……で、モモンガというのは、見た目がそうなんですか？」

茉莉が興味を持ったようだ。俺は彰に視線を送る。全く、黙ってろと言ったのに困ったやつだ。

「いやいや、たとえ見た目がエゾモモンガでも、あれは凶悪な魔物で……」

「宍戸氏ぃ。墓穴掘ってるよぉ」

ノートパソコンに向かいながら、睦夫が彰にツッコミを入れた。彰は天然なところがある。言い繕うつもりが、かえって悪化させてしまう奴だ。

「……和さん」

「わかったよ。エビルモモンガのカードと、巣穴カードが必要だな」

キャビネットからカードケースを取り出した。

＝＝＝＝＝＝＝＝＝＝＝＝＝＝＝＝＝＝＝＝＝＝＝＝＝＝＝＝＝＝＝＝＝＝＝＝＝
【名　前】エビルモモンガ
【称　号】なし
【ランク】E
【レア度】Common
【スキル】火炎魔法Lv1　－－－－　－－－－

＝＝＝＝＝＝＝＝＝＝＝＝＝＝＝＝＝＝＝＝＝＝＝＝＝＝＝＝＝＝＝＝＝＝＝＝

【名　称】　召喚獣の巣穴

【レア度】　ＵｎＣｏｍｍｏｎ

【説　明】　召喚獣専用の巣穴。獣に応じて形と大きさが変化する。

巣穴では召喚獣の回復力が高まる。

＝＝＝＝＝＝＝＝＝＝＝＝＝＝＝＝＝＝＝＝＝＝＝＝＝＝＝＝＝＝＝＝＝＝＝＝

「兄貴、ゴメン」

「いいさ。どうせいずれバレるはずだったんだ。ホラ、茉莉の好きなようにしろ」

茉莉はミューを膝から下ろし、エビルモモンガのカードを手にした。そこに描かれている愛くるしい姿に、キラキラと瞳を輝かせる。ポンッという音がして、体調三〇センチくらいのリスのような可愛らしい魔物が出現した。

「キュイ？」

「キャァァァッ！」

歓声をあげて抱きしめようとする。だがモモンガはスルリと抜け、腕を駆け上がり肩に乗った。

「キュッ？」

「ミュッ？」

ウサギとモモンガが顔を見合わせる。そしてモモンガがピョンと、ミューの前に下りた。二匹のモフモフが見つめ合う。互いに手を伸ばし、そして触れ合う。

「キュゥ（よろしく）！」

「ミュゥ（こちらこそ）！」

「なんで異種族間なのにコミュニケーションが取れるんだよ！」

思わずツッコんだ俺は悪くないと思う。生物学的には、ウサギとモモンガは人間とチンパンジー以上に違いがあるはずだ。だが茉莉は細かいことを気にせず、顔を蕩《とろ》かせて二匹を撫《な》でている。

「和彦様。ここは、ダンジョンですから……」

「兄貴、ここは、ダンジョンだから……」

朱音と彰にそう言われ、俺は考えるのを止《や》めた。

＝＝＝＝＝＝＝＝＝＝＝＝＝＝＝＝＝＝＝＝＝＝＝＝＝＝＝＝＝＝＝
【名　前】プリンちゃん
【称　号】木乃内茉莉のペット
【ランク】E
【レア度】Common
【スキル】火炎魔法Lv1　――　――
＝＝＝＝＝＝＝＝＝＝＝＝＝＝＝＝＝＝＝＝＝＝＝＝＝＝＝＝＝＝＝

エゾモモンガことプリン（正確には「プリンちゃん」だが）は、早速、ミューの巣穴の真上、天井近くに巣を作った。丸い穴が開き、その中に潜り込むと顔だけ巣穴から出す。奇怪しい。凹凸が殆《ほとん》どない垂直の壁をどうやって登ったんだ？　何やら壁を駆け上がっていったのは見たが。

「可愛い。おいで、プリンちゃん」

　案の定、茉莉はそんなことを気にせず、下から見上げて両手を広げた。プリンは巣穴から飛び出して両手両足を広げて滑空する。そして腕にワシッと抱きつき、そのまま肩まで登り頬ずりした。

「さぁ、ミューちゃんもプリンちゃんもブラシしましょうねー」

　ペットに囲まれた茉莉は幸せそうに「もふもふブラシ」を手にしたのであった。

　そして世界は、一二月二四日を迎えた。


「本日は一二月二四日、クリスマス・イブです。例年ならここ渋谷は大勢の人で溢《あふ》れているはずなのですが、今年は少し様子が違います。前回のダンジョン出現から三六日目を迎えています。日本政府も本日中にダンジョン出現の可能性があると警戒しています。街行く人々に不安の表情が見えるのは、そのせいでしょうか？」

　クリスマス・イブ、リア充の彰は彼女と用事があるらしく、今日明日とオフにしている。茉莉は友達とパーティーをするそうだ。経済的に余裕ができたため、女子高生らしいイベントもできるようになったのだろう。睦夫は「ＴＮＧ47《利根川》」のイベントがあるらしく、秋葉原にいる。そして俺は、ダンジョン・バスターズの社長として仕事をしていた。年末の挨拶まわりである。そして一四時半頃、京葉道路を走っていると、スマートフォンがＪアラートを鳴らした。緊急情報である。

〈一三時二七分、千葉県船橋市の弁天池公園にダンジョンが出現しました〉

「近いな。帰りに立ち寄ってみるか」

横浜ダンジョンの遭遇以来、トランクに安全靴や防刃シャツを用意している。武器カード「スコップ」を始めとした各種カード類も、カードケースに入れて助手席のグローブボックスに入っている。挨拶先に急ぐため、少しだけ速度を上げた。


船橋市の弁天池公園に到着したのは一七時過ぎだった。陸上自衛隊がロープを張り、警察が交通整理を行っている。装備一式が入ったバッグを肩に掛け、俺は人だかりの中へと入った。

「皆さん、公園から出てください！　危ないですから！」

自衛隊員たちが両手で人だかりを抑えている。カップルと思われる若い男女やサラリーマン風の男などが面白そうに公園内を見ようと首を伸ばしていた。この人だかりを抜けるのは無理だ。仕方なく立ち去ろうとすると、俺に気づいた人がいたようだ。

「アレ、ひょっとしてダンジョン・バスターズの江副じゃない？」

「マジマジ？　あ、本物だ！」

「新しくできたダンジョンに入りに来たんですか？」

「俺もダンジョン・バスターズに入りたいんですけど！」

などといった声の中、俺の名前を呼ぶ女性の声が聞こえた。

「江副さん！　ちょうど良いところに来てくれたわ！」

防衛省ダンジョン冒険者運営局長の石原由紀恵であった。


「子供たちが遊んでいる時に、いきなり出現したらしいの。入ろうとした子供がいたそうだけれど、幸いなことに親たちがすぐに気づいて、階段の途中で助け出したそうよ」

テントの中に入った俺たちに、自衛隊員が注目する。気にせず、折りたたみ式の椅子に座った。

「事故にならずに良かったですね。それで、内部への捜索の方は？」

「まだよ。階段の存在を確認した警察から防衛省に連絡が来たのが一四時半。すぐにJアラートの発令と習志野の陸上自衛隊に出動命令を出して、公園を封鎖したのが一六時前。それで私も、さっき到着したばかり。ダンジョンに入るのはこれからだわ」

「なるほど。これから入ろうって時でしたか。タイミングが良かったですね」

「その様子だと、仕事帰りのようね？　で、その肩に掛けた大きなカバン。まさかテニスラケットが入っているわけじゃないでしょう？」

「どこでダンジョンに遭遇しても良いように、装備一式を車に積んでいます。武器やポーションなどのカードも多少は用意してありますし、偵察だけなら引き受けましょう」

石原は安堵《あんど》した表情を浮かべた。ダンジョン冒険者事務局は新たに設置された局であり、局長も背広組の官僚たちも若い。それだけに防衛省内の立場は弱く、失敗は許されない。俺としても、今後のためにも石原には事務次官になってもらいたい。そのための協力なら惜しまないつもりだ。

「助かるわ。ダンジョンの中にはナイフ一本すら持ち込めない。今回は、習志野の第一空挺《くうてい》団が入ってくれるけど、貴方がいれば彼らも安心するでしょう。それで、報酬なんだけれど……」

「今日はクリスマスです。終わったら一杯奢《おご》ってください。それでいいですよ」

「Ｄｏｎｅ！（契約成立）」

石原が手を差し出してきた。


「自分は、陸上自衛隊第一空挺団第一普通科大隊所属、漆原瑛太陸士長であります！」

「同じく、第一普通科大隊所属、鈴木克己一等陸士であります！」

「ダンジョン冒険者の江副和彦です。今回は、どうぞ宜しくお願いします」

二人ともまだ若い。二十歳くらいだろうか。すると石原局長が四〇代後半くらいに見える男を連れてきた。若い二人が一気に緊張する。どうやらお偉いさんらしい。

「第一普通科大隊第一中隊長の宮部藤吾三等陸佐であります。民間人でありながら、危険な任務を引き受けてくださるとのこと、感謝申し上げます。漆原、鈴木はレンジャー資格を持つ自衛隊員です。彼らなら魔物に怯《ひる》むことはありません」

中隊長というのは、それなりに偉いのだろう。俺は姿勢を正して一礼した。

「冒険者の江副です。第一層の魔物は不明ですが、地上の武器は持ち込めないでしょう。ですが、カードガチャで入手した武器なら問題ありません。二人にダンジョン産のナイフをお貸しします」

「助かります。もし危険と判断したら、即座に撤退してください。漆原、鈴木、頼むぞ！」

「「ハッ」」

防刃シャツや安全靴など普段の装備を整えた俺は、二人を連れてダンジョンへと入っていった。

〈普段なら人で賑《にぎ》わうクリスマス・イブですが、今年は違います。政府の発表どおり、本日一三時頃、千葉県船橋市にダンジョンが出現しました。砂場で遊んでいた子供が入りかけたそうですが、幸いなことに母親が気づいて、連れ戻したそうです〉

〈ダンジョン冒険者第一号である江副和彦氏が駆けつけ、自衛隊と合流したとの未確認情報がありますす。もし事実なら、自衛隊と民間人である江副氏との合同調査が行われるかもしれません。あ、いま動きがありました。江副氏ですね？　江副和彦氏が自衛隊員たちと共に、ダンジョンがあると思われるブルーシートに向かっています。どうやらこれから、ダンジョン内に入ると思われます〉

地上では、報道機関が詰めかけている。だが異空間に入った俺たちには関係ない。第一層の安全地帯《セーフティゾーン》に到着した俺たちは、ダンジョンに侵入する前に最後の確認を行った。

「まず二人にはコレを渡しておきます。カードガチャで手に入れた短剣です。手に持って『戻れ』と考えれば、短剣になるはずです」

二人は恐縮した様子で「必ずお返しします」なんて言っている。いや、ただのＣｏｍｍｏｎカードだし、あと何十枚もあるから別に気にしなくていいよ。口にはしないけど。

俺は自分の愛用しているＲａｒｅカード「総鋼の円匙《えんし》」を顕現させた。

「では、行きますか！」

鈴木がビデオカメラを回し始める。漆原が後方を守り、俺が最前に立つ。安全地帯《セーフティゾーン》の奥にある扉の取手を手に摑《つか》んだ。スルスルと扉は左右に分かれ、俺たちは第一層へと歩を進めた。

船橋ダンジョンの第一層は、鹿骨や横浜と変わらない。だが入ってすぐに、奇妙な音が近づいていることに気づいた。二人が顔を歪《ゆが》める。「カサカサ」という音から、魔物が想像できたらしい。

「なるほど。船橋ダンジョン第一層の魔物はゲジゲジか」

一五対の足を持つゲジが出現した。だがただの虫ではない。体長は三〇センチを超えるだろう。ゲジは肉食性で弱毒も持っている。それに動きが速い。下手したら鹿骨ダンジョン第一層のゴブリンより厄介な相手だ。ゲジはカサカサと高速で移動し、俺に飛び掛かってきた。

「セイッ！」

飛び掛かってきたゲジをスコップで叩き飛ばす。壁に打ち付けられ、ゲジは煙になった。

「Ｅに近いＦか？　いや、案外弱いのかもしれんな」

ゲジはカード化し、そして小豆ほどの大きさの魔石を落とした。

「後方に気をつけてください。コイツらはそれほど強くはないですが、横浜ダンジョンのウサギよりは上だと思います」

漆原は中腰でナイフを構えながら、後ろに注意している。鈴木は前方だ。数匹のゲジが、カサカサと音を立てて向かってくる。決して気持ちの良いものではないはずだ。

「大丈夫ですよ。確かに虫ですが、魔物です。倒せば消えるし、魔石も落とします」

スコップを片手で構えた俺は、飛び掛かってきたゲジを叩き落とし、殴り飛ばし、そして踏み潰した。どれも一撃で消えていく。動きが速く、毒を持っていることから横浜ダンジョンよりは上だろうが、鹿骨と比べると首を傾げる。子供並みとはいえ、ゴブリンには知恵があった。こんな虫よりは強いはずだ。

（Bに近いCランクダンジョンか？　札幌や仙台も潜ってみないと比べられんな）

ダンジョンごとに、難度のランキングを付ける必要がある。地上に戻ったら石原に提案しようと思いながら、俺は第一層を進んだ。再びゲジが出現するが、止まることなく向かった。

結局、三時間近くを調査して俺たちは地上に戻った。緊張からか、鈴木は戻った途端に嘔吐《おうと》してしまった。漆原が苦笑いしている。

「アイツ、虫が苦手なんですよ」

「カメラのバッテリーが保《も》つギリギリまで調査しました。結論から言えば、構造は横浜ダンジョンと同じく碁盤目状ですね。出現する魔物は大きめのゲジです。強さとしては、横浜ダンジョンのウサギとそれほど変わりませんが、魔石は少し大きめのようです」

地上に戻った俺たちは、報告のために仮設テントに入った。持ち帰った魔石を測ってみると四グラム弱であった。横浜ダンジョン第二層とほぼ同じである。モニターでビデオを再生すると、石原がなんともいえない表情を浮かべた。

「横浜のブートキャンプは順調だけれど、女性参加者から『ウサギを殺すのはどうも……』って声が多いのよ。でも船橋の方ではそれ以前に、悲鳴を上げてパニックになるかもしれないわね」

俺は肩を竦《すく》めた。そんな奴はどうせマトモな冒険者にはなれないだろう。討伐者の候補者になり得ない連中など、気にしてもしかたがない。

「駆虫剤は効かないのでしょうか？　武器には見えませんし、ダンジョンに持ち込めるのでは？」

漆原の意見は石原の興味を惹《ひ》いたようだ。明日にでも試してみようとのことで、言い出しっぺの漆原が再びダンジョンに入ることになってしまった。毒の持ち込みができないことは鹿骨ダンジョンで検証済みだが、ここで言うわけにもいかない。まぁ、頑張れ。

「それで、江副さん。貴方の使っていたスコップなんだけど？」

「これはガチャで手に入れたものです。悪いが、渡せませんよ？　二人に渡したナイフなら予備があるから構いませんが？」

「でしょうね。貴方がなんでそんな強力な武器を持っているのか気になるところだけど。まぁ、ツッコまないでおいてあげるわ。さて、一杯奢る約束だったわね。でもこれからマスコミ対応があるの。悪いけど、今度にしてもらえるかしら？　もっとも貴方も、簡単には帰れなそうだけれど？」

テントの外に顔を向ける。マスコミたちが今か今かと待機しているのを見て、ため息をついた。


クリスマスから年末休みにしても良かったが、彰が「Dランクに上がったから鹿骨ダンジョンの第四層に入りたい」と言い出したので、今年最後のダンジョン探索をすることになった。

「第四層は恐らくCランクの魔物が出現するでしょう。DランクとCランクとでは隔絶した差があります。ご油断なきよう……」

＝＝＝＝＝＝＝＝＝＝＝＝＝＝＝＝＝＝＝＝＝＝＝＝＝＝＝＝＝＝＝＝＝
【名　前】　朱音
【称　号】　妖艶なるくノ一
【ランク】　C
【レア度】　Legend Rare
【スキル】　苦無《くない》術Lv6　索敵Lv6　性技Lv5
＝＝＝＝＝＝＝＝＝＝＝＝＝＝＝＝＝＝＝＝＝＝＝＝＝＝＝＝＝＝＝＝＝

俺がCランクになって以降、朱音の成長は止まっている。第三層ではここが成長の限界らしい。資金確保や他ダンジョンの探索、加わった仲間の育成などで時間が取られてしまっていた。組織化したらこの辺も他のメンバーに任せていきたい。

エミリも頷いている。普段はキャピキャピとしているのに、今は真剣な顔をしている。

＝＝＝＝＝＝＝＝＝＝＝＝＝＝＝＝＝＝＝＝＝＝＝＝＝＝＝＝＝＝＝＝＝
【名　前】　エミリ
【称　号】　小生意気な魔法使い

【ランク】　C
【レア度】　Legend Rare
【スキル】　秘印術Lv5　招聘《しょうへい》術Lv3　錬金術Lv1
＝＝

「イフリートの召喚石」を時折使っているため、召喚術は上がっている。だが錬金術はそのままだ。「真純銀鉱石」なるものはガチャで出現したが、エミリが言うには加工する設備が必要らしい。この辺は、今後の課題になるだろう。冒険者事務局とも相談する必要があるかもしれない。

一方、彰は鹿骨ダンジョンや横浜ダンジョンの第二層で戦い続けているが、Cランクには至っていない。朱音が言うには、同じ魔物を二〇万以上倒し続けた俺が異常らしい。第四層では彰にもCランクに至ってもらうつもりだ。ちなみに睦夫は地上でホームページの準備を進めている。茉莉は友達と遊ぶ約束があるそうだ。

「彰、この第四層では俺がCランクに至ったやり方をお前にもやってもらう。想像を絶するほど過酷かもしれないが、耐えられるか？」

「愚問だね。僕は強くなるためにここにいるんだ。そのためなら、どんなことにも耐えられるさ」

「よし、行くぞ」

こうして俺たち四人は、鹿骨ダンジョン第四層へと向かった。

僕には欠けているモノがある。神明館館長からそう言われたことがある。才能に秀ですぎているため、追い詰められたことがない。過酷を味わうことがない。そして、恐怖することがないと。その時の僕には、理解できなかった。だが今ならわかる。僕がこれまでやっていた修業なんて、ほんのお遊びに過ぎなかったんだ。

「ゴブリンソルジャー！　Ｃランクの中でも上位に位置する魔物ですわ。ご油断なきよう！」

第四層にいたのは、体高一六〇センチほどのゴブリンだ。だが剣と木製の盾を持ち、革製らしき鎧《よろい》まで着ている。そして何より「術」を持っていた。

「グギャギャッ！」

ゴブリンの剣士は六〇センチほどの剣をシュババッと振り、そしてフェンシングのように構えて突っ込んできた。

「速いっ！」

気がついたら僕の制空圏の中に踏み込み、僕の喉元に向けて剣を突き立ててくる。左の軸足を捻《ひね》って、辛うじて皮一枚で躱し、そのまま蹴りを放つ。だが盾で防がれた。木の盾なんてブチ破れると思っていたけど、なんとゴブリンは体重移動と脱力で蹴りの衝撃を緩和させた。古武術や空手の「浮身」を使うなんて、まるで一流の格闘家だ。

「俺がやる」

ゴブリンが離れると、兄貴が出てきた。兄貴はスコップを手にしている。少し離れたところに着地したゴブリンは、再びこちらに向かってくる。だが兄貴はゴブリン以上の速さで接近し、体重移動させる間もなく盾ごとブチ破った。鋭いスコップの刃先がゴブリンの顔面に食い込み、頭を半分切断する。さらに兄貴は、持ち手を捻って真上からスコップを叩き下ろし、ゴブリンの躰《からだ》を真っ二つに叩き割った。煙になったゴブリンは、ハラリと一枚のお金を落とした。

「五〇〇〇円だな。次からは怠け者の荷袋を使うぞ。確かに、速度もパワーもある。だが物理耐性は並だ。まずは戦いの質に拘《こだわ》るぞ。時間を掛けて、ゴブリンソルジャーとの戦い方を見つけ出す。一〇〇〇回も戦えば、そこから標準モデルが作れるだろう。数に拘るのはその後だ」

お金を拾いながら、兄貴は事もなげに言う。今の戦いはヤバかった。もし一瞬でも回避が遅れたら、僕の喉に剣が突き刺さっていただろう。ギリギリの戦いをあと一〇〇〇回もやる。ゴクリとツバを飲み込んだ僕の顔には、笑みが浮かんでいたよ。

主人《マスター》との出会いから、地上時間で四ヶ月が経ったわ。その間、エミリは主人や茉莉と共に戦い続け、そして気づいたの。主人は、良く言えば几帳面《きちようめん》。率直に言えば……狂ってるわ。

「一体でも厄介なのに、それが隊になって出てくるなんて反則でしょ！」

ゴブリンソルジャーの最大の特徴は、集団行動。五～六体が一つのパーティーを組んで、互いに背を守りながら集団で突っ込んでくることよ。最初の単体は、おそらく偵察だったんだわ。すぐに五体がまとめて襲ってきたから。

「イフリートッ！　爆裂魔法っ！」

「オォォッ」

召喚したイフリートが爆裂魔法を放ち、襲ってきた集団を爆発で吹き飛ばしてやったわ。けれど生意気にも、Cランクのゴブリンソルジャーはこれだけでは全滅しないわ。だから爆裂魔法は、集団をバラバラにすることが目的よ。ゴブリンソルジャーの強さは集団で戦うところにある。エミリの初手でそれが崩れる。頭脳的でしょ？　決して、主人に命令されてやっているってわけじゃないんだからね！　エミリだって、そうすべきだと考えてたんだから！

「エミリの役目は、あくまでも『牽制《けんせい》』だ。フレンドリー・ファイアには気をつけろ。俺たちが戦っている間に、他のゴブリンが来ないように、炎で牽制するんだ」

「解ってるわよっ！」

エミリは魔法使いよ。べ、別に近接戦闘ができないわけじゃないけど、身体を動かして汗臭く戦うのは嫌よ。だから魔法で援護してるわ。主人からは、無理に倒そうとするな、とキツく言われている。もし間違って味方に魔法を当てようものなら、きっとお尻ペンペンだわ。それだけは嫌！

「よし。まずはこの戦い方で一〇戦ほどするぞ。次からはエミリ自身が爆裂魔法を放て」

「え？　でも爆裂魔法ならイフリートを使ったほうが、消費魔力が……　わ、わかったわよ。この戦いにはスキルのレベルアップも兼ねてるんでしょ？　エミリだって、やれるんだから！」

そう。主人《マスター》の何が狂っているかと言うと、戦いの回数を決めて時間を測り、戦い方を検証して試している点よ。仮説、実行、検証を繰り返すその姿には、狂気すら感じるわ。主人は「自然と」という言葉が嫌いだと言っていた。自然とランクアップする。自然とできるようになる。主人はそれではダメだって言うの。それではなぜできるようになったのか、本人すら理解できていないから、他者に教えられず改善もできないそうよ。主人の好きな言葉は「計画、実行、記録、検証、改善」らしいわ。ホント、面倒なんだから。そんなんだから、四〇歳になっても独身なのよ！

和彦様にお仕えしてから半公転が経ちました。安全地帯《セーフティゾーン》で、ダンジョン内で、そして寝台の上で、和彦様とは多くの言葉を交わしました。なぜ、和彦様が効率や合理性に拘られるのか疑問でしたので、寝物語で聞いたことがあります。

「俺は以前、営業という仕事をしていた。その会社は良くも悪くも体育会系で『営業は足で稼ぐもの。とにかく客先に行け』と、バカの一つ覚えみたいな管理をしていた。数さえこなせば、後から質がついてくるってな。質を高めるための肥やしとなった客のことなんて誰も考えていない。『それが営業だ』の一言で終わりにしている。愚かだと思ったよ」

和彦様が計画と検証に拘られるのは、以前働いていた仕事に影響されてのことらしいですわ。和彦様は「脳筋」と仰られていましたが、どうやら和彦様の対極に位置する人たちと働いていたそうです。その中で効率を追求して成果を出した和彦様は、さらに多くの仕事を背負わされ、バカバカしく感じてお辞めになられたそうです。

「ダンジョン・バスターズは、そうした自称体育会系の脳筋組織にはしない。科学的、合理的に、楽して高い成果を出す。俺が検証と改善に拘るのは、そこから得られた知見が今後の冒険者育成に役立つと考えているからだ」

一〇公転後に必ず来る「破滅」を防ぐため、和彦様はダンジョン攻略の最前線に立っておられます。その方が、これほどまでに確固たる信念を持ち、ダンジョンを解き明かそうとされているのです。私は期待してしまいます。億分の一以下の可能性を本当にお摑みになるかもしれません。

仕事でも運動でも、必ず「慣れ」というものがある。慣れたやり方、慣れた戦い方……俺はそれを危険視する。慣れとは、いわば『パターン』だ。そして人間は、成功のパターンを覚えると、今度はそれに固執しはじめる。「営業は数だ」と言っている奴は、それで一定の成功をしてしまったため、そのパターンしか知らないのだ。経営においても、現場においても、人間関係においても、パターンは常に存在する。そして時代や状況の変化によって、パターンは使えなくなる。

「よし、次は爆裂魔法を使わない戦い方を考えてみよう」

およそ三時間掛けてゴブリンの集団二〇隊を倒した俺たちは、第一層の安全地帯《セーフティゾーン》へと戻った。初手でエミリがゴブリン集団をバラバラにし、後は各個撃破していくという戦い方は、その有効性が検証できた。ならば次は、俺と彰、朱音の三人だけで、最初から近接戦闘したらどうだろうか。

「その場合、エミリちゃんを中心にして三方向を僕たちが固めるって感じかな？」

「だったら火炎系の魔法は使わないほうが良いわね。『ストーンバレット』のような物理系の遠距離攻撃でゴブリンの意識を逸すのはどうかしら？」

「彰さんが仰る通り、三角形の防御陣が有効かと思われます。ですがそれはゴブリンに囲まれた時に有効な陣形ですわ。一方向から迫ってきた場合は、やはり範囲攻撃が有効と思われますが……」

それぞれが意見をホワイトボードにまとめ、マグネットを使ってパターンを模索する。こうした議論はやっておくだけでも価値がある。その状況が来た時に、即座に対応するためだ。そしてすぐに、その状況はやってきた。

「三方向同時？」

進んでいると、前方と左右からゴブリンソルジャーが出現した。俺はすぐに指示をだした。

「三角陣を組め！　エミリは中央に入って爆炎魔法と石礫《せきれき》で支援！　それとハイ・ポーションを準備しておけ。俺は回復魔法があるが、朱音と彰はポーションを飲んでる時間はないはずだ。攻撃を受けた場合はエミリが後ろから掛けてやれ！」

「「「了解ッ!!」」」

三方向からそれぞれ五体ずつのゴブリンソルジャーが攻めかかってくる。彰の方角から爆発音が聞こえる。朱音は苦無による遠距離攻撃を仕掛けたようだ。そして俺は真っ向から突っ込んだ。突き出される剣を辛うじて躱し、ゴブリンの足元にスコップを突き立てて飛び越えると、石礫がゴブリンたちに襲いかかる。背後に回った俺は短剣をゴブリンの首に突き立て、スコップで脳天を叩き割る。だがゴブリンたちも黙ってはいない。それなりに研がれた剣を叩きつけてきた。防刃シャツが切り裂かれ、腕に深々と傷を負う。左足の太腿《ふともも》にも鋭い痛みが走った。だが気に留めてはいられない。雄叫《おたけ》びを上げて、目の前のゴブリンを殺した。

ゴブリンソルジャー一五体との戦いを辛うじて越えた俺たちは、すぐに第一層へと転移した。

「へ……　へへッ……　シクッちまった」

彰が重傷を負っていた。顔面左側に深い傷を負い、眼球も潰れているかもしれない。すぐにエクストラ・ポーションを使う。朱音も切傷を負っていた。回復魔法も使って、全員の治療に当たる。エクストラ・ポーションがなかったらと思うとゾッとする。治療が終わると俺は頭を下げた。

「スマン。俺のミスだ。Aランクを、いや『ダンジョンそのもの』を甘く見ていた」

「いいえ、和彦様の責任ではありません。索敵で気づいていながら、道を誤った私の責任ですわ」

朱音が片膝をついて謝罪する。俺は首を振って、朱音を立たせ、そして全員をソファーに座らせた。俺は今回のミスを反省するため、これまでの探索方法や戦闘方法を振り返った。これまでの俺の戦い方は、真正面から突っ込んでいくだけの単調なものだった。それでも勝てたのは、朱音やエミリなどのサポートがあったこと。魔物自体が個々バラバラに戦い、集合ではあっても集団ではなかったこと。そして包囲されるほどの大量の魔物に出くわさなかったことにある。

「この戦い方ではダメだ。人数も、戦い方も、全てを見直す必要がある」

幸いなことに、俺はスキル「転移」を持っている。今回のような場合は、すぐに転移して逃げるべきだろう。そのうえで、パーティーとしての戦闘モデルを構築しなければならない。後背の守り方、連携の仕方といった戦闘時のみならず、移動時における索敵やその後の道順なども幾つものパターンを考える必要があるだろう。

「俺たちは朱音がいるから索敵できる。だがそれでは『俺たちだけ』になってしまい、汎用性がない。手痛い失敗だったが、これを経験にしよう」

ホワイトボードの前に立ち、ペンを手にとった。「ダンジョン内の移動方法」「罠《わな》や魔物の索敵やマッピング方法」「戦闘における連携方法」「万一のための退路の確保方法」と書いていく。これらを標準化、マニュアル化し、誰もが実践できるようにしなければならない。

「計画変更だ。『深淵《アビス》』第四層攻略は延期し、先に横浜ダンジョンの攻略を進める。あそこならCランク魔物が多いはずだ。そこでランクアップと連携の検証を徹底的にやる。だがそのためには、協力者が必要だ。そろそろ、運営局長に明かすべきか……」

俺はやるべき事とその順番を脳裏にリストアップした。

「まったく…… 今日は年末、仕事納めの日なのよ？　ただでさえダンジョン騒動で忙しいというのに、こんな日に『借りを返せ』だなんて」

年末の金曜日、防衛省を始めとする中央官庁は仕事納めを迎えていた。ダンジョン冒険者運営局長の石原由紀恵は、呆れながらも笑って俺の誘いを受けてくれた。

「まぁ良いわ。どうせ家に戻っても独りだし。話題のダンジョン・バスターと一緒に食事するのも悪くないわね。個室のある店を予約してあるわ。歩きましょう」

防衛省庁舎から靖国《やすくに》通りを市ヶ谷駅方面に歩く。局長ともなれば運転手付きの車を利用できるはずだが、業務外ではあまり利用していないらしい。

「色々とあるの。ただでさえ四〇代の局長、しかも女性となれば色々と言われるのよ。ホント面倒臭いけれど、組織で生きる以上は仕方ないわ」

女性でありながら、四〇代で局長にまで昇った石原である。組織内での足の引っ張り合いなど、色々とあるのだろう。石原は結婚指輪をしていない。先程の言葉からも、どうやら未婚のようだ。ダンジョンに入れば強化因子で若返ることもできるはずだが、それは本人の意思次第だろう。

「局員たちには申し訳ないけれど、年末年始休暇は交代で取ってもらうことにしたわ。三六日周期はほぼ確実だと思うけれど、万一のことを考えるとね。私も殆ど、自宅待機よ」

そう笑って肩を竦める。四〇代女性としては、かなり美人のほうだろう。ダンジョン・ブートキャンプに誘いたいくらいだ。だが顔には疲労の色が濃い。ここでさらに重荷を背負わせるのはどうかと気が引けたが、それは運営局長の責任として諦めてもらうしかないだろう。市ヶ谷駅を越えて少し歩くと、予約していた店に到着した。


市ヶ谷にある「炭火焼肉しちりん亭」は、かなり高級な焼肉屋らしい。コースは最低で1人9千円からとなっている。今日予約したのは、一番高いコースらしい。お値段は二万五〇〇〇円。

「貴方のことだから、コース一人前ではきっと足りないでしょう。けれど、ここはワリカンよ？貴方とは利害関係があるから、国家公務員法でそう決められているわ」

解っていたことだが、相手はエリート官僚だ。下手に奢ろうものなら、両者にとってマズイことになる。俺は頷き、出てきたビールグラスを手にとった。

「それで、私に何か相談があるんじゃないの？」

石原が切り出してきたのは、最初のビールが終わり、塩系からタレ系へと変わった頃だ。手にしていたグラスを置いて切り出す。肚《はら》を括った俺は、口調さえもこれまでとは変えた。

「証明は後からする。まずは聞いてほしい。七月末、大阪梅田をはじめとして世界中にダンジョンが出現しはじめた。それが最初にダンジョンが出現した日と考えられている。だが実は……」

「実は、その三六日前にダンジョンが出現していた。場所は東京都江戸川区。そう言いたいわけ？」

石原の言葉に、思わず目を見開いた。きっと驚愕《きょうがく》の表情を浮かべていたに違いない。俺の顔を見て、石原はクスクスと笑った。

「別に手品じゃないわ。得られた情報を組み合わせ、事実から帰納的に思考した推論よ？　でもその表情を見る限り、どうやら当たりのようね？」

「いつからだ？　いつから、その推論を持っていた？」

石原は勿体《もったい》ぶるように、ロースを焼き始めた。炙《あぶ》るだけで食べれる極上のロース肉を口に入れ、目を細める。ビールを一口のみ、そして語り始めた。

「最初の違和感は、冒険者募集の一次試験の結果よ。私の部下は、紙上の処理で終わらせてしまっていたけれどね。貴方は上位三〇名の中に入っていた。あの三〇名の中には、空手の黒帯やそこそこ知られたスポーツ選手、プロボクサーもいたわ。その多くが二〇代。一方の貴方は四〇歳、しかも経営コンサルタントというおよそスポーツとは無縁の仕事をしている。それにもかかわらず、アスリート並みの身体能力を持っていた」

「なるほど。確かに試験で『江副さんがトップです』って言われたな。あの時か」

石原は頷き、次の肉を焼き始めた。俺も得心し、同じように焼き始める。

「で、違和感が強くなったのは、横浜ダンジョンでの二次試験か？」

「確かに、それもあるわ。二次試験の事故時、貴方は宍戸彰と一緒にダンジョンに残った。宍戸彰は『戦いそのものを求める』という動機があるけれど、貴方にはそれが見えなかった。初めてダンジョンに入るはずなのに、自衛官以上に落ち着いて事故に対処していたことが引っかかったのは事実よ。でも問題はその後、ダンジョン・バスターズよ」

焼けた肉を食べる。次はカルビだ。最高ランクの肉らしく、脂が既に溶けている。

「書類上の不備はなかったはずだ。会計処理もしっかりしていたはずだが？」

「そうね。登記も終え、商標登録も申請し、ロゴも名刺もできている。まったく不備はないわ。まるで数ヶ月掛けて準備したみたいに、完璧すぎるくらいに完璧だったわ。だから逆に違和感を覚えたの。そして調べた。大阪にダンジョンが出現したのは七月三〇日、そして死者が出たことなどがニュースで流れたのが翌日の午前中。その日の午後、貴方はダンジョン・バスターズの登記を提出している。奇怪しいわね。その日のニュースでは『未知の洞窟』としか流れていないはずよ？　誰も『ダンジョン』なんて言葉は使っていないわ。でも貴方は、まるで今日《こんにち》の状況を予期していたかのように、最高のタイミングで社名を登記し、同日に商標登録申請までしている」

俺は黙ってビールを飲んでいた。振り返ってみれば確かにそうだ。気づく者は気づくだろう。

「四〇歳とは思えない身体能力、ダンジョン群発現象を予期したかのような行動。ここから導き出される推論は一つ。大阪やニューヨークに出現したダンジョンは、最初のダンジョンではない。その前からダンジョンは存在していた。そして貴方がそれを見つけ、現在も潜り続けている。横浜ダンジョンの葛城陸将補が貴方に協力的なのは、ただ冒険者だからってわけじゃないでしょ？　きっと彼も、それを知っているのね？」

「その通りだ。このことを知っているのは葛城施設団長および二人の自衛官、そして貴女《あなた》だけだ。

あぁ、バスターズのメンバーたちは勿論《もちろん》、知っている。彰も睦夫もな」

ふぅと俺は息を吐き、そしてダンジョン冒険者運営局長と向き合った。半分諦め、半分意を決したような心境で告白する。

「俺が、ダンジョンを起動させたんだ」

石原は少し目を細め、そして黙っていた。


刑法三八条一項にはこうある。

〈罪を犯す意思がない行為は罰しない。ただし法律に特別の規定がある場合はこの限りでない〉

また過失については「予見可能性」が考慮される。そう考えた時、果たして目の前の男を刑法で問えるだろうか？　ダンジョンの出現なんて、誰が予見できるというのか。何より、現行の刑法に「ダンジョンを出現させた者」に対する罰則規定などない。つまりこの男、江副和彦を罪に問うことはできない。

「ふぅ……まったく、こんな重い話を年末の今日にされても、困るんだけれど？」

そう言って少しだけ時間を稼ぐ。その間に情報を整理する。この半年間、江副和彦は重大な情報を隠し続けてきた。それはなぜか？　当初は、ダンジョンなどという荒唐無稽なモノなど信用されないと考えたのだろう。あるいは自分の私有地などに出現したため、土地の没収を恐れた……

（違うわね。それなら梅田や横浜にダンジョンが出現した段階で報告しても良かったはず。でも彼は今日までひた隠しにしてきた。ダンジョンに関わりたくないわけでもないでしょうに……）

江副和彦は、一方でダンジョンの情報を隠しながら、もう一方で民間人冒険者の募集には一番に名乗りを挙げている。ダンジョン・バスターズという組織まで創り、積極的にダンジョンに入り、国や自衛隊に協力姿勢を見せている。マスコミの前で仲間を募集し、既に二人の仲間を得ている。一見すると矛盾する行動だ。これを整合させるような理由とは何か？　そう考えた時、私はある気づきを得た。江副は言った。「俺がダンジョンを起動させた」と……

「ダンジョンには、まだ秘密があるのね？　発表すれば世界中が混乱するような、重大な秘密が。最初にダンジョンに入った時、貴方はその秘密を知った。それをどう扱うべきかで貴方は迷いながら、ダンジョンを放っておくわけにもいかず、民間人冒険者になり仲間を集めている……　その秘密とは恐らく、全世界の安全保障に関わる問題ね？」

眼の前の男は理知的な男だ。その行動には必ず理由がある。私は確信し、そして声を落として自分の推論を述べた。その時の彼の表情は忘れない。彼の顔には、悲壮な決意が浮かんでいた。

少し薄暗い部屋の中に、男と二人きりでいる。広めの部屋には寝台もある。私だって女だ。男性を「雄」と意識する時だってある。だがこの時ばかりは、そんなロマンスは吹き飛んでいた。

「『転移』のスキル……　貴方が自分のステータス画面を隠す理由がよく解った。こんなスキルを持っていたら、社会的不安を呼び起こしかねない。幾らでも犯罪に使えてしまうもの」

東京都江戸川区鹿骨町に出現したという始祖のダンジョン「深淵《アビス》」の第一層に私はいた。市ヶ谷の焼肉屋の個室から、一瞬でここに移動したのだ。

「ダンジョン内は地上の一四四倍の速度で時が流れる。地上の三〇秒はダンジョンの七二分、個室から移動したから、問題ないだろう」

男はそう言って、二枚のカードを取り出した。魔物カードではない。人が描かれている。そのカードは輝きを放ち、そして人間へと変化した。

「初めまして。和彦様の忠実なる下僕、忍びし者『朱音』と申します」

「天才魔法師、エミリよ」

「もう驚くことすらできないわ。飲み物をいただけないかしら？　それとタバコある？」

朱音という見たこともないほどの美女は、江副に少し視線を送り、そして紅茶を用意し始めた。エミリという女子高生のような娘は、革張りのソファーに寝転がっている。そして江副は引き出しからタール一ミリのタバコを取り出して差し出してくれた。

「タバコ、吸うんだな」

「久しぶりよ。二五年前は吸ってたわ。国家I種に合格した時に止めたの。出世に響くから……」

会議室にあるような肘掛け椅子とサイドテーブルが用意された。そこに座り、フゥと紫煙を吹き出して部屋の中を観察する。大臣の執務机のような立派なデスクが置かれ、革張りのハイバックチェアがある。その背後には壁一面にガラス張りのコレクション・ボードがあり、棚にはケースに入れられたカードが整然と並べられている。

振り返るとパーテーションが並んでいる。あの向こう側はなんだろうか。その手前にはローテーブルと革張りのソファーが置かれていた。ダンジョンは石床のはずだが、この部屋は板張りでラグまで敷かれている。折りたたみ椅子が何脚かあり、ホワイトボードが用意されていた。

「どうぞ。和彦様がお好きなアールグレイですわ」

サイドデスクに紅茶と焼き菓子が置かれる。まるで夢のような非現実的な気分だが、茶の香気が現実であることを教えている。私はソーサーを手に取って、一口啜った。

「美味《おい》しいわね。ロイヤルフェルトかしら？」

「いや、それは『和紅茶』だ。佐賀県から取り寄せた。国産一〇〇％の紅茶だよ」

「へぇ…… 初めて聞いたわ。私も学生時代は紅茶が好きだったけれど、今はコーヒー党なのよ。官僚の業務量には、紅茶は合わないわ。まさかダンジョンの中で、こんな優雅な一時を過ごせるなんてね。ありがとう、酔いと共に気分も落ち着いたわ。それで、話の続きを聞かせてくれないかしら。貴方は何を知っているの？」

眼の前の男、江副和彦は紅茶を一口啜り、語り始めた。

「魔物大氾濫《モンスタースタンピード》……」

「正直、先日まではなんとかなると思っていた。だがこの『深淵《アビス》』の第四層で思い知らされたよ。Cランクの魔物でさえ、人類は苦戦する。ましてBやAの魔物となれば、その力は想像を絶するだろう。俺が貴女に相談を持ち掛けたのは、今のやり方では滅亡を止められないと考えたからだ」

石原に、これまでの経緯の全てを打ち明けた。「深淵《アビス》」では金銭がドロップすること、それを回収しマネーロンダリングしていることを話した時は、メモを取る顔をチラと上げただけであった。

全てを語り終わった後、石原はメモの内容を読み返し、暫《しばら》く考え込んでいた。

「最初に発見した時に、国なり警察なりに相談していれば……なんて言うのは後からだから言えるセリフね。色々と考えて、貴方なりに動いてきたことは認めるし感謝もするわ。少なくとも、貴方以外の人が発見していたら、この情報は得られなかったかもしれないもの。でも言う通り、このやり方では限界が来るわ。例えば、世界中のダンジョンを討伐するとして、他国のダンジョンにどうやって入るの？　魔石を生み出すダンジョンは資源採掘場としての側面を持ち始めている。他国の冒険者が、しかも『討伐』を目的に入るなんて許さないはずよ？　国家間の交渉が必要になるわ」

「その通りだ。ダンジョンを討伐すれば、そのダンジョンの管理権限を得られるそうだが、実際のところはわからない。ガメリカのダンジョンでさえ、入れないだろうな」

「あら、どうして？　一〇年後の破滅を大々的に公表すればいいじゃない。国家間のイザコザなんて、目の前の破滅を知れば綺麗《きれい》になくなるんじゃないの？」

エミリの言葉に、俺と石原が顔を見合わせる。石原はため息交じりに呟いた。

「いいわね。若いって……もうすぐ世界が破滅する。争っている場合じゃない。みんな力を合わせてダンジョンに立ち向かおう……そんな夢物語を描けるのが若さの特権だわ」

「エミリ、人間はそんな生き物ではない。一〇年後にスタンピードが発生するという確たる証拠がない以上、殆どの人間は信じようとはしないだろう。目の前に朱音やお前を顕現させて、お前たちから説明されても信じない。信じたくないという気持ちが勝り、結果、もっと愚かな行為に走る」

「でも、その人は信じているじゃない」

「信じてないわよ？　証拠がないんだもの。ただ私は、江副和彦という人物に一定の信頼を置いている。だから、彼が語る言葉を『傾聴』はする。でも世界各国の首脳は別。浦部総理だって、聞いてはくれるでしょうけど信じはしないでしょう。それに下手に公表しようものなら、世界的な大軍拡が起きかねないわ。少なくとも現在は、可能性を提示する程度に留《とど》めるべきね。ダンジョンの深奥に到達すれば、明確な証拠が手に入るかもしれない。年末にテレビに出るんでしょう？　その時に、このダンジョンやレジェンド・カードには触れずに、スタンピードの可能性を提示しなさい。貴方なら可能だと思うわ」

石原は頷いて立ち上がった。カツカツとホワイトボードに近づく。その背中を見ながら俺は思った。もし石原以外が局長だったら、俺は相談しただろうか。ダンジョン冒険者運営局長が彼女だったのは、俺にとっても、あるいは人類にとっても幸運だったのかもしれない。

「確認だけれど、このダンジョンが現金をドロップすることを知っているのは？」

「バスターズのメンバー以外では、貴女だけだ。葛城陸将補にも、この話はしていない」

「賢明ね。現金を出現させるダンジョンなんて知られたら、財務省と国税庁がすっ飛んでくるわ。さて、貴方のことだから既に考えているでしょうけど、ダンジョン・バスターズの直近の目標は、この『深淵《アビス》』を討伐することよ。目標は半年以内」

石原がホワイトボードに「目標、Aランクダンジョン　深淵《アビス》討伐」と書く。俺も勿論そのつもりだが、念のために確認する必要があるだろう。

「敢えて聞くが、その理由はなんだ？」

「ダンジョンを討伐すると、その管理権限が得られる。これが事実なら、スタンピードの証拠が手に入るかもしれない。それに管理権限が得られるということは、ドロップ品を現金ではなく魔石に切り替えることも可能なはずよ？　そのうえで、このダンジョンの出現日を来年の六月にするのよ。つまり、他のダンジョンと一緒に出現したことにしてしまう。そして管理権限をダンジョン・バスターズが握り、ここでメンバーたちを鍛えていく。冒険者運営局は特例としてそれを認める」

「だが冒険者は俺たちだけじゃない。他の冒険者には情報を隠すのか？」

「理由は付けられるわ。東京都のベッドタウンのど真ん中、しかも民家の中に出現したから、混乱を避けるために少数精鋭の冒険者による討伐が必要だった、なんて言い訳はどうかしら？　これなら極端な話、最初のダンジョンとして公表しても追及を凌《しの》ぐことは可能よ？　安全確保のために、情報を隠しつつダンジョンを封鎖するために周囲の土地を買っていった、と言えばいいわ。要は結果よ。発表した段階でダンジョンを討伐し終えていれば、世間もそこまで糾弾しないわ」

上手い言い訳だ。経営コンサルタントになっても稼ぐことができるだろう。だが俺がこれまでやっていたことは、詐欺、あるいは脱税行為ではないのか？　それを告発しないのか？

「ハッキリ言えば、貴方がやってきた行為は、限りなく犯罪行為に近いわ。ダンジョンが落とすお金は本物なの？　それとも偽物なの？　本物なら、落とし物は警察に届けないといけないし、偽物なら『収得後知情行使等の罪』に問われるわね。でも、そんなことはどうでも良いわ。貴方はダンジョンを最も深く知り、バスターズはダンジョンを鎮圧できる可能性を有している。貴方以上の可能性が出てこない限り、たかが数十億の脱税なんて大事の前の小事よ」

石原はホワイトボードにダンジョン出現日を書き始めた。

「大阪梅田が七月三〇日、横浜市反町《たんまち》が九月五日、札幌市が一〇月一二日、仙台が一一月一八日、そして千葉県船橋市が一二月二四日……次に出現するのは来年一月二九日未明ね」

「恐らくな。ガメリカや大亜共産国では同時に複数が出現している。日本でも同時に出現したところで奇怪しくはない」

「来年の六月二四日、それがこのダンジョンの公式的な出現日とするわ。あと半年間、それまでにできるだけ仲間を集めて、可能なら一、二箇所のダンジョンを討伐するの。これは、人類とダンジョンとの戦争だわ。バスターズはその最前線に立つ英雄。必要不可欠な勇者たち。そういった風潮をつくり出せば、滅多なことでは指弾されないわ。貴方のやっていることは法に反しているかもしれないけれど、それで誰かが不幸になったわけじゃないのだから」

俺は肩を竦めた。英雄、勇者……本当にファンタジーだ。少しだけ愚痴ってしまう。

「俺は元々、経営コンサルタントだ。本来は裏方の人間なんだ。やれやれ。鹿骨町の小さな家で、慎《つつ》ましく暮らしていくはずだったんだがなぁ」

「諦めなさい。貴方はもう覚悟ができているでしょう？　貴方は選択できた。ダンジョンの存在を知った時、人類滅亡の未来を知った時、たとえ混乱が起きようとも、それを公表して国に相談を持ち掛けることも考えたはずよ？　でも貴方は、自分の手で解決する道を選択した。その時からもう、普通の生き方はできないのよ。そして、貴方のこれまでの行為に目を瞑《つぶ》る決断をした私もね」

俺は石原を見つめ、頷いた。また一人、心強い同志を見つけることができた。

市ヶ谷の焼肉屋で別れた私は、寒空の下を歩いている。マンションは九段下だ。都営新宿線に乗れば一駅だが、歩いて帰りたい気分だった。靖国通りを神保町方面に歩きながら、これからのダンジョン政策について考えを巡らせる。

（年始を利用して、ダンジョン・ブートキャンプに入隊しようかしら？）

ブートキャンプは今月から申込受付が始まったが、その効果は抜群だ。メタボな中年男性やアラフォーの女性などが続々と参加し、見た目も肉体年齢も一〇歳以上は若返っている。現在は横浜ダンジョンだけだが、船橋や仙台、札幌でも順次受付を始める予定だ。

（大阪は止めたほうが良い。アレは恐らくSランクダンジョンだ。死人が出るぞ）

「Sランク……　ダンジョン・システムでも七つしか存在しないという最凶のダンジョンね。困ったものだわ。下手に自衛隊を突入させようものなら、それこそ責任問題になるでしょうし……」

現在、自衛隊はダンジョン外の地上施設を維持管理することが、役割となりつつある。だが手を拱《こまね》いているわけにはいかない。最善を尽くしたとしても、一〇年後の魔物大氾濫《モンスタースタンピード》を食い止められるとは限らない。その時は、日本を護るために自衛隊の力が必要になるはずだ。

（魔石による水素発電が本格稼働すれば、経済は活気づくし防衛予算も増える。だが銃火器を揃《そろ》え

たところで、魔物に勝てるだろうか。むしろ江副たちのような冒険者を育てるべきではないか）
気がついたら、靖国神社の交差点まで来ていた。この国の未来を、そして世界の未来を思うと、英霊たちにも縋りたくなる。腕時計を見て、交差点を左に曲がった。

朱音、エミリの二人が止めるのを押し切って、俺は鹿骨ダンジョン「深淵《アビス》」の第四層に入った。索敵を徹底させ、挟まれないように気をつけながらゴブリンソルジャーと戦う。

「クッ……また傷を負ったか」

鋼の胴鎧を着ているとはいえ、腕や足は防刃布のままだ。ゴブリンソルジャーの攻撃を受けても斬られることはないが、かなりの衝撃を受ける。これで三度目の骨折だ。回復魔法を使う。

「和彦様、ゴブリンたちが回り込みつつあります。一旦、撤収すべきですわ」

俺は頷き、第三層の安全地帯《セーフティゾーン》に転移した。そして再び、第四層へと向かう。

（必ず攻略方法がある。それを見つけ出すまで、骨折だろうが四肢喪失だろうが受けてやる！）

ゴブリンソルジャーにスコップで斬りかかる。常に動き回り、囲まれないように気をつける。コイツらを一人で倒せなければ、B以上の魔物などに勝てるはずがない。既に数百体を屠《ほふ》っているが、怪我《けが》を負った回数もそれに比例している。第一層の安全地帯《セーフティゾーン》に戻ると、朱音が意見してきた。

「和彦様、ガチャを回すべきですわ。胴鎧だけでなく、ズボンやシャツなども出るはずです。レアランクの装備で身を固められれば、攻略も容易になるでしょう」

「解っている。だが一対多の戦い方がまだ見えない。装備に頼った戦い方ではこの先、行き詰まると思う。それまでは今の装備で進みたい」

「違うわ。戦いは相性よ。主人《マスター》のスコップは強力だけれど、相手は剣と盾を持つ戦士なのよ？　その相手に相応《ふさわ》しい装備を用意すべきよ。主人がこれ以上傷つくのを見たくないわ」

エミリが縋るように諭してくる。俺は数瞬瞑目し、そしてカードを取り出した。

＝＝＝
【名　前】ゴブリンソルジャー
【称　号】なし
【ランク】C
【レア度】Rare
【スキル】剣術Lv4　身体強化Lv3　――
＝＝＝

「ちょうど一〇枚ある。試しに、ガチャッてみるか」

ステータス画面から武器ガチャを呼び出す。レアカードによるガチャは初めてだ。本当は一〇〇枚集めて検証したいところだが、このままでは見通しが立たない。

「始めるぞ」

一〇枚が消え、画面のレバーが回る。やがて画面からカードが出現した。見たところ、これまでとは変わらない。俺は祈るような思いで、カードを手にとった。

＝＝＝＝＝＝＝＝＝＝＝＝＝＝＝＝＝＝＝＝＝＝＝＝＝＝＝＝＝

【名　称】彗星《すいせい》・斬鉄剣
【レア度】Super Rare
【説　明】「この世に斬れぬ物はなし」といわれる伝説の一振り。
　　　　ただし蒟蒻《こんにゃく》のようなプルプルしたものは斬れない。

＝＝＝＝＝＝＝＝＝＝＝＝＝＝＝＝＝＝＝＝＝＝＝＝＝＝＝＝＝

「今度は、ル〇ン〇世かよっ！　外見までソックリじゃねーか！」

白鞘《さや》に納められた一振は真《ま》っ直《す》ぐに近い曲線を描いている。試しに顕現させて抜いてみた。直刃で刃紋のような遊びは一切ない。長さは八〇センチほどで、太刀に入るだろう。

「これ、アニメのようにキエーッとか言いながら振るのか？　まず第一層で試してみるか」

朱音たちと共に、俺は再び深淵《アビス》に入った。

「なんだ、この刀は？」

第一層のゴブリンを倒した時、俺は唖然《あぜん》とした。斬った感触がないのである。ゴブリンを両断したのに、まるで素振りをしたような感覚だった。第二層のオークで試すが、やはり同じであった。

胴体を薙《な》ぐと、アッサリと上下に分かれてしまった。そして、第四層に入る。

「……盾ごと、斬ってしまわれていますね？」

「えぇ、アレでは防御の意味ないわ」

斬鉄剣の切れ味は変わらない。ゴブリンソルジャーを盾ごと斬ってしまう。あまりの切れ味に、俺は怖くなった。剣の届く範囲にゴブリンが入れば、それで終わりなのだ。手応えすらない。

「コレは素晴らしい。素晴らしいが……」

このままでは、斬鉄剣に頼るようになってしまうだろう。そしていずれ、この刀が通じない相手に出くわすはずだ。そのためにも、道具に頼るような戦い方は避けなければならない。

「斬鉄剣を使うのは良い。だが他の戦い方も研究するぞ。この武器は、レアカード収集用だな」

五体が飛び掛かってきた。斬鉄剣をただ振るっただけで、煙となって消えた。


大晦日《おおみそか》はいつも彼女と過ごす。今年は美紀ちゃんだ。去年は祥子ちゃんで、一昨年は……忘れちゃった。まぁ来年は誰と過ごすかわからないけれど、良い年になるといいなぁ。

「あ、そうだ。兄貴がテレビに出るんだった。一応、見ておくか」

僕はいま品川のホテルにいる。ベッドの上で楽しいひと時を過ごした後、僕はテレビを付けた。年明けは実家に帰って、その後は兄貴と一緒に横浜ダンジョン攻略に乗り出す。深淵《アビス》の第四層を攻略するには、僕自身がCランクになる必要がある。兄貴の感覚では、横浜ダンジョンはCランク相当らしい。そこを攻略すれば、Bランクまで上がれるかもしれない。

「でも兄貴のことだから、この年末年始も一人で深淵《アビス》に入ってるんだろうなぁ」

兄貴は、良く言えばストイック、悪く言えば狂ってる。ファンタジーなダンジョンを徹底的に調べてる。魔物を倒すことでの成長度合いを割り出すためとか言って、一〇〇体ごとに倒した時間を計測してグラフ化したのを見せられた時は、狂気すら感じたね。でも、そんな兄貴がいるから僕やムッチー、マリリンは安心してダンジョンに入れるんだと思う。それくらい狂ってないと、億分の一以下の可能性なんて摑めないのだろう。

「お、始まった」

年末のテレビ番組なんて、バラエティーが殆どのはずだけど、今年はダンジョンが出現したということもあり、兄貴への取材が殺到していた。兄貴は結局、一番組だけ出演を了承した。美人女子アナかと思ったら、相手は東テレでビジネス番組やってる「大須賀アナ」だったよ。


これまでの僕は、年末が嫌いだった。リア充たちのイベント、クリスマス・イブやその後の年の瀬のお祭りムードなんて、僕には全く関係なかった。僕の唯一の慰めは、有明国際フォーラムで毎年年末にある世界最大の同人誌即売会「スーパーコミックセール」だけだった。仲間たちと片隅でひっそり、自作の同人誌を売るだけだったけど……

「でも、今年の僕は違うんだな！」

今年はウチの展示コーナーは大盛況だ。ダンジョン特集だからね。江副氏にお願いして、本物のR、UC、Cカードを一枚ずつ貰って展示しているし、ポーションを一瓶、顕現させて置いてあるから、凄い注目だよ。何しろ世界中でここでしか見れないからね。集まった人たちは、次々と同人誌を手にとってくれる。ダンジョンモノの同人誌が飛ぶように売れてるよ。

「スゲェ、本物の田中睦夫だよ。俺たちと同族っていうの、本当だったんだな。サイン貰おうぜ」

ダンジョンのことやバスターズのことも聞かれるよ。うん、僕はいま、凄く充実してる！


今年は去年よりもずっと豪華な年の瀬です。海老天《えびてん》とカマボコの入った年越し蕎麦《そば》で、お祖母《ばあ》ちゃんとお母さんの三人で、幸せな年末を迎えました。お母さんも、久々にお節料理を作れて嬉しいと言っています。本当に、ダンジョン・バスターズに入って良かったと思います。

「でも江副さんは最近、注目されているみたいだから、茉莉も素行に気をつけなきゃダメよ？」

「大丈夫だよ。友達には『伯父さん』ってことで誤魔化してるし、私がバスターズの一員だって、まだ誰も知らないよ」

明日はお節料理です。大好きな栗《くり》きんとんを山程食べられます。お母さんも来年四月から、バスターズの拠点で、家事手伝いなんかをして働くそうだし、お祖母ちゃんもハイ・ポーションで回復し、いまではヘルパーさんも必要ありません。来年は今年よりもっと明るいと思います。

「あ、和さんがテレビに出るって言ってた。番組、変えるね」

東テレに変えると和さんが映っていた。器を手にして汁を飲む。テレビ画面の和さんが言った。

「私は、ダンジョンとは人類を進化させるためのシステムだと考えています。そして、進化に値しないと判断した時、ダンジョンがどのような行動に出るか。私はそれを非常に恐れています」

あ、お出汁《だし》美味しい。

話は少しだけ時を遡る。田中睦夫のダンジョン・ブートキャンプを終え、横浜ダンジョンで魔石確保に勤《いそ》しんでいた頃、俺のもとには取材やテレビの出演依頼などが舞い込んでいた。

「年末恒例の『朝まで生討論』に参加いただけませんか？　今年のテーマは対ダンジョン政策です。司会は俵屋壮太郎、他にもライトノベル作家や与野党の政治家の方々も参加予定です」

「申し訳ありませんが、お断りします」

八〇歳を超えてる司会者はともかく、他の連中はダンジョンに入ったことがあるのかよ？　現場も見てないのにどうやってダンジョン政策を語るんだよ。空中戦の議論はどちらかと言うと得意だが、彼我の知識量と認識に差がありすぎて、議論にならないと思った。

すると今度はバラエティー番組からの出演依頼だ。なんでも、ダンジョン冒険者の身体能力を見せるコーナーに参加してほしいらしい。

「TNG《利根川》47も出演します。ぜひ！」

「申し訳ありませんが、お断りします」

その利根川さんたちがダンジョンに入って強くなるための手伝いをしてくれって言うのなら良いけど、握力測定だのなんだのして「わーすごい」って言われるだけのオチが見えた。そんな話は俺じゃなく彰に持っていってくれ。

そんな中、「安定の東テレ」が面白い企画を持ってきた。独占インタビューをさせてくれというのだ。しかも生放送でだ。ダンジョンだけでなく、ダンジョン冒険者制度や魔石出現による経済の変化、各国のダンジョン政策など、幅広く意見を聞きたいそうだ。

「江副さんは、ダンジョン冒険者になる前は、経営コンサルタントだったと聞いています。その知見を活かして、ぜひ多角的な視点からダンジョンについて語っていただきたいのです。インタビュアーは『ワールド・ビジネス・ニュース』のメインキャスターである大須賀文香です」

「……面白い」

ワールド・ビジネス・ニュースは、ビジネスマンなら知らない者がいないほどに有名だ。そのメインキャスターの大須賀アナはベテランであり、数多くの経営者や証券アナリスト、経営コンサルタントのインタビュー経験を持っている。時間も良い。二〇時から二二時の二時間だ。その後は「独りのグルメ」の大晦日スペシャルらしい。帰りにワンセグで見よう。

その企画を聞かされた時、私の脳裏に浮かんだのは「ブートキャンプ」という言葉であった。人類史上初のダンジョン冒険者である江副和彦氏への単独インタビューは、報道に身を置く者ならば鼓動が高鳴るはずだ。彼は名が知られている割には、あまりマスコミの前に姿を現すことはない。テレビカメラの前で稀《まれ》に喋《しゃべ》るときでも「より多くの冒険者が集まることを期待する」程度しか言わない。彼は、ダンジョンの中で何を感じ、ダンジョン冒険者制度をどのように考え、そして人類の未来をどう憂いているのか。聞きたい質問は山ほど浮かんだ。

だがその前に、私自身がダンジョンに入らなければならないだろう。冒険者になるつもりはないが、ブートキャンプにはエクササイズコースもある。私は局に根回しをしてもらい、一二月中旬から始まる「ダンジョン・ブートキャンプ」に参加した。

そして今夜、江副和彦をゲストに迎え、独占インタビューをしながらダンジョン、そして世界の今後について考える。メイクを受け、特設した会場に入ると既に江副氏がいた。カメラマンやディレクターたちに挨拶している。私に気づいたようで、近づいてきた。

「はじめまして。ダンジョン・バスターズ代表の江副和彦です」

渋みのある声と柔らかい物腰、頭髪は軽くクリームをつけて整えている。上質なテーラードのスーツとそれによく似合うネクタイ、シャツはカフスボタンで留め、時計はＷＷＣのようだ。しっかりと磨き上げられた靴は夫と同じＭ＆Ｊだろうか？　なるほど、確かに一見すると、若手経営者や経営コンサルタントに見える。だがそれだけではない。私がこれまで出会ってきた人たちとは、明らかに違う雰囲気がある。そう、逞《たくま》しい雄の雰囲気だ。この男は経営コンサルタントでありながら、同時に冒険者として暴力の世界で生きている。知性と野性、言葉と暴力、この対立する二つが融合している。

「はじめまして。東京テレビ報道部の大須賀文香です。本日は、宜しくお願いします」

名刺交換を行い、私たちはそれぞれの席についた。

「テレビ番組に出るのは初めてです。至らぬ点もあるかもしれませんが、ご容赦ください」

私は軽く頷いた。本番に入る合図が始まり、姿勢を整えた。そして生放送が始まった。

「こんばんは。大晦日の夜、皆さんはいかがお過ごしでしょうか。去年と同じように過ごしている人、あるいは新しい出会いがあり、去年とは違う過ごし方をしている人も、いらっしゃるかもしれませんね。さて、今夜の東京テレビは去年とは違います。五二回目を迎えた『忘年、日本の歌謡』をあえて短くし、これからの日本、そして世界について考える二時間の番組を用意しました」

ここで画面が切り替わる。別のカメラに顔を向ける。

「今年は人類の歴史に残る年でした。ダンジョンと呼ばれる未知の空間が全世界に出現しました。そこには見たこともないような生物が棲《す》み、科学では説明がつかないような物質が発見されています。世界は、この後どのようになってしまうのか。今夜は、世界初の民間人冒険者であり、恐らく世界中で最もダンジョンに詳しいであろう人をゲストにお呼びし、独占インタビュー形式で、世界の未来についてみなさんと考えたいと思います。それではご紹介しましょう。民間人ダンジョン冒険者であり、株式会社ダンジョン・バスターズの代表でもある、江副和彦さんです。江副さん、今夜は宜しくお願いします」

「こちらこそ、宜しくお願いします」

「本番組では視聴者の皆さんからも、江副さんへの質問を受け付けています。SNSや番組のホームページに、江副さんへの質問をお寄せください。さて、聞きたい質問が山程あるのですが、最初に、本質的な質問をさせていただきます。ダンジョンとは、なんでしょうか?」

江副氏は微《かす》かに目を細め、そして口角を上げたように見えた。

やはりこの番組に出演したのは正解だった。まさか目の前の美人キャスターから、俺が朱音に聞いた最初の質問が出てくるとは。俺は頷き、机の上で指を組んだ。

「魔物が出る、魔石が採れる、時間が早く進む…… 恐らくそんなことを聞きたいのではないでしょう。いつ、誰が、なんの目的でダンジョンを生み出したのか。そういうご質問だと思います。『いつ』というのは解りません。この地球だけなのか、全宇宙の他の星にも出現しているのか、過去にも同様のケースがあったのか。こうしたことは、情報が不足しているため判断しようがありません。『誰が』という点も同じです。ネット上では異星人の仕業とか、粒子加速器実験のせいで異世界と繋がったとか、あるいは神が人類を罰するために生み出した、なんて言われていますが、これも証拠がありません。ただ恐らく、人間がやったことではないでしょう。現時点で言えるのはそこまでです。ですが『なんの目的で』という質問に対しては、私なりの仮説はあります」

「ぜひ、聞かせていただけませんか？」

大須賀が前のめりになる。スタジオ内も静まり返る。俺は数瞬、間をおいてカメラに向かった。

「結論から言いましょう。私は、ダンジョンとは人類を進化させるためのシステムだと考えています。そして、進化に値しないと判断した時、ダンジョンがどのような行動に出るか。私はそれを非常に恐れています」

ゴクリッと誰かが唾を飲む音が聞こえた。

「これはあくまでも私の仮説です。ですから大須賀さんも、テレビの前の視聴者の方も、鵜呑《うの》みにせず自分で考えてみてください」

「それは勿論です。ですがその前に、その仮説の根拠をぜひ、聞かせてください」

これが、この男の話し方なのだろうか。石を落とし、波紋が十分に広がったのを確認して、それからおもむろに語り始める。経営コンサルタントというが、一歩間違えれば詐欺師に近いだろう。

江副氏は頷き、そして語り始めた。

「私は幾度もダンジョンに入っていますが、確信していることが一つあります。ダンジョンは明らかに、なんらかの意思が働いています。例えば『カードガチャ』です。不思議に思いませんか？ガチャなんて言葉は、日本のオンラインゲームで使われている言葉です。実際、欧米ではステータス画面には『カードスロット』と出るようですね。機能は同じようですが、明らかに国籍や言語に応じて理解しやすいよう、言葉が選別されています。これが単なる自然現象なら、共通の文字で統一されているはずです」

「つまり、ダンジョン群発現象は単なる自然現象ではなく、何者かが意図していると？」

「『何者』と擬人化できるかはわかりませんが、仮に『ダンジョン・システム』と名付けるなら、このシステムを設計した存在がいると考えます。そうでなければガチャやスロット、あるいはポーションなど、この百年で人類が生み出した言葉が使われている理由が説明できません」

私はゆっくりと頷いた。ステータス画面はブートキャンプ中に見たことがある。地上では見ることができないが、参加者全員が画面表示の力を得た。私はFランクだったが確かに奇妙であった。まるでゲームで、とても自然現象とは思えない。

「ダンジョン・システムを設計したのは、恐らく超越的ななんらかの存在でしょう。神と呼ぶ人もいれば、悪魔と呼ぶ人もいるかもしれません。いずれにせよ、意図して生み出されたシステムである以上、なんらかの目的があるはずです」

「それが、人類という種の進化を促すことだと仰るのですね？　その理由は？」

「ダンジョン・システムの中途半端さにあります。例えば……参考に持参した二つの道具を出していただけませんか？」

江副氏の要望で、スタジオ内に台座が入ってくる。台の上にはメリケンサックとスコップが置かれていた。江副氏は立ち上がって、台に近づいた。私も立ち上がる。

「ダンジョンには、武器は持ち込めません。銃もナイフも、第一層に持ち込んだ時点でカード化してしまいます。ですが、全ての武器が持ち込めないわけではないのです。このメリケンサック、これは持ち込めます。魔物を殴る際に、破壊力を高めると同時に拳を護るための防具にもなる、攻防一体の道具です。これはダンジョン内で使用可能です。では、同じく攻防一体の道具として現在でも陸軍などで使われているスコップはどうか？　これは持ち込むことができませんでした。メリケンサックは良くて、スコップはダメ。なんらかの判断基準が存在していますが、いずれにしても中途半端です。カード化するのであれば、パンツ一枚まで残らずカード化すればいい。なぜダンジョンは『武器だけ』をカード化するのでしょう？」

「確かに……ヘルメットや安全靴は持ち込めて、武器は持ち込めない。中途半端な気がします」

「同じことが、ダンジョン内の魔物にも言えます。横浜ダンジョンは、第一層より第二層の魔物のほうが強くなっています。ダンジョンに深く入れば魔物が強くなる……ライトノベルに慣れている人には当たり前に感じるかもしれませんが、冷静に考えると奇怪しくありませんか？　ダンジョン内に人を立ち入らせたくないのであれば、第一層から強力な魔物を出せばいい。ですが、実際は逆です。まるで、私たちをもっと奥へと引き込もうとしているかのように、女性でも倒せる魔物を出現させているのです」

私は頷いた。今回の仕事を受けるまで、ライトノベルを読んだことはなかったが、小説投稿サイトでローファンタジー系の作品を読むと、その殆どがダンジョンの第一層は「弱い魔物」を出している。話を面白くするための設定なのだろうが、現実的に考えると不自然だ。これは「ゲーム」ではないのだから。

「これらのことから、ダンジョンは必ずしも人の立ち入りを拒んではいない。むしろ多くの人を招き寄せようとしている。私はそう感じます。そして、ダンジョンが人を集めようとしているとしたら、その目的は何か？　カードガチャ、魔石、ポーションなどの未知の技術、そして強化因子……これらを勘案して考えられるのが……」

「『人類の進化』……」

江副氏は私を見つめて頷いた。

「江副さんがそのように考えた理由は解りました。ですが、その仮説には続きがありますよね？先程、進化に値しないと判断した時、と仰られました。どういうことでしょう？」

「ダンジョン・システムが、出現した世界の知的生命体……ここでは人類と仮定しますが、人類を進化させることを目的としているならば、必然的にある疑問が生まれます。どうやって『進化』を判断するか。私は、ランクがその目安ではないかと考えています」

「ランクとは、魔物を倒したときに発生する強化因子を吸引してトレーニングを重ねることで、上がっていくんでしたよね？　テレビゲームで言うところの、レベルのようなものでしょうか」

「強さの判断基準という点では似ていますが、因果が違います。ゲームでは、レベルアップで強くなります。次のレベルまで必要な経験値が一〇〇としたら、九九までは同じ強さであり、一〇〇になった段階でレベルアップし、攻撃力プラス三、素早さプラス二といったように強くなります。ですが、実際のダンジョン・システムでは違います。戦い続ける中で、攻撃力や素早さが、ほんの少しずつ上がり、一定の基準に達した時にランクアップするのです。レベルが上がって強くなるのではなく、強くなった結果がランクに反映されるのが、現実のダンジョンです」

「なるほど。つまりランクとは、人類の進化を解りやすく表現するための仕組みだと？」

「私はそう考えています。ですがどこまでランクアップすれば良いのか、その目安がありません。人類の大半はＦランクで、人類最強と呼ばれている宍戸彰でさえ、最初はＥランクでした。ＤやＣなどは、もはや人間の限界を超えていると考えられます。ならばＣランクで良いのか？　私は懐疑的ですね」

「その理由は？」

「あまりにも中途半端だからです。Ｃの上はないのでしょうか？　ＢやＡは？　Ｃランクをゴールとするならば、わざわざＣなどと表現せず、それをＡやＳなどにすれば良いではありませんか。このことから私は、ランクは目安ではあるが目的ではないと考えます。そうした場合、ダンジョンは何によって、人類の進化を判断するか。私の出した結論は『ダンジョンを討伐すること』です」

「ダンジョンの深奥に入り、その秘密を解き明かし、そしてダンジョンそのものを消し去る。これができれば、人類が進化したと判断する……そういうことでしょうか？」

「そうです。ダンジョン・システムが人類の進化を促す装置だと仮定するならば、ダンジョンそのものを倒すことができた時に『進化』となるのではないでしょうか。そう考えると、同時に恐怖が湧き上がります。もし誰もダンジョンを倒せなかったら、どうなるのでしょう？　人類の力が届かず、進化の限界を迎えていたとしたら、ダンジョン・システムは次に何をするでしょうか？」

スタジオ内がシンとする。俺はスタジオ内を見渡し、そしてカメラに顔を向けた。

「人類を滅ぼそうとするのではないでしょうか？」


ダンジョン・バスターズ。まるでライトノベルのタイトルのような名前だが、その名は国内のみならず海外でも知られ始めている。その代表である江副和彦は何を考え、何を目的として組織を作ったのか。今回のインタビューでは、それを掘り下げることが私の目標だった。だが、そこから出てきたのは途方もなく重大、あるいは荒唐無稽な仮説だった。

「ダンジョン・バスターズは、いずれダンジョンから魔物が溢れ出てくるのでは、と危惧しています。ライトノベルで言うところの『魔物大氾濫《モンスタースタンピード》』ですね。ダンジョンがあり、ポーションがあり、ガチャがある。魔物大氾濫《モンスタースタンピード》がないと言い切れるでしょうか？　そうしたスタンピードはないかもしれません。ですが、ダンジョン群発現象は現実に発生している事態です。根拠のない希望的観測を持つのではなく、最悪の可能性を想定しておくべきでしょう」

魔物が地上に出てくる。横浜ダンジョンの第一層のウサギでさえ、人を食い殺す力を持っているそうだ。そんな魔物が世界中に大量に出現したらどうなるだろうか。

「江副さんの言葉を聞いていると、鳥肌が立つような暗い未来しか浮かばないのですが……ですがそれは、全て江副さんの『仮説』ですよね？　なんら物的証拠はないのでしょう？」

「ありません。ですから私たちは、ダンジョンの深奥を目指しているのです。ダンジョンの最深部に達した時、なんらかの『解』が得られるのではないかと期待しています。大須賀さんは『暗い未来』とおっしゃいましたが、私は決して悲観はしていません。ダンジョン内では確かに、人間は強くなれます。視力の回復など、医学的には説明のつかない事象も起きています。私たち人類は、まだまだ成長の余地がある。私は、人類の可能性を諦めません」

私の中に、なんとも言えない気持ちが広がった。この男は本気だ。本気で、ダンジョンに立ち向かおうとしている。私はジャーナリストだが、同時に一人の日本人でもある。同じ日本人がここまで本気になっているのだ。応援したくなる気持ちを持つのは当然だろう。

「最初の問いから、いきなり重大な答えをいただきました。視聴者の皆さんも、江副さんが本気で取り組んでいるのを感じたのではないでしょうか。さて、ＣＭの後は、ダンジョンが齎《もたら》す経済効果について、お聞きしたいと思います」

江副氏は頷き、水滴のついたグラスを手にとった。

生放送が終わり、神谷町の東テレの建物からタクシーで瑞江方面に向かう。転移で帰ろうとも思ったが、局側がタクシーを呼んでくれていた。使わないのもどうかと思い、その厚意に甘えることにした。高速は使わず、一般道を進んだ。新大橋通りを進んでいると、年の瀬の賑わいを見せている。とてもダンジョン群発現象に襲われているようには見えない。

「申し訳ないが、新中川の橋で降ろしてくれないか。少し歩きたい」

一之江《いちのえ》通りから環七を越えて、新中川を越える橋で降りる。「涼風橋」と呼ばれるこの橋の上は、川を通る冷たい風が吹いている。夜空を見上げると、ちょうど満月が頭上にあった。橋の中ほどにある石台に腰掛けて、月を見上げながらタバコに火を付けた。

「あと一〇年と六ヶ月……」

放送では、言える範囲のことは全て伝えた。あとは視聴者がどう判断するかである。全員に共通した危機意識など期待できない。大半の人は、危機が眼の前に迫るまで気づかないものだ。だが、一握りの人でも、自分と同じようにダンジョンに立ち向かってくれたら、最悪の未来を回避できるかもしれない。

「さて、来年は新年早々から札幌出張だ。せっかくだから、転移の有効範囲も実験してみようか」

携帯灰皿にタバコを押し付け、俺は立ち上がった。ちょうど〇時を迎えたらしく、橋の上から盛大な花火が見えた。

あとがき

この度は本書をお手に取っていただき、誠にありがとうございます。

「小説家になろう」にて、本作「ダンジョン・バスターズ」を書き始めたときは、もう少し緩い雰囲気になるかと思っていました。しかしながら蓋を開けてみれば案の定、ハードボイルド調になってしまいました。こうした「作風」は変えることはできないなと、改めて実感しています。

本作では江戸川区を中心に、様々な飲食店が出てきます。それらは基本的に、実在の店をモデルとしています。また「篠崎《しのざき》公園」「涼風橋」などの施設は実在します。本作を読みつつ、モデルとなった店探しをするのも、一つの楽しみ方ではないでしょうか。

本作は様々な方にご協力をいただきました。オーバーラップの編集担当I様には、様々な角度から助言をいただきました。イラストを担当いただきました千里GAN先生には、主人公をはじめとしたキャラクターを見事に形にしていただきました。この場を借りて、心から御礼申し上げます。

また江戸川区瑞江《みずえ》駅前に実在する「ラウンジROCO」のオーナーおよび黒服のモッチーには、読者視点からの助言、そして実名掲載の許可までいただきました。本当にありがとうございます。

本書の出版と同時に、コミカライズも決定いたしました。また次巻の出版も予定されています。次巻ではいよいよ、ダンジョンの攻略が始まります。また世界情勢も混沌《こんとん》としていきます。「ダンバス」ワールドの拡大にご期待下さい。それでは、次巻でお会いしましょう。

ダンジョン・バスターズ 1
～中年男ですが庭にダンジョンが出現したので世界を救います～

発行　2020年6月25日　初版第一刷発行

著者　篠崎冬馬
イラスト　千里GAN
発行者　永田勝治
発行所　株式会社オーバーラップ
〒141-0031
東京都品川区西五反田7-9-5
校正・DTP　株式会社鷗来堂
印刷・製本　大日本印刷株式会社

ISBN 978-4-86554-681-1 C0093

【オーバーラップ　カスタマーサポート】
電話　03-6219-0850
受付時間　10時～18時（土日祝日をのぞく）

作品のご感想、ファンレターをお待ちしています

あて先：〒141-0031　東京都品川区西五反田7-9-5 SGテラス5階　オーバーラップ編集部
「篠崎冬馬」先生係／「千里GAN」先生係

スマホ、PCからWEBアンケートにご協力ください

アンケートにご協力いただいた方には、下記スペシャルコンテンツをプレゼントします。
★本書イラストの「無料壁紙」　★毎月10名様に抽選で「図書カード（1000円分）」

公式HPもしくは左記の二次元バーコードまたはURLよりアクセスしてください。
▶ **https://over-lap.co.jp/865546811**
※スマートフォンとPCからのアクセスにのみ対応しております。
※サイトへのアクセスや登録時に発生する通信費等はご負担ください。

オーバーラップノベルス公式HP ▶ **https://over-lap.co.jp/lnv/**